Ralf Kramp
Totholz

Vom Autor bisher bei KBV erschienen:

Tief unterm Laub
Spinner
Rabenschwarz
Der neunte Tod
Still und starr
... denn sterben muss David!
Kurz vor Schluss (Kriminalgeschichten)
Malerische Morde
Hart an der Grenze
Ein Viertelpfund Mord (Kriminalgeschichten)
Ein kaltes Haus
Totentänzer
Nacht zusammen (Kriminalgeschichten)
Stimmen im Wald
Voll ins Schwarze (Kriminalgeschichten)
Starker Abgang (Kriminalgeschichten)
Mord und Totlach (Kriminalgeschichten)

Ralf Kramp, geboren 1963 in Euskirchen, lebt und arbeitet als Krimiautor, Karikaturist und Veranstalter von Krimi-Erlebniswochenenden in der Eifel. Für sein Debüt »Tief unterm Laub« erhielt er 1996 den Eifel-Literatur-Förderpreis. Seither erschienen zahlreiche weitere Bücher bei KBV, unter anderem sechs schwarzhumorige Kurzkrimisammlungen und die bisher sechsteilige Romanreihe um den kauzigen Helden Herbie Feldmann.
Im Jahr 2002 erhielt er den Kulturpreis des Kreises Euskirchen. Seit 2007 führt er mit seiner Frau Monika in Hillesheim das »Kriminalhaus« mit dem »Deutschen Krimi-Archiv« mit 30.000 Bänden, dem Krimi-Café »Café Sherlock« und der »Buchhandlung Lesezeichen«.
www.ralfkramp.de, www.kriminalhaus.de

Ralf Kramp

Totholz

Originalausgabe
© 2015 KBV Verlags- und Mediengesellschaft mbH, Hillesheim
www.kbv-verlag.de
E-Mail: info@kbv-verlag.de
Telefon: 0 65 93 - 998 96-0
Fax: 0 65 93 - 998 96-20
Umschlaggestaltung: Ralf Kramp
unter Verwendung von:
© Friedberg, © den-belitsky, © awfoto – www.fotolia.de
Redaktion: Volker Maria Neumann, Köln
Druck: CPI books, Ebner & Spiegel GmbH, Ulm
Printed in Germany
ISBN 978-3-942446-44-0

Für Monika.

Für die Flestener.

Und für meine Eifel-Gängster Manni und Günter.

»Little white flowers
will never awaken you,
not where the black coach
of sorrow has taken you«

»Kleine weiße Blumen
Werden dich niemals aufwecken
Nicht dort wo der schwarze Wagen
Der Trauer dich hinfortgenommen hat«

Gloomy Sunday
Musik: Rezső Seress

Text: Sam M. Lewis

Prolog

Er hätte es gerne brutal gemacht, voller Hass. Er hätte gerne all die aufgestaute Wut in diese einzige, fatale Bewegung hineingelegt. Hätte gerne geschlagen, gekratzt, gepackt, gequetscht.

Er wollte Schmerzen verursachen, etwas zurückgeben für die Wunden, die er selbst zugefügt bekommen hatte ... aber es ging nicht.

Die Bewegung wurde, ohne dass er das wollte, zu einem Streicheln, zu einer sanften, fast gütigen Geste. Die Muskeln der Hand entspannten sich, die Finger legten sich zitternd aneinander, formten eine geschlossene Fläche und senkten sich allmählich hinab. Sie fanden ihr Ziel im Halbdunkel und legten sich darauf. Unerbittlich und fest zwar, aber doch mit großer Milde.

Da war jetzt nichts mehr um ihn herum. Nichts mehr außer dem, was seine Hand tat. Die lauten Töne aus den vielen Kehlen, von den Geräten, die grellen Lichter und hektischen Bewegungen, all das verschwamm zu einem zuckenden, flackernden, sich unablässig um ihn drehenden Nebel.

Da waren nur noch die Hand und das Leben, das unter ihr langsam aber stetig erlosch. Die Hand spürte alles: die zaghaften, immer schwächer werdenden Bewegungen, die heißen Atemstöße, die zwischen den Fingern durchdrangen, immer kürzer werdend und mit immer größeren Abständen. Kürzer ... kürzer ...

Dann fühlte die Hand nichts mehr.

Als er sie vorsichtig wegnahm, ergriff augenblicklich Kälte Besitz von ihr. Eine Kälte, die sie nie wieder loslassen würde. Eine Kälte, die seinen Körper langsam erobern und unweigerlich sein Herz erreichen würde.

Eine Kälte, die immer in ihm sein würde.

Bis irgendwann das Feuer der Hölle ihn wieder wärmte.

1. Kapitel

Quirin Leitges hätte seinen müden, alten Knochen gerne einen kurzen Moment der Ruhe gegönnt, aber die Stimme, die um die Hausecke drang, verhieß nichts Gutes.

»Bist du da?«

Er musste nur bis vier zählen, bis ihre kleine, vornübergebeugte Gestalt auf dem Plattenweg zwischen dem üppigen Grün der Forsythien auftauchte.

Natürlich war er da, das wusste sie doch. Zilla Fischenich wusste jederzeit, wer sich wo in Schlehborn aufhielt. Und sie wusste natürlich auch, mit wem und warum.

Sie hatte die spitze Nase weit vorgestreckt, wie um Witterung aufzunehmen. Wäre es nicht anatomisch ein Ding der Unmöglichkeit, wäre die Nase von Zilla Fischenich ihrer Besitzerin stets fünf Schritte voraus gewesen.

»Ah, da bist du ja.«

»Weißt du doch, Zilla«, sagte Leitges mit einem ergebenen Seufzer und drückte mit den schwieligen Fingern die filterlose Zigarette in einem Blumentopf aus. »Du hast doch vorhin gesehen, wie ich den Anhänger vom Schuppen rübergezogen habe.«

Er hatte in der Abendsonne eine kleine Pause vom Holzspalten gemacht. Es war der erste richtig heiße Tag dieses Sommers. Er liebte es, die üppig wuchernden Sträucher des Sommerflieders zu betrachten, in denen unzählige Insekten herumschwirrten. Schmetterlinge drehten ihre flatternden Runden und landeten immer wieder auf den gelblichen Blütendolden.

Zilla ließ sich ungefragt auf einem der alten Holzstühle nieder. Sie trug ihre Gummistiefel und eine zerschlissene, dunkelgrüne Arbeitsweste. Das graue Haar hatte sie mit einem Tuch zurückgebunden. Ihre vollen Wangen leuchteten wie zwei reife Tomaten. »Ich brauche mal deine Heckenschere, Quirin. Meine ist verrostet. Hat im Regen gelegen.«

»Ist doch nicht die richtige Zeit für die Hecke«, grunzte er. »Da sind doch Vogelnester drin. Warte bis zum Herbst.«

»Die wuchert. Ich will ja nur die oberen Spitzen abschneiden. Man kann kaum noch drübergucken.«

»Oh, das geht natürlich nicht.« Er kicherte leise, während er sich erhob, um in den Schuppen zu gehen. »Drübergucken muss man schon können.«

»Genau. Wo ich doch gerade die Fenster blitzblank geputzt habe.« Zilla reckte den Kopf und erhob ihre Stimme. »Wer hat denn Holz bestellt?«, fragte sie unverblümt.

»Geht dich nix an, Zilla.« Er verschwand in den Verschlag, der an sein altes Fachwerkhäuschen grenzte, und ein paar Augenblicke lang war nichts anderes zu hören als Scheppern und Gepolter. Dann kehrte er mit der blank glänzenden Heckenschere zurück.

»Hier, für deine freie Sicht.«

Sie nahm sie mit beiden Händen entgegen, machte aber keinerlei Anstalten, sich zu verabschieden. »Ist für den Doktor Frings, das Holz, hab ich gehört.«

»Aha, so. Hast du also gehört?« Leitges sah sie säuerlich an. »Ist es aber nicht.«

Zilla schüttelte die Kaffeekanne und hielt sie ans Ohr. »Noch was drin?«

Wortlos schlurfte Leitges ins Haus und kehrte mit einer Tasse zurück. »Schwarz, oder?«, fragte er.

Sie nickte, und während sie sich Kaffee einschenkte, fuhr sie mit ihrer Befragung fort. »Aber der Doktor hat doch auch Holz bestellt. Die kann sich doch nicht geirrt haben.«

»Wer?«

Zilla verriet ihre Informanten nur in dringenden Notfällen. »Egal. Sie hat jedenfalls gesagt, er hat Holz bei dir bestellt.«

Leitges ließ sich wieder auf seinen Gartenstuhl fallen, legte den Kopf in den Nacken und schloss die Augen. Das konnte dauern. »Ja, stimmt, hat er auch, aber ich hab ihn vorhin angerufen und ihm gesagt, dass ich es ihm erst morgen bringen kann. Die sind alle schlau, die kaufen das Holz jetzt, im Sommer. Hat lange genug gedauert, bis ich die mal alle so weit hatte, sodass ich im Herbst nicht so einen Stress kriege. Der Doktor muss aber noch ein bisschen warten, weil ich heute jemand anderem dringend zwei Festmeter …«

»Der Doktor ist so ein feiner Mann. Der hat Manieren«, unterbrach sie ihn. Manchmal stimmte ihr Timing nicht. Womöglich, so befürchtete sie, entgingen ihr unbemerkt wichtige Informationen. »Der hat was gesehen von der Welt. Wie einfach der lebt, da oben im Fringshof. Sicher hat der noch ein Haus in … Paris, da kam er doch zuletzt her, oder?«

»Wird wohl 'nen Ausgleich suchen. Einfaches Landleben und so.«

In einem Rosenstrauch balgte sich laut schimpfend eine Handvoll Spatzen.

»Keiner grüßt so freundlich wie der. Und der nimmt Schnupftabak und raucht nicht so fiese Zigaretten. Und spendabel ist der auch. Wenn ich höre, wie oft der in der Kneipe Runden gibt, Jungejunge.«

Leitges nickte stumm und kratzte sich mit einer seiner großen Hände am Kinn, ohne die Augen zu öffnen.

Zilla fand jetzt wieder in die Spur zurück: »Und wer, sagst du, hat zwei Meter Holz bei dir bestellt?« Sie schlürfte am Kaffee und sah ihn mit unschuldigem Augenaufschlag über den Tassenrand hinweg an.

»Gar nichts hab ich gesagt.« Und da er wusste, dass sie erst Ruhe geben würde, wenn sie in Erfahrung gebracht hatte, was sie wissen wollte, kapitulierte er. »Lorna Weiler.«

Ihr entfuhr ein leises Quieken.

Er öffnete die Augen und blinzelte durch den Sonnenschein hindurch zu ihr hinüber. »Was denn?«

»Die hat doch Holz genug. Die sammelt doch jedes Ästchen und Stöckchen, das sie finden kann. Die ist komisch. Findest du nicht, dass sie komisch ist?«

»Ach was. Künstlerin eben.« Er stand auf und drückte ächzend den Rücken durch. »Und das Holz, das die sammelt, braucht sie für ihre Kunstwerke, und nicht zum Heizen. So, Zilla, ich muss jetzt weitermachen, sonst …«

Sie zog die Augenbrauen in die Höhe und rümpfte affektiert die spitze Nase. »Na, ich meine ja nur. Sie ist jetzt wieder *solo*.« Das letzte Wort betonte sie besonders. »Komische Verhältnisse, wenn du mich fragst.«

»Geht mich nix an.« Leitges schüttete den erkalteten Rest aus der Kaffeetasse ins Staudenbeet. »Und dich auch nicht.«

Als sie sich erhob, sagte sie betont beiläufig. »So ist das mit den Zugezogenen. Die einen sind ein Gewinn, und die anderen … Na ja, wie ich vorhin sagte: Der Doktor ist ein Mann mit Anstand, von dem hört man nie so komische Sachen. Solche *Geschichten*.«

Quirin Leitges hatte sich wieder abgewandt und trottete zu seinem Holzspalter hinüber. Er würde sich ranhalten müssen. »Ich mach weiter, Zilla. Sonst wird das heute Abend nix mehr mit der Lieferung. Deine *Geschichten* musst du mir ein andermal erzählen. Versau mir die Schere nicht.« Er pflegte sein Werkzeug sehr sorgfältig und hasste es, wenn man es ihm schmutzig zurückbrachte.

Zilla Fischenich griff sich die Heckenschere und wandte sich mit einem kurzen Abschiedsgruß um. Gerade hatte sie auf der Straße den letzten Bus vorbeifahren sehen. Wenn sie sich beeilte, konnte sie von der Straßenecke aus noch sehen, wer ein- und ausstieg.

* * *

Ludwig Vauen sah auf die Uhr. Der Sommer verdiente langsam seinen Namen. Die Hitze nahm zu, und es blieb länger hell. In dem Haus, dessen leere Flure er in diesem Augenblick mit klackenden Absätzen durchmaß, war es kalt.

Eine Villa in Köln-Rodenkirchen. Die ehemaligen Besitzer hatten den ewigen Kampf mit dem Rheinhochwasser aufgegeben, und er hatte sofort zugeschlagen, noch bevor es auf dem Immobilienmarkt überhaupt angeboten worden war. Er hatte gute Informanten.

Aber heute Abend war er aus einem anderen Grund hier.

Ludwig Vauen war der festen Überzeugung, dass er ein gutes Geschäft machen würde. Ein sehr gutes. Der Typ, mit dem er verabredet war, hatte mit Sicherheit keine Ahnung von dem, was er da anbot. Ein Brief mit der persönlichen Signatur von Albert Speer, das war für einen wie den doch nicht viel anders als ein Autogramm von Heino.

Der Mann hatte ungepflegt gewirkt. Stoppeliges Kinn, Schuppen, blutunterlaufener Blick. Nach Bier hatte er gerochen, und sein Anzug war ihm mindestens eine Nummer zu klein gewesen und an den Schultern speckig. Er hatte auf dem Antikmarkt im Rheinauhafen plötzlich neben ihm gestanden und ein mit Schreibmaschine geschriebenes, vergilbtes Blatt aus einem Briefumschlag gezogen. Albert Speer. Die Unterschrift war Vauen gleich ins Auge gesprungen, noch bevor der

Typ das Schreiben über den Verkaufstisch zu dem Antikhändler hatte hinüberreichen können, der sich gerade mit der Frau vom Nachbarstand unterhielt.

Seit seiner Jugend sammelte Ludwig Vauen alles, was mit dem Dritten Reich zu tun hatte. Es faszinierte ihn, Dinge zu berühren, die einst in den Händen der Mächtigen dieses Landes geruht hatten. Er besaß Füllfederhalter, Siegelringe und Briefmappen, handsignierte Fotografien, Waffen und Krawattennadeln. In seiner umfangreichen Sammlung befanden sich Gegenstände aus dem Besitz von Göring, Hess und Heydrich. Auch eine Kleiderbürste fand sich darunter, von der es hieß, dass sie einmal dem Führer selbst gehört habe. Das ließ sich natürlich nicht beweisen, und daher betrachtete er dieses Utensil auch eher als Kuriosum in seiner Kollektion.

Der Brief von Speer jedenfalls war echt. Vauen hatte ein paar ausgewiesene Kenner an der Hand, die diese Stücke für ihn bewerteten. Selbstverständlich war ein Speer-Brief nichts Weltbewegendes, aber er brauchte immer wieder Tauschmaterialien, mit deren Hilfe er seiner Sammlung ein paar außergewöhnliche Stücke würde hinzufügen können.

Vauen verschränkte die Arme hinter dem Rücken und blickte sich zufrieden in dem leeren Raum um.

Auch das mit der Villa war ein ausgesprochen gutes Geschäft gewesen. Vauen beschränkte sich auf die guten Geschäfte, den Rest überließ er den anderen. Mit einer kleinen Investition hatte er das Haus wasserdicht gemacht. Es würde sich innerhalb kürzester Zeit verkaufen lassen. Für die Handwerker, die ihm dabei geholfen hatten, war es vielleicht kein so gutes Geschäft gewesen, aber das gehörte nun mal zu seinem Prinzip. Im Umkreis von hundert Kilometern um Köln gab es für jedes einzelne Gewerk irgendwen, der es für besonders kleines Geld ausführte. Und wenn es dann erledigt war, mussten sie das nehmen, was Vauen ihnen anbot. Oder eben gar nichts.

Halb acht. Der Typ musste jeden Moment kommen. Er betrachtete die frisch gestrichenen, schneeweißen Wände und ließ den Blick prüfend über die Bodenfliesen wandern. Er ließ solche Leute wie diesen Typen nicht gerne in sein eigenes Haus in Marienburg hinein. Ein leer stehendes Objekt wie dieses schien ihm als Treffpunkt viel geeigneter.

Er hatte dem Mann einen Hunderter geboten. Das war der übliche Marktwert für Autographen dieser Kategorie. Bei solchen Kleinigkeiten feilschte er nicht lange herum. Außerdem hatte der Antikhändler unterdessen seinen Schwatz beendet und war nun wieder ansprechbar. Und als der Mann mit den Schuppen Vauen im nächsten Moment ein weiteres Schriftstück zeigte, eine handschriftliche Notiz mit der Signatur von Martin Bormann, dem persönlichen Sekretär Hitlers, da hatte ihn plötzlich die Aufregung gepackt, und er hatte den Mann nicht schnell genug von dem Antiquitätenstand wegziehen können. Versuchsweise hatte er zweihundert geboten, obwohl dieses Stück, wenn es echt war, seinem Verkäufer bestimmt das Doppelte hätte einbringen können. Der Mann hatte aufgeregt geschluckt und mit zitternder Hand eingeschlagen.

Und dann hatte Vauen die verheißungsvolle Worte:

»Ich hab da noch 'ne ganze Menge von dem Kram« vernommen. Und er hatte sofort gewusst, dass er ein gutes Geschäft machen würde.

Es summte von der Haustür her. Hatte er nicht einen Dreiklang-Gong in Auftrag gegeben? Nun, dem Elektriker aus dem Bergischen hatte er ohnehin dreißig Prozent abgezogen, da musste er nicht mehr nachverhandeln.

Er öffnete die Tür mit einer bedächtigen Bewegung.

Der blutunterlaufene Blick seines Besuchers schien ihm heute noch ausgeprägter. Quer über den Nasenrücken hatte er ein fleckiges Pflaster geklebt. Er trug ein anderes Jackett, das aber ebenso erbärmlich wirkte wie das vom Antikmarkt.

Eigentlich hätte er ein stattlicher Mann sein können. Grau meliertes Haar, durchtrainierter Körper, gesunde Hautfarbe. Aber irgendetwas war in seinem Leben wohl schiefgelaufen. Vauen hatte kein Mitleid mit solchen Typen. Er wusste, dass man es zu etwas bringen konnte, wenn man es nur wollte.

Er drückte die Hand, die ihm entgegengestreckt wurde, mit Widerwillen und registrierte mit wachsender Vorfreude die abgeschabte Aktentasche unter dem Arm des Mannes.

»Ihr Haus?«, fragte der Besucher, als er in den Flur trat. »Ziehen Sie ein oder aus?«

»Weder noch.« Vauen hatte kein Interesse daran, sich allzu sehr in die Karten gucken zu lassen.

Im Wohnzimmer stand ein Tapeziertisch, auf dem Vauen die beiden bereits erhaltenen Schriftstücke in Klarsichthüllen abgelegt hatte.

»Ich habe die Sachen prüfen lassen«, sagte er obenhin. »Wahrscheinlich sind sie sogar echt. Sie haben ein gutes Geschäft gemacht, Herr ...«

Der andere zog eine altmodische Brille aus der Innentasche seines unmodernen Jacketts. Er vollendete den Satz nicht. Auch er hatte offenbar kein Interesse daran, sich allzu sehr in die Karten gucken zu lassen. Er betrachtete die beiden Papiere, die bis vor drei Tagen ihm gehört hatten, und nickte langsam. »Ja, ich dachte mir, dass sie echt sind. Ich meine, wer fälscht denn so olle Briefe. Das würde sich ja kaum lohnen. Da wär' ja was von Boris Becker viel lukrativer. Oder Rudi Carell oder so was.«

Vauen nickte grinsend. »Sicher, sicher.« Er deutete auf die Aktentasche. »Sie sagten, Sie haben noch mehr?«

Ein zögerliches Nicken. »Ne ganze Menge Zeug. Briefe, Zettel, Postkarten. Alles alt.«

»So alt wie das da?«

»Wahrscheinlich. Kann man kaum lesen. Ist so altdeutsche Schrift, wissense.«

»Verstehe.«

»Vielleicht müsste ich mich mal näher damit beschäftigen, aber das ist schwierig mit dem Gekrakel.« Er schniefte und fummelte an der Schnalle der Aktentasche herum. »Bin auch 'n bisschen knapp, also ich würd' mich schon davon trennen.«

Vauen lächelte versonnen und dachte wieder an das bevorstehende gute Geschäft, während der Mann die Tasche öffnete und ein zerfleddertes Bündel Papiere hervorzog.

»Wenn Sie's nicht haben wollen, können Sie mir vielleicht wenigstens sagen, wen ich sonst mal deswegen fragen kann.«

Vauen sagte nichts. Sein Blick versuchte augenblicklich, Details zu erhaschen, Worte und Namen zu entziffern. Er war geübt. Gut, buntes Allerlei. NSDAP-Briefköpfe, Generaloberst Dietl, Obergruppenführer Werner, eine Autogrammpostkarte von ... wer war das? General Deßloch. Da, etwas von Himmler, kein Zweifel! Himmler, immerhin. Eine Art Notizzettel oder so was.

»Woher haben Sie die Sachen?« Er versuchte, seine Stimme unaufgeregt und gleichmütig klingen zu lassen, während seine Augen weiter forschten. Er hatte seine Hände in den Taschen seines Sommermantels vergraben, damit nicht zu sehen war, dass sie zitterten.

»Eine Sammlung, die ich von jemandem ... na, ist doch eigentlich egal, oder?«

Vauen nickte bedächtig. Wieder Speer. Speer, Speer ... ein Brief von Himmler ... Herrgott, wie viel war das denn? Und da! Er schloss ganz kurz die Augen, um sie erneut zu öffnen und zu prüfen, ob er sich nicht getäuscht hatte. Kein Zweifel, er hatte sich nicht verguckt. Die Unterschrift ... Adolf Hitler. Für einen Laien vielleicht nicht zu erkennen, für einen Fachmann jedoch eindeutig zu identifizieren. Er war Fachmann. Hitler ... Bleistift, Karton, gelocht. Ein anderes Schreiben schob sich im nächsten Augenblick davor.

Welche Taktik musste er hier anwenden? Jetzt durfte er keinen Fehler machen.

»Hören Sie, ich gebe Ihnen zweitausend. Wie hört sich das an?«

Der Mann legte den Kopf schief und blickte zu den Papieren hinunter, die wirr auf dem Tapeziertisch aufgefächert lagen. Dann schürzte er die Lippen und murmelte: »Na ja, ich habe mir schon gedacht, dass Sie kein wirkliches Interesse daran haben. Hören Sie, Sie müssen mir keinen Gefallen tun. Ich werde die Sachen schon irgendwo los.« Er begann, die Blätter zusammenzuschieben. Seine Finger waren ungepflegt, er hatte schwarze Ränder unter den Fingernägeln.

»Moment mal, wieso?«, fragte Vauen jetzt eine Spur zu aufgebracht. »Was ist gegen zweitausend einzuwenden?«

»Zweitausend? Für alles?« Der Mann betrachtete ihn über den Rand der hässlichen Brille hinweg.

»Natürlich für alles.«

Als Antwort bekam er ein leicht spöttisches Grinsen. Der Mann fuhr fort mit seiner Tätigkeit auf dem Tapeziertisch.

Vauen fasste ihn am Arm und wusste, dass er in diesem Moment taktisch versagte. Ein kaum wiedergutzumachender Fehler, zu viel Interesse zu signalisieren. »Moment, Moment. Gut, es ist ja wirklich eine Menge Zeug, ich will nicht kleinlich sein. Das Meiste davon ist nichts wert ... Ramsch. Aber ich biete Ihnen ... sagen wir ... dreifünf. Dreitausendfünfhundert? Na? Ist das ein Angebot?« Und er fügte mit wichtiger Miene hinzu: »Ich will auch gar nicht wissen, wo Sie die Sachen herhaben.«

Der Mann grinste nun noch breiter, und ein Schwall sauren Bieratems drang zu Vauen herüber. »Hör mal gut zu, Meister. Ich hab' gesagt, dass ich mich nicht damit auskenne. Ich brauch' Kohle und will den Rotz loswerden. Die Schrift kann ich nicht lesen, aber die Unterschriften, weißt du, die Unterschriften, die sind teilweise ganz leserlich. Da ist auch der Obermacker dabei, und das hast du gerade eben genau gesehen, Meister, stimmt's? Ich hab's an deinem Blick erkannt. Onkel Addi höchstpersönlich. Das ist doch was für dich, oder?«

Vauen gefiel nicht, welche Wendung das Gespräch genommen hatte. »Ich weiß ja gar nicht, ob die Sachen auch wirklich echt ...«

»Du hast die zwei doch prüfen lassen!« Der Ton des Mannes nahm an Schärfe zu, als er wütend mit dem Finger auf die beiden Klarsichthüllen und deren Inhalt tippte.

»Ja, stimmt, aber das da ...«

»Okay«, sagte der Mann. »Lass es prüfen! Wir machen einen Termin, und wir dackeln zu deinem Fachmann. Dann wirst du schon sehen, dass es hundertpro echt ist. Hundertpro, hörst du!«

»Gut, wenn wir es prüfen lassen, dann ...«

»Adolf Hitler. Und Heydrich und Hess und die ganze Combo! Vier Briefe allein vom Führer.«

»Vier ...?«

Sein Gegenüber warf sich in die Brust. »Oh ja, vier Stück! Ein handgeschriebener Brief, sogar zweiseitig. An Bormann, mit sehr persönlichem Inhalt.«

Vauens Augen fixierten das Gesicht des Mannes. Anstelle der Unsicherheit von vorhin war jetzt kühle Entschlossenheit darin zu sehen. Die Lippen waren schmal geworden, der Blick stechend.

Der Mann fragte: »Na, und jetzt? Wie viel?«

Es dauerte einen Moment, bis Vauen hervorpresste: »Fünfzehntausend.«

Der Mann lachte.

»Achtzehn. Achtzehntausend, hören Sie? Das ist mein letztes Wort. Mehr als achtzehntausend …« Er kramte einen länglichen, weißen Briefumschlag hervor.

Der Mann schob die Papiere gemächlich zurück in die Aktentasche.

»Ich habe hier …« Vauen fuhr mit zittrigen Fingern durch den Inhalt des Umschlags. »Ich habe hier neunzehntausend für den Anstreicher …« Er griff zu seinem Portemonnaie und zog einen weiteren Tausender hervor. »Zwanzig!«

»Für achtundzwanzig ist es deins.«

»Zwanzig. Wir gehen jetzt gleich zu einem Freund, der sich das Ganze ansehen wird.«

»Achtundzwanzig oder Feierabend.«

Vauen fingerte erneut das Portemonnaie aus seiner Gesäßtasche und rupfte zwei weitere Tausender heraus. Jetzt war das Fach mit den Scheinen leer. »Zweiundzwanzig!«, blaffte er, steckte die Scheine mit zittrigen Fingern zu den anderen in den Umschlag und wedelte damit in der Luft herum. »Okay?«

Der Fremde senkte die Lider und schüttelte langsam den Kopf. »Achtundzwanzig und keinen Cent weniger.«

Vauen biss sich auf die Lippen. Das Verlangen war einfach zu groß. Mit dieser Kollektion würde er ein paar blendende Tauschgeschäfte machen können. Er hatte Adressen in den Staaten, in England und Italien, mit deren Hilfe er sicherlich das Dreifache aus dem

Geld machen könnte. Aber es war nicht das Geld, das ihn lockte. Das verdiente er schneller auf bequemere Art. Es war der Wunsch, diese Dinge zu besitzen.

Er murmelte: »Sie wissen genau, was diese Sachen wert sind, stimmt's?«

Der Mann nickte bedächtig. »Einigermaßen.«

»Gut«, sagte Vauen. »Achtundzwanzigtausend.« Dann schlug er in die ausgestreckte Hand ein. »Und jetzt will ich mir die Sachen in Ruhe ansehen. Dann konsultieren wir gemeinsam den Fachmann, und wenn alles in Ordnung ist, besorge ich den Rest des Geldes. Okay?«

»Okay.« Der Mann nickte zufrieden.

In diesem Moment ertönte die Türklingel.

Ratlos blickten sich die beiden Männer an. Vauen kniff skeptisch die Augen zusammen. »Was soll das?« Er betrachtete seinen Gast mit gespitzten Lippen. »Versuchen Sie hier eine linke Tour mit mir?«

Sein Gegenüber zuckte ratlos mit den Schultern. »Moment mal, Kollege, ich habe keinen blassen Schimmer, wer …«

Als Vauen zum Fenster trat, weiteten sich seine Augen. Vor dem Haus, direkt neben dem Berg nagelneuer Pflastersteine, der darauf wartete, verlegt zu werden, stand ein Polizeifahrzeug.

Der fremde Mann trat an seine Seite und fuhr augenblicklich zusammen.

Als Vauen sich zu ihm wandte, nahm er Schweißperlen auf dessen Stirn wahr.

»Verfluchte Scheiße, die Bullen!«, zischte der Fremde durch die Zähne. »So ein verfluchter Dreck. Wie können die denn wissen, dass ich hier …«

Es schellte jetzt erneut, und Vauen sah einen Polizisten, der die sechs Stufen der Eingangstreppe hinunterging und an der Hausfassade hochguckte.

Panisch riss der Fremde die Aktentasche an sich. »Die Bullen, so eine Sauerei! Die Bullen! Wie komme ich hier raus?«

Er hatte plötzlich Angst. Nackte Angst.

Ein Grinsen machte sich langsam auf Vauens Lippen breit. Das Blatt hatte sich gewendet. Jetzt, wo sein Gegenüber Schwäche zeigte, bekam er Aufwind. Er sagte leise und beinahe sarkastisch: »Erst die Mappe.«

Der Fremde packte ihn mit einem unterdrückten Aufschrei am Hemdkragen und schüttelte ihn. »Ich muss hier raus, hörst du?«

»Die Aktenmappe, dann sag ich Ihnen, wie Sie rauskommen!« Er wedelte mit dem Umschlag in der Luft herum. »Erst dann. Das ist Ihre letzte Chance, Sie kleiner Gauner. Sie nehmen das Geld, das ist mehr als genug für einen schmierigen Hehler wie Sie. Geben Sie mir die Mappe, und dann ziehen Sie ab.«

Der Andere hielt einen Moment inne, grabschte dann nach dem Briefumschlag, ließ ihn in seine Jacketttasche verschwinden und schleuderte Vauen mit einem unterdrückten Fluch die Aktenmappe vor die Füße.

»Es gibt einen Hinterausgang, der zu den Mülltonnen führt«, sagte Vauen und rückte sich den Kragen zurecht. »Sie gehen den Flur entlang, zweite Tür rechts, dann in den Keller, und hinterm Heizungsraum ist eine Metalltür. Der Schlüssel steckt.«

Als er die Aktentasche aufgehoben und sich wieder aufgerichtet hatte, war sein Besucher bereits verschwunden.

Es schellte ein drittes Mal.

Bevor er die Haustür öffnete, versuchte Vauen, seine Gedanken zu ordnen. Er hasste Handgreiflichkeiten. Der ein oder andere Handwerker hatte schon mal versucht, ihn in die Mangel zu nehmen, aber bislang hatte er fast immer Glück gehabt. Er hatte die Papiere. Während er zur Tür ging, öffnete er die Tasche und spähte hinein. Er roch das alte Papier, fühlte seine raue Oberfläche. Das, was er da herauszog, war Gold wert, diesem Schatz würde er sich später in aller Ruhe widmen. Er ließ die Papiere rasch in seinen Pilotenkoffer verschwinden und verstellte die beiden Zahlenschlösser. Die leere Tasche warf er achtlos zwischen ein paar Müllsäcke, die an der Garderobe lehnten.

Woher kamen die Schriftstücke bloß? Wie kam ein kleiner, abgerissener Ganove an eine solche Sammlung? Und wie hatte die Polizei ihn bis hierher verfolgen können?

Er öffnete die Milchglastür und setzte eine geschäftsmäßige Miene auf.

»Guten Abend«, sagte er, und der junge, südländisch aussehende Beamte erwiderte seinen Gruß.

Der zweite Polizist war ein wenig älter und untersetzt. Er kam wieder die Treppenstufen herauf und positionierte sich neben seinem Kollegen.

»Wohnen Sie hier?«, fragte er in rheinischem Tonfall. »Ist das Ihr Haus?« Er guckte auf das Klingelschild, fand aber keinen Namen.

»Das Haus gehört mir, aber ich wohne hier nicht. Es wird zurzeit renoviert.« Der Fremde hatte inzwischen sicherlich den Hinterausgang erreicht und war in Richtung Rheinufer abgehauen.

»Das Haus ist unbewohnt, Herr ...?«

»Mein Name ist Vauen.«

»Herr Vauen, gut.« Der Jüngere trat näher. Für Vauens Geschmack ein wenig zu nah. »Sie haben sicher nichts dagegen, wenn wir einen Moment reinkommen und uns mal kurz umsehen?« Er verrenkte sich regelrecht den Hals, um in die Wohnung spähen zu können.

Vauen wich nicht zurück. Er wusste nicht, was er von der Sache halten sollte. Hier stimmte etwas nicht. Waren sie wirklich auf der Suche nach dem Hehler?

»Umsehen?«, fragte er. »Warum wollen Sie sich denn bei mir umsehen? Das Haus ist leer. Hier finden Sie nichts als leere Räume und ein paar Sachen von den Handwerkern. Ich meine, warum sollte ich Ihnen erlauben, sich hier drinnen umzusehen, wenn ich fragen darf?«

Die beiden uniformierten Männer wechselten ein paar Blicke. »Wissen Sie, wir haben vor ein paar Minuten einen Anruf bekommen«, sagte der Ältere schließlich. »Eine junge Frau behauptet, hier bei Ihnen im Haus zu sein.«

»Eine junge Frau, sagen Sie? Eine junge Frau?«

»Sie hat am Telefon um Hilfe gerufen«, erklärte der Jüngere bereitwillig, und sein Kollege ergänzte: »Und sie hat diese Adresse genannt, Herr Vauen.«

In diesem Augenblick begriff Ludwig Vauen, dass sein Geschäft womöglich doch kein ganz so gutes gewesen sein würde.

2. Kapitel

Es war windstill. Für einen kurzen Moment war nichts zu hören als das Ticken des Motors unter der noch warmen Kühlerhaube. Björn Kaulen starrte durch das heruntergelassene Fahrerfenster in die Dunkelheit, in die der Mondschein silberglänzendes Gestrüpp schraffierte. Dann entdeckte er die Taschenlampe, deren runder Lichtfleck sich tanzend näherte. Zwei Gestalten schälten sich aus dem Dunkel.

Er verspürte ein vages Gefühl der Besorgnis. Sicher würde er es bereuen, der Bitte der beiden Folge geleistet zu haben. Von Röggel und Pulli war noch nie was Gutes gekommen, so sagte man im Dorf.

Röggel und Pulli waren seine Cousins, die Söhne des Bauern Altrogge, zwei nichtsnutzige, wenn auch fröhliche Tagediebe, die ihren Eltern mit ihren gut zwanzig Jahren immer noch auf der Tasche lagen und sich noch nie für irgendeinen Blödsinn zu schade gewesen waren. Sie hatten Björn vorhin angerufen und ihm mit ungemein verschwörerischem Ton gesagt, er solle doch in etwa einer Stunde hoch zum Waldrand kommen, wo die beiden Fluren Auf Schalkskopf und Drömmert aufeinandertrafen. Sie bräuchten seine Hilfe, und es gäbe dazu auch noch richtig was zu sehen.

Mit einem Seufzer stieß Björn die Autotür auf und blickte in zwei feixende Schattengesichter. »Also gut, raus mit der Sprache, was gibt's?« Er war ein paar Jahre älter als die beiden und kannte sie von klein auf. Gefühlt waren es mindestens zehn Jahre, die sie unterschieden, in Wirklichkeit nur fünf. Auf eine unbestimmte Art hatte er sich immer irgendwie verantwortlich für sie gefühlt.

»Wirst staunen«, kicherte Röggel und zerrte ihn am Ärmel seiner Jeansjacke.

»Komm mit!« Pulli, der trotz der hohen Temperaturen in seinem unvermeidlichen Pullover aus Nickistoff steckte, hüpfte mit der Lampe vorneweg.

Die beiden anderen beeilten sich, ihm zu folgen. Sie ließen den Weg hinter sich und wanden sich zwischen Büschen und jungen Buchen hindurch. Ihre Schritte auf dem mit Laub bedeckten Waldboden waren unglaublich laut. Es knisterte und krachte. Und Röggel und Pulli kicherten die ganze Zeit.

»Leute, wenn ihr wieder irgendeinen Scheiß gebaut habt, dann ...« Björns Sorge wuchs. Er wollte da in nichts reingezogen werden. Sie hatten Zigarettenautomaten geknackt und die Goldhochzeits-Girlanden am Haus der Thelens geklaut. Bei jedem ihrer Dinger hatte Björn versucht, es ihnen auszureden, aber das war jedes Mal zwecklos gewesen.

Erst jetzt erkannte er einen prallen Stoffbeutel, der um Pullis Hüfte schlenkerte. »Was ist da drin? Ich soll euch helfen? Wobei?«, fragte er lauernd, erhielt aber keine Antwort.

Sie hatten einen Streifen Wald durchquert und eine Wiese erreicht, die sich dunkelgrau vor ihnen ausbreitete.

Röggel blieb stehen, ließ den Schein der Taschenlampe wandern und pfiff einmal laut auf den Fingern. Dann rief er in die Nacht hinaus: »Hejo Hü!«

Pulli zündete sich eine Zigarette an und grinste. »Kapierste jetzt?«

»Hejo Hü!«, rief Röggel wieder und lauschte in die Stille. Seine Linke tauchte in den Beutel hinab.

Und Björn verstand. Das war es also, was sie hier wollten.

»Sie ist hier?«, fragte er verblüfft.

Pulli nickte. »Mal hier, mal da. Je nachdem, wo wir sie hinbringen.« Er hustete den Qualm in die Nacht. »Geil, oder?«

»Hejo Hü!«

Und dann raschelte es in der Ferne. Röggel holte einen Apfel aus dem Beutel hervor und wedelte damit in der Luft herum.

Etwas bewegte sich durch die Finsternis. Ein großes Lebewesen. Schwer und schnaufend näherte es sich. Das Gras flüsterte um seine Beine, als der massige Körper auf sie zukam.

Im Mondlicht erkannte Björn die gefleckte Haut einer Rotbunten. Das war Fabiola, die Kuh, die seit Wochen durch Zeitung und Fernsehen geisterte.

Ihre große Zunge wand sich um den Apfel in Röggels Hand, und mit einem saftigen Krachen wurde er zwischen ihren Zähnen zermalmt.

Röggel hatte noch mehr Äpfel dabei. Er strich Fabiola über den Kopf und sagte ungewöhnlich sanft: »Wir lassen dich doch nicht alleine, oder?«

Fabiola war ausgebüxt. Das war auf dem Hof der Altrogges keine Seltenheit. Immer wieder mussten einzelne Rinder von der Straße getrieben werden. Aber Fabiola war plötzlich wie vom Erdboden verschwunden. Damit hatte vor anderthalb Monaten alles begonnen. Angeblich trieb sie sich irgendwo in dem Gebiet zwischen Wiesbaum, Mirbach, Flesten und Schlehborn herum. Manchmal wurde sie gesehen, manchmal gelang es fast, sie einzufangen. Aber Fabiola liebte offenbar die neu gewonnene Freiheit und schaffte es immer wieder, ihren Häschern zu entkommen. Dabei legte sie große Strecken zurück. War sie an einem Vormittag von einem Wanderer oberhalb von Üxheim gesehen worden, sah man sie in der hereinbrechenden Abenddämmerung zwischen Dollendorf und Wiesbaum, unweit der Bundesstraße. Jetzt, da Björn seine beiden feixenden Cousins betrachtete, ahnte er auch, wer dafür verantwortlich war, dass Fabiola es immer wieder schaffte, rechtzeitig unterzutauchen.

Und er begriff auch, warum die beiden das taten.

Die lokale Presse hatte als Erstes darüber berichtet. Der *Kölner Stadt-Anzeiger*, die *Kölnische Rundschau* und der *Trierische Volksfreund* hatten es gebracht. Eine beschwingte Story, die half, das Sommerloch zu stopfen.

Dann waren Radio und Fernsehen eingestiegen. Und der Hof der Altrogges rückte in den Fokus der Öffentlichkeit. Wie passend, da man sich dort gerade an einer kleinen Hofgastronomie versuchte. Die ersten Touristen fuhren einen Umweg, um sich anzusehen, wo die Phantomkuh zu Hause war.

Die Kuhsichtungen und der ein oder andere spektakulär gescheiterte Versuch, die Ausreißerin einzufangen, machten das Tier in den kommenden Wochen zu einer kleinen Berühmtheit.

»Zwei Tage hatten wir sie in die alte Hütte am Steinbruch gesperrt«, erklärte Röggel und fütterte sie. »Wir sorgen immer dafür, dass sie was zu fressen und zu saufen hat.«

»Und ihr zieht die Show für die Presse ab?«

»Klappt doch«, sagte Pulli stolz. »Kommen voll viele Leute auf den Hof.«

»Muss sie nicht gemolken werden?«

Röggel schüttelte den Kopf. »Ist 'ne Färse. Die gibt noch keine Milch.«

»Und wie lange wollt ihr das noch treiben?«

»Och, mal gucken. Macht doch Bock. Manchmal fahren wir sie mit dem Anhänger hin und her. Voll die Geheimaktion.«

Björn grinste befreit. »Mann, Mann, was euch auch immer einfällt.«

Pulli wandte sich zu ihm um. »Dachtest wohl, es wär was anderes, was? Irgendein Scheiß, oder?« Er lächelte plötzlich nicht mehr.

Sein Bruder strich der Kuh kräftig über die Flanke. Auch er grinste nicht mehr. »Hier, sie hat sich 'nen Kratzer geholt. Kannst du da mal nachgucken?«

Björn bückte sich und stützte sich auf den Knien ab. »Leuchte mal.« Im schmutzig weißen Fell am Bauch der Kuh war deutlich eine längliche Wunde zu erkennen. Dunkles Blut hatte die Haare um die Schramme verkrustet. Vorsichtig tastete Björn die Ränder ab.

»Schlimm?«, fragte Röggel.

Björn schüttelte den Kopf. »Wirklich nur ein Kratzer. Ich würde sagen, dass man die Wunde hätte auswaschen können, aber jetzt verheilt sie schon. Kann man so lassen.«

Pulli atmete tief durch. »Gott sei Dank. Wir dachten schon, das hätte genäht werden müssen.«

»Aber Doktor Fechner hätten wir ja wohl schlecht holen können. Und du hättest bestimmt alles dabeigehabt, oder?«

Björn nickte. »Hab alles im Auto.«

Er wäre zu gerne Tierarzt geworden, aber für das Studium hatte es hinten und vorne nicht gereicht. Weder in der Schule noch im Portemonnaie seiner Eltern. Björn liebte Tiere über alles. Er arbeitete auf einem Gnadenhof in der Nähe von Rohr, und dort vertraute man mittlerweile seinem Urteil, wenn es um kleinere Behandlungen der Tiere ging. Alles, was er wusste, hatte er sich selbst angeeignet. Wann immer er konnte, wälzte er Bücher und Fachmagazine, und wenn der alte Tierarzt den Gnadenhof besuchte, folgte er jeder seiner Handlungen mit wachsamem Blick.

»Ich geb euch gleich eine Salbe«, sagte er und rieb der Kuh über die breite Stirn. »Davon könnt ihr vorsichtshalber was drauf tun. Aber falls sich doch was entzündet, kommt ihr um Dr. Fechner nicht herum.«

»Wird schon nicht«, sagte Röggel beiläufig.

Plötzlich reckte Pulli den Kopf. Am unteren Ende der Wiese, etwa fünfhundert Meter entfernt, wurde eine

Person sichtbar. Eine große Wolke, die sich für einige Minuten vor den Mond geschoben hatte, zog weiter, und fahles Licht fiel auf den Feldweg. Die Gestalt ging mit gesenktem Kopf westlich, in Richtung Schlehborn.

Die drei erkannten einen hellen, knielangen Rock und einen leuchtend roten, ungebändigten Haarschopf.

Röggel schaltete sofort die Taschenlampe aus. Für einen Moment war nichts zu hören außer dem Schnauben von Fabiola und ihren leisen Kaugeräuschen.

»Scheiße«, zischte Pulli. »Wer ist das? Hat die was gesehen?«

»Das ist die amerikanische Tante aus der Mühle. Diese Künstlerin. Ist scheinbar wieder für ein paar Wochen in Deutschland.« Röggel kaute auf der Unterlippe. »Lola oder Norma oder so.«

»Ach, und wenn schon«, sagte Björn. »Keine Panik, Leute. Dann habt ihr die Kuh eben jetzt gefangen, und der Zauber ist vorbei. Ist doch kein Beinbruch.«

Sie blickten ihr nach, bis sich ihre Gestalt als winziger Punkt in der Ferne verloren hatte.

»Nee, nee«, sagte Röggel nachdrücklich. »Die hat bestimmt nichts mitgekriegt. Was rennt die überhaupt spät abends hier rum?«

»Künstlerin eben«, sagte Pulli. »Was Besonderes. Die kriecht doch andauernd im Wald rum und sucht so Kram für ihren Kunstscheiß. Ziemlich geiles Gerät eigentlich.«

Sein Bruder wandte sich zu ihm um. »Nicht dein Ernst, oder?«

»Klar, warum nicht? Die könnte man doch mal besuchen. Bisschen deutsch-amerikanische Freundschaft mit Anfassen und Einlochen und so.« Er kicherte leise.

»Mann, du Nuss, die sind doch zu zweit da in der Mühle.«

»Na und?«

»Die und ihre Freundin«, mischte sich Björn ein. »Weiß doch jeder im Dorf.«

»Ja, noch besser, oder?«

»Mann, kapierst du's nicht? Das sind zwei Lesben, du Honk.« Röggel versetzte seinem Bruder einen Stoß.

Björn sah auf die Uhr. »So, Leute, ich mach mich vom Acker. Und hier oben habe ich nichts gesehen und nichts gehört, okay?« Er strich Fabiola über die feuchte Schnauze und spürte ihren warmen Atem. »Bin schon jetzt gespannt, wo die Undercoverkuh morgen auftaucht.«

»Morgen kommen welche vom SWR!« Röggel strahlte ihn an. »Man müsste Fabiola eigentlich mal zu den Maaren kutschieren. Das wär der Bringer, wenn sie da plötzlich wie aus dem Nichts auftaucht.«

»Ja, und dazu so Wildwestfilmmusik!« Pulli lachte heiser. »Voll die Phantomkuh!«

Björn machte sich kopfschüttelnd auf den Rückweg zu seinem Auto. Diese beiden würden nie erwachsen.

»Warte, wir kommen mit!«

* * *

Als er am Verteilerkreis im Süden von Köln auf die Autobahn gefahren war, rief Jo Frings in der Eifel an.

Rickys Stimme am anderen Ende klang nölig. »So, war's das jetzt? Dein toller Deal? Alles gelaufen?«

Jo versuchte zu lenken, zu telefonieren und sich gleichzeitig das vergammelte Pflaster von der Nase zu ziehen, was misslang. Er hätte jetzt zu gerne eine Prise Schnupftabak genommen, aber der war in seiner Weste auf dem Rücksitz. »Ja, alles glatt gelaufen«, sagte er barsch. »Hast du die Simkarte aus dem Handy rausgeholt?«

»Mensch Jo, wie oft hast du mir das vorgebetet? Achthundert mal?«

»So ungefähr. Also, hast du alles so gemacht, wie ich's dir gesagt habe?«

»Genau so.« Sie quiekte schrill: »Hilfe, Hilfe, der böse Mann will mir was antun!«

Jo stutzte. »Doch nicht etwa so?«

»Neeeein, Mann, es klang schon echt, glaub mir. Also war's das jetzt?«

»Ja, in einer Dreiviertelstunde werde ich zu Hause sein.«

»Dann bin ich schon in der Kiste. War'n Scheißtag.«

Er hatte sich Christas Wagen ausgeliehen, da er mit dem Munga unmöglich hätte nach Köln fahren können. Für solche Strecken brauchte man etwas anderes als eine rostige, fünfzig Jahre alte Militärschleuder. Irgendwann würde er um einen neuen Wagen nicht herumkommen, aber für die Eifel tat es zunächst noch der Munga. Zumindest im Sommer. Er musste was zur Seite legen. Aber wovon?

»Hat sich's wenigstens gelohnt?«, fragte Ricky. »Ich meine, krieg ich meinen Fuffi, oder war das wieder nur so'n Trick von dir, um die Leute zu beeindrucken?«

»Trick einundvierzig. Keine Sorge, du kriegst deinen Schein. Und denk dran, nichts zu deiner Mutter.«

»Klar.«

»Morgen bringe ich Hommelsen sein Geld. Ich hab die ganzen Fünfzehntausend gekriegt. Abzüglich der Kosten kriegt Alois fast seine ganze Kohle. Toll, oder?«

»Toll.« Sie klang müde.

Ricky war sechzehn. Wenn es darum ging, eine Nacht durchzumachen, war sie dabei, aber wenn irgendwas nach Arbeit roch, machte sie ziemlich schnell schlapp.

Alois Hommelsen war Dachdecker in Schlehborn. Wie zahllose andere Handwerker aus der Eifel fuhr er Hunderte von Kilometern, um Kunden zu finden. Hommelsen war auf Vauen reingefallen, der ihn glatt mit einer Summe von siebzehntausend Euro für eine luxuriöse Schieferverblendung hatte hängen lassen. Dreitausend Euro Vorauszahlung waren ein Fliegenschiss gegen das, was Vauen ihm am Ende wegen angeblicher Mängel schuldig geblieben war. Hommelsen war das passiert, was Handwerkern tagtäglich passierte. Ein skrupelloser Auftraggeber hatte ihn ausgenutzt. Einer, der genau wusste, wie langwierig und kräftezehrend so ein Rechtsstreit sein konnte. Einer, der einfach von Anfang an nicht hatte zahlen wollen. Hommelsen hatte es Jo in der Kneipe erzählt. Siebzehntausend waren nicht gerade ein Vermögen, aber Hommelsen hätte diese Summe womöglich das Genick gebrochen. Fast siebentausend davon waren Materialkosten, die er vorgeschossen hatte, die Angestellten wollten ihren Lohn, die Bank behauptete, die Grenzen ihrer Generosität erreicht zu haben, und Hommelsen dachte tatsächlich an die Insolvenz. Jo hatte ihn eigentlich wegen ein paar loser Pfannen auf dem Dach seines Hofes angesprochen, aber Hommelsen, der zu diesem Zeitpunkt schon vierzehn Bier im Kopf gehabt hatte, hatte mit düsterem Blick geknurrt: »Weißte, ich fahr nach Köln und hau der Drecksau den Hammer in die Fontanelle.«

Jo hatte ihm ein weiteres Bier spendiert und ihm angeboten, sich drum zu kümmern. Das hatte Hommelsen auf der Stelle neue Hoffnung gegeben.

Im Dorf hielten sie Jo immer noch für einen ausgebufften Geschäftsmann, für Dr. Johannes Frings, die ehrliche Haut, der die Dinge zu regeln verstand wie ein Gentleman. Das sollte ruhig noch eine Weile so bleiben. Seit seiner Rückkehr im vorigen Jahr hatte Jo seine liebe Not, den alten Hof seiner Eltern, auf dem bis zu dessen Tod sein Bruder gelebt hatte, vor dem vollständigen Zusammenbruch zu bewahren.

Hommelsen hatte euphorisch mit den Armen gerudert und gelallt: »Wennde dat schaffst, Doktor, dann mach ich dir dein Dach, und du kriegst noch 'nen Tausender von der Kohle.«

Jo hatte bescheiden abgewinkt, aber Hommelsen hatte auf die Theke gehauen. »Doch doch! 'nen Tausender!«

So in etwa hatte sich Jo das erhofft.

Dass er jetzt fünftausend mehr aus der Nummer rausgeholt hatte, ging niemanden was an. Er war von Anfang an der Meinung gewesen, dass er ein gutes Geschäft machen würde.

Die beiden Originaldokumente hatten ihn zusammen fünfhundert gekostet, und für weitere fünfhundert hatte ihm ein alter Freund aus seiner Pariser Zeit einen Stapel angeblicher Nazikorrespondenz hingerotzt, der keiner noch so oberflächlichen Prüfung hätte standhalten können. Dazu kam noch die Prepaid-Karte für das Handy – und das war's auch schon.

Spätestens jetzt würden die Bullen abgezogen sein, nachdem sie auf den Trichter gekommen waren, dass hinter Rickys telefonischem Hilferuf nur ein Kleinmädchenscherz steckte. Und spätestens jetzt müsste Vauen, dieses aufgeblasene Arschloch, kapiert haben, dass er sich mit den Hitlerbriefen höchstens den Hintern abwischen konnte. Klopapier de luxe für einen Sammler von Format.

Er bekam kaum mit, was Ricky ihm am Telefon erzählte. »Das Letzte noch mal bitte«, sagte er. Dieses eklige Pflaster juckte wie der Teufel. Überhaupt war er froh, bald aus der schäbigen Kostümierung rauszukommen.

»Die Amerikanerin. Diese Lorna!«, sagte Ricky genervt. »Hörst du mir überhaupt zu? Vor ein paar Minuten hat Lorna hier bei dir angerufen und gesagt, dass du heute nicht mehr bei ihr vorbeizukommen brauchst.«

»Ich weiß, bei mir auf dem Handy hat sie's auch versucht.«

»Was ist mit der, Jo? Was will die Amitante von dir? Weiß meine Mutter, dass du dich mit der triffst?«

»Hab ich ja gar nicht.«

»Du sollst jedenfalls heute nicht mehr kommen.«

»Habe ich begriffen.«

Aber Ricky ließ nicht locker. Das schien sie zu beschäftigen. »Warum du überhaupt zu der willst ...«

»Meine Güte, sie hat im Wald irgendwas gefunden, das sie mir zeigen will. Lorna ist nicht ... Bei ihr ist es

… Na, weißt du doch.« Im Dorf kannten sie Lorna, da bestand doch keinerlei Gefahr. Warum musste das mit den Frauen nur immer so kompliziert sein?

Lorna Weiler war eine attraktive Frau. Sie hatte fröhliche, kleine Augen, eine wilde, rote Mähne und eine tolle Figur. Matthes hatte sie an der Theke mal als »griffig« bezeichnet.

Jo mochte ihr Lachen und fand ihren rauchigen Alt mit dem amerikanischen Akzent durchaus attraktiv, aber mehr war da nicht. Er liebte doch Christa, Rickys Mutter.

Lorna hatte ihn vor ein paar Tagen an der Tankstelle in Walsdorf angesprochen. Bei einem ihrer Streifzüge durch den Wald hinter ihrer Mühle hatte sie etwas Merkwürdiges gefunden, und aus irgendeinem Grund glaubte sie, dass er ihr dabei weiterhelfen könne.

»Den Fuffi brauch ich morgen«, sagte Ricky am anderen Ende der Telefonleitung. »Dann ist der letzte Schultag, und ich will mit Toby nach Bonn. Shoppen.«

»Toby?«

»Geht dich nichts an. Leg das Geld bei dir zu Hause unters Telefon. Ich hol's mir dann nach der Schule ab.«

Jo musste schmunzeln. Ricky war wirklich ein ganz besonderes Kaliber.

»Wo ist deine Mutter?«

»Kegeln. Anneliese Endert ist vorgestern fünfzig geworden. Wird sicher spät.«

»Danke«, sagte er. »Hast du gut gemacht.«

Sie gluckste leise am anderen Ende. »War ja auch nicht uncool, die Nummer.«

Dann unterbrach sie die Verbindung.

Ein paar Minuten später bog Jo kurz entschlossen auf einen Autobahnparkplatz ab und parkte zwischen zwei Lkws. Er kramte die Schnupftabaksdose hervor und nahm eine Prise. Dann zog er endlich das Pflaster ab und seufzte zufrieden.

Er beschloss, Christas Wagen vor ihrem Friseursalon abzustellen und nicht auf sie zu warten. Der Fußweg zum Fringshof hinauf und die frische Abendluft würden ihm guttun.

In einer knappen Stunde würde er zu Hause sein.

Zu Hause. Wie sich das anhörte.

Erst vor einem knappen Jahr war er in das Dorf seiner Jugend zurückgekehrt. In das Dorf, dem er vor so vielen Jahren entflohen war. Nach einem halben Leben, das er in fremden Ländern, im Verborgenen, in Bars und Casinos, im Dreck, unter südlicher Sonne, auf der Jagd nach dem großen Glück, auf der Flucht vor der Realität verbracht hatte, war er wieder da gelandet, wo er herkam. In einem alten Bauernhof, mit einem halbwegs geregelten Tagesablauf, mit acht Kühen und dem maulfaulen polnischen Hilfsarbeiter Arkadi. Nur eins war gegenüber seinem Abenteurerdasein der vergangenen Jahre unverändert: Er war chronisch pleite.

Aber mit dem nicht gerade mageren Verdienst der vergangenen Stunden würde es wieder ein paar Tage weitergehen.

Und dann würde schon etwas Neues kommen.

Wie immer.

Er startete den Wagen und lenkte ihn zurück auf die Autobahn. In Richtung Eifel.

Endlich nach Hause.

3. Kapitel

Sie hasste das kühle Licht der Energiesparlampen und würde beständig den Vorrat der guten, alten Glühbirnen aufbrauchen. Es gab Dinge, an die wollte sie sich einfach nicht gewöhnen. Lorna Weiler kramte in den Schubladen des alten Kommodenschranks herum, der gleich neben der Eingangstür stand, und förderte eine kleine Schachtel zutage. Sie entnahm die Glühbirne und schraubte sie mit spitzen Fingern in die Fassung der kleinen Deckenlampe, in der sich bei ihrem Eintreten die alte mit einem kleinen Knall verabschiedet hatte. Das blassgelbe Licht der Hoflampe, das durch das Glasfenster der alten Eichentür hereindrang, half ihr, sich zurechtzufinden.

Im nächsten Moment wurde es wieder hell in der Diele. Die baumelnde Lampe ließ die Schatten wild durch die Ecken des kleinen Raumes tanzen, als Lorna ins Wohnzimmer hinüberging.

Die alte Wanduhr zeigte kurz vor neun. Ihr Ticken war das einzige Geräusch. Normalerweise liebte Lorna die Stille, aber heute machte sie sie traurig. Da war nichts, was erahnen ließ, dass jemand außer ihr da war.

Kein Klimpern aus der Küche, kein Rascheln aus dem Atelier, kein Lachen, kein Schnaufen ... nur Stille.

Sie zog sich den Poncho aus, und es knisterte elektrisch. Auf dem Weg zur Stereoanlage ließ sie ihn achtlos zu Boden gleiten. Norah Jones ... Leonard Cohen ... nein, irgendetwas wirklich Trauriges musste es sein. Sie wollte so gerne weinen, endlich ihre Trauer aus dem Gefängnis ihrer Seele herauslassen. Der Spaziergang durch die Nacht hatte nichts genützt, und mit der Arbeit konnte sie sich auch nicht ablenken.

Sie hatte erst vor Kurzem ihre alten Platten wiederentdeckt und zog eine LP aus der Hülle. *Gloomy Sunday*. Die wunderbare Version von Billie Holiday.

Sie legte den Tonarm auf, und es knisterte in den Lautsprecherboxen. Dann erklang der Klagegesang. Wehmutsvoll, beinahe kitschig. Sie hatte das Lied wieder und wieder gehört, als ihr Vater gestorben war. Sie versuchte, sich zu erinnern, an was sie damals gearbeitet hatte. Eine ihrer frühen Collagen, damals, als sie aufgehört hatte zu zeichnen, und als sie damit begonnen hatte, Fundstücke zu kleinen Exponaten zu kombinieren. Das hatte sie bekannt gemacht: kleine Geschichten in kleinen, hölzernen Rahmen. Was war es damals gewesen? Etwas mit Spielkarten und falschen Wimpern, wie sie sich dunkel erinnerte. Wimpern, an denen Tränen aus Harz klebten.

Sunday is gloomy
My hours are slumberless
dearest the shadows
I live with are numberless

Eine große Wüste lag jetzt vor ihr, eine nicht enden wollende Ebene irgendwo zwischen Tag und Nacht ohne Geräusche.

Die Einsamkeit.

Lorna lauschte dem blechernen Klang der alten Aufnahme und begann, leise mitzusummen. Sie griff nach der halb vollen Weinflasche, die auf der Truhe neben dem Sofa stand, und ließ sich schwer auf die Polster fallen. Ein Glas brauchte sie nicht. Sie zog den Korken heraus, setzte die Flasche an die Lippen und tat einen tiefen Schluck daraus. Dann fiel ihr Blick auf ihr Ebenbild, das nur als ein blasser Schemen auf dem Glas des Fensters zu erkennen war. Sie sah einen ungebändigten Wust von rotem Haar, sah dunkle Höhlen, dort, wo ihre großen, blauen Augen sitzen sollten. Tränen aus Harz. Sie musste morgen wieder in den Wald, um Tränen aus Harz zu suchen.

Dann zog wieder der Brief ihren Blick magisch an, wie er so dalag, auf dem kleinen Glastisch. Unbeweglich, herausfordernd, anklagend.

Pauline hatte ihre ganze Wut in diese Zeilen fließen lassen, hatte sich richtiggehend ausgekotzt. Sie schrieb unglaublich hässliche Dinge, die ihr vielleicht geholfen hatten, endlich die einzig richtige Konsequenz zu ziehen: Pauline war gegangen, weil sie einfach keine gemeinsame Zukunft hatten. Sie war gegangen, und von ihr war nichts zurückgeblieben als ein Blatt Papier. Ein Brief, wie lächerlich! Total *old fashioned*, verstaubt! Noch nie hatte sie Pauline mehr als zwei Zeilen am Stück zu Papier bringen sehen. In den ganzen anderthalb Jahren nicht.

Sie hatte Pauline in Köln kennengelernt, bei der Art-Spiegelman-Ausstellung im Museum Ludwig. Sie hatten sich gleich ineinander verliebt, und sie hatten im Museums-Restaurant gesessen, bis man sie irgendwann in den frühen Morgenstunden freundlich aber bestimmt hinauskomplimentierte. Pauline hatte daraufhin ihr Kunststudium abgebrochen und war zu ihr gezogen. Und in den folgenden siebzehn Monaten waren sie zwischen Connecticut und der Eifel hin und her gependelt.

Lorna richtete die Weinflasche steil auf und ließ den letzten Tropfen in die Kehle rinnen.

Sie sah Paulines rundes Gesicht vor sich. Ihre heiteren Augen, die etwas zu breite Nase, die vollen Lippen. Sie warf die Flasche wütend in eine Ecke des kleinen Raums. Sie zerschellte nicht und polterte nur über den Holzboden.

Was war es gewesen, das sich zwischen sie geschoben hatte? Der Altersunterschied? Neunzehn Jahre. Zählte das etwa? Oder war es die Tatsache gewesen, dass Pauline, so wie sie ihr einmal verraten hatte, gelegentlich auch Männern nicht abgeneigt war? Aber da war nichts gewesen. Keine kleinen Affären, keine Flirts … nicht einmal interessierte Blicke waren in all den Monaten gewechselt worden, weder diesseits noch jenseits des großen Teichs.

Der Alltag. Natürlich. Der böse, böse Alltag, der große Gleichmacher, der alles nivelliert. Der musste es gewesen sein.

Lorna erhob sich mühsam, um an das Weinregal zu gehen. Sie würde weitertrinken, damit sie wenigstens heute ein paar Stunden Schlaf finden konnte.

Ein Geräusch.

Irgendwo da draußen. Vor der Tür. In der Mühle vielleicht?

Ein Kratzen, gefolgt von einem dumpfen Pochen.

Dreaming, I was only dreaming ...

Meistens war es der Wind, der an irgendeiner Ecke des alten Kastens ein loses Brett oder ein lockeres Scharnier fand und damit spielte. Aber die Nacht war völlig windstill. Manchmal waren es Tiere. Käuzchen, spielende Jungfüchse, ein Dachs. Im vorletzten Winter war es ein Marder gewesen, der sich auf dem Dachboden eingenistet hatte.

Sie spürte, wie das Blut ihr in den Kopf schoss, wie ihre Wangen plötzlich glühten.

Pauline!

Hatte sie es sich vielleicht anders überlegt? War sie zur Besinnung gekommen? Würde ihr kleiner Twingo draußen stehen?

Da war es wieder. Dumpf, undeutlich. Es kam von draußen.

Lorna stürzte zur Haustür und dachte nicht daran, den Poncho überzuziehen. Sie warf einen Blick durch das kleine Fensterchen in der Tür. Der Hof lag still und bewegungslos vor ihr. Kein Twingo, nur ihr eigener Geländewagen. Sie hatte sich zu früh gefreut. Pauline war nicht zurückgekehrt.

Pauline würde nie wieder zurückkehren.

Der linke Torflügel der Mühle stand weit auf. Wie konnte das sein? Sie war seit ein paar Tagen nicht mehr dort drin gewesen.

Kurz entschlossen trat sie durch die Tür zu ihrer Linken und schaltete im Atelier das Licht an. Hier herrschte heilloses Chaos. Halb fertige Exponate lagen auf dem Werktisch, Papier, Flaschen, Fundstücke aus dem Wald, alles war auf dem Boden verstreut. Irgendwo hier war eine Taschenlampe. Sie fingerte sich durch die Regale, schob Farbdosen und Terpentingebinde zur Seite, tastete zwischen Schachteln und Spraydosen herum. Da war sie. Die Batterie war noch voll. Lorna hielt sie wie eine Waffe vor sich, als sie das Haus verließ und den Hof überquerte.

»*Hello*«, rief sie und erschrak über ihre eigene Lautstärke. In der Einsamkeit war alles lauter. »*Anybody in there?*«

Zögernd näherte sie sich der großen Öffnung und ließ den Lichtschein der Taschenlampe ins Innere der Mühle hineintanzen.

Seit dem 16. Jahrhundert waren hier Bohlen, Bretter und Kanthölzer zugeschnitten worden. Die Energie brachte ein kleiner Nebenarm des Schlehbachs, dessen leises Gluckern sie jetzt undeutlich hören konnte.

Aus dem Haus hörte sie gedämpft die Musik.

»Hallo?«, rief sie erneut. »Ist irgendjemand da drinnen?«

Aber der Mühlenraum lag verlassen vor ihr. Das rostfleckige, riesige Sägeblatt, das senkrecht zwischen den klobigen Pfosten des Sägebocks stand, hatte sich schon seit Jahrzehnten nicht mehr bewegt.

Sie hatte sich für die Mühle und die früheren Besitzer interessiert, als sie das alte Gemäuer gekauft hatte. Hatte viel gelesen und sich durch alte Archive gewühlt. Alles, was sie fand, hatte ihr von einem gnadenlos harten Beruf und vom entbehrungsreichen Leben früherer Tage erzählt. Das war es, was sie überhaupt erst in die Eifel gelockt hatte. Ein bisschen dem einfachen Leben vergangener Tage nachspüren. Nostalgie atmen.

Sie ließ den Lichtschein durch die Ecken wandern. Verrottendes Holz, dicker Staub und rostiges Metall, sonst nichts.

Lorna schauderte und zog die Schultern hoch. Sie hätte sich etwas überziehen sollen.

Der Torflügel ließ sich leicht schließen. Nur ein leises Quietschen begleitete die Bewegung, mit der sie ihn vor die Öffnung schob. Sie legte den Riegel vor und lief zurück zum Haus.

Weg von hier!

Sie musste zurück nach Connecticut, in das kleine Nest an der Küste, unweit von Bridgeport. Dort lebten ihre Freunde von früher, dort würde sie nicht allein sein. Vielleicht würde sie nie wieder nach Deutschland zurückkehren. Sie hatte all die Jahre geglaubt, ihren Wurzeln nachspüren zu müssen, aber jetzt verband sie nichts mehr mit der Eifel. Ihr Platz war nicht hier, sondern in den Staaten.

Sie würde alles verkaufen. Das Land, das bislang an ein paar Bauern aus den umliegenden Dörfern verpachtet worden war, und die Mühle, wegen der ihr diese Denkmalschützer in den Ohren lagen. Da war der ganze Ärger mit den Behörden, all das, was sie nur unnötig belastete …

Weg von hier!

Sie schrak zusammen, taumelte regelrecht zurück, als im Rahmen der Haustür ein Schatten erschien. Die Taschenlampe entglitt ihrer Hand, und mit vor den Mund gehaltener Hand unterdrückte sie einen Aufschrei.

Schwer atmend blieb sie ein paar Schritte vor ihrem Hauseingang stehen und schloss die Augen.

Sie erkannte die Person, die dort wartete und sich nicht rührte, trotz des Schattens, der auf das Gesicht fiel.

»*Good Lord*«, schnaufte sie verärgert. »Mir ist vor Schreck beinahe das Herz stehen geblieben!«

Dreaming, I was only dreaming ...

Sie wollte zu der Stereoanlage gehen, um die Musik leiser zu machen, aber ihr Gegenüber machte keinen Schritt zur Seite.

Dreaming, I was only dreaming
I wake and I find you asleep

Da war etwas in dem Gesicht, das sie noch nie bemerkt hatte. Ein merkwürdiger Schatten, der sie plötzlich ängstigte.

»Guck mich nicht so an. Man könnte sich ja glatt vor dir fürchten ...«

Ihr Gegenüber machte einen Schritt auf sie zu.

Sie wusste nicht, was sie sagen sollte. Die Musik war lauter gedreht worden, während sie in der Mühle gewesen war.

Sie war jetzt ohrenbetäubend laut.

Death is no dream
for in death I'm caressing you
with the last breath of my soul
I'll be blessing you

4. Kapitel

Als er das Auto vor Christas Haus abgestellt hatte und die Hauptstraße in Richtung Fringshof hinaufstapfte, hatte Jo die Hände tief in den Taschen seiner ausgebeulten Hose vergraben. Er drückte sich an den Häusern vorbei. Es musste nicht jeder im Dorf sehen, wie er rumlief. Aber auf der Höhe der Kneipe kam ihm plötzlich Björn Kaulen entgegen. Ausgerechnet. Der Bursche vermittelte ihm immer wieder den Eindruck, er habe ihn durchschaut.

»'n Abend, Dr. Frings«, sagte sein Gegenüber freundlich und stockte kurz, als er das fleckige Jackett bemerkte. »Kleiner Spaziergang?«

Jo wand sich und trat auf der Stelle. »Ja, ich habe einem alten Freund geholfen, Sperrmüll rauszustellen. Dreckiger Kram. Ich fühle mich ganz schmuddelig. Da hilft nur eine schöne, heiße Dusche.« Er machte ein paar Schritte rückwärts, den Berg hinauf. Immer die Augen fixieren, dachte Jo. Bloß nicht den Blick woanders hinwandern lassen, zu den ollen Klamotten womöglich. Früher war so was lebenswichtig für ihn gewesen.

Die Kneipentür wurde geöffnet, und die beiden Altrogge-Brüder erschienen, Biergläser schwenkend, im Rahmen. »Björn, da bist du ja! Komm rein. Hier ist einer von der Zeitung aus Köln, der ist der Phantomkuh Fabiola auf der Spur.« Röggel prustete los.

Pulli hatte Jo Frings entdeckt und sagte: »Auf der Kegelbahn ist schwer was los. Enderts Anneliese schmeißt eine Runde nach der anderen. Die Christa ist auch da.«

Jo winkte ab. »Die soll heute mal ruhig ohne mich feiern.«

»Aber wir wollen mal wieder ein paar von Ihren Thekentricks sehen, Herr Doktor!«

»Nächstes Mal.« Er schob sich aus dem Lichtkegel der Straßenlaterne, da ihm Björns prüfender Blick unangenehm war. Der Junge hatte mehr Grips als andere, dem würde er nicht ewig was vormachen können.

Gerade als Jo weitergehen wollte, hielt ein anthrazitfarbener Volvo-Kombi am Straßenrand, und die große, plumpe Gestalt von Ludger Fröhling stieg aus der Fahrertür. Er räusperte sich, bevor er fragte: »Die Fete ist wohl noch im Gange?« Die Stimme des Lehrers klang immer ein wenig belegt. Seine Augenbrauen krümmten sich zu zwei quer liegenden Fragezeichen. Er blickte stets mit einem gehörigen Maß an Skepsis in die Welt um sich herum. Unter seinem zerknitterten Regenmantel war der unvermeidliche Pullunder zu erahnen.

»Annelieses Geburtstag?«, fragte Röggel breit grinsend, der ebenso wie sein Bruder und sein Vetter Schüler bei Fröhling gewesen war. Der eine mit mehr, die anderen mit weniger glorreichem Resultat. »Die arbeiten immer noch an dieser Versuchsreihe mit der alloholischen Gärung!«

»Der gärende Alkohol fängt an zu faseln – fängt an, in faselnde Gärung überzugehen, und so entsteht Heidelbeerfusel ... Heidelbeerfasel!«, deklamierte Pulli lautstark ein Zitat aus der *Feuerzangenbowle* und brach in unkontrolliertes Lachen aus.

»Das kann noch dauern«, bestätigte Björn. »Gönnen Sie sich ein Bierchen, bis Ihre Schwester so weit ist.«

»So weit ist?«, fragte Fröhling verständnislos, und seine Augenbrauen krümmten sich noch mehr.

»Bereit für die Heimfahrt«, sagte Jo aus dem Hintergrund. Auch wenn Fröhling eine trübe Tasse war, fand er die Situation unwürdig.

»Äh, nein, ich denke, ich werde dann später noch mal ...«

In diesem Moment fuhr ein dunkelgrüner Toyota-Geländewagen vorbei, den sie alle kannten. Die untere Hälfte des Fahrzeugs war dreckverkrustet, das rechte Rücklicht war kaputt.

»Schon wieder die Amitante«, lallte Pulli.

»He, Lorna!«, rief Röggel aufgekratzt dem sich entfernenden Wagen nach. »Du verpasst was, wenn du immer nur mit Mädchen spielst!«

Pulli schickte ihr einen röhrenden Rülpser hinterher.

Björn legte seinem Vetter die Hand auf die Schulter. »Ist gut jetzt. Geht lieber wieder rein, Jungs.«

Sie verabschiedeten sich von Jo und verschwanden im *Gasthaus zur Post*.

»Soll ich Sie ein Stück mitnehmen?«, fragte Fröhling. Es klang eher pflichtschuldig, und Jo winkte ab.

Er trottete weiter und beobachtete, wie der Volvo des Lehrers um die nächste Kurve verschwand.

Er folgte der immer steiler ansteigenden Straße und ließ schon bald die letzten Häuser des Dorfes hinter sich. Weiter oben lag, einsam am Waldrand, der Fringshof. In der Ferne hörte Jo das heisere Bellen der Füchse. Er knöpfte das Jackett auf, weil er zu schwitzen begann.

Auf halber Strecke blieb er stehen und nahm eine Prise Schnupftabak. Sein Atem ging schwer. Er war müde und erschöpft – und außerdem keine zwanzig mehr.

Schlehborn lag unter ihm, ins gelbliche Licht der Straßenlaternen getaucht. Ein Dorf wie zahllose andere in der Eifel. Er tröstete sich damit, dass jeder irgendein Geheimnis mit sich herumtrug. Jeder verbarg irgendwas, beim einen wog es schwerer, beim anderen war es kaum der Rede wert, aber die Entdeckung fürchtete jeder gleichermaßen.

In der Ferne erkannte er undeutlich die gigantischen, illuminierten Bauwerke des Nürburgrings. Da waren Gauner anderen Kalibers am Werk gewesen. Echte Könner. So musste man es machen. Wenn schon, dann richtig tief in die Kasse greifen. Richtiges Geld einsacken. Nicht so ein paar mickrige Kröten, wie er sie hie und da auftrieb, um nicht unterzugehen. Das Leben auf dem alten Bauernhof war längst nicht so ein billiges Vergnügen, wie er sich das am Anfang vorgestellt hatte.

Vielleicht würde ja seine große Zeit noch kommen.

Vielleicht hatte er sie aber auch schon längst ungenutzt und unerkannt verstreichen lassen.

Er wandte sich um und ging weiter bergauf.

In der Scheune brannte noch Licht.

Die Kühe traten gemächlich im knisternden Stroh von einem Bein auf das andere und machten leise schmatzende Geräusche. Arkadi hockte auf einem alten Schemel vor der noch älteren Melkmaschine und fluchte lauthals auf Polnisch. Als Jo sich mit einem Räuspern bemerkbar machte, blickte er mit von Schmutz verschmiertem Gesicht auf. Es war alles andere als ein gut gelauntes Gesicht.

»Geht sich alles kaputt. Reparierst du eine Tag das, kommt andere Tag das.« Er drehte sich um, reckte den Kopf und wies verächtlich mit dem ausgestreckten Zeigefinger in verschiedene Ecken des Stalls, wo Rohre und Leitungen entlangliefen. »Kaputt, dann repariert ... kaputt, dann repariert ... kaputt, dann repariert ...« Als er sich wieder der Pumpe zuwandte, endete er mit den Worten, die einer Hinrichtung gleichkamen: »Scheißkaputt! *Kurwa mać!* Braucht man Elektriker und nicht Knecht.«

»Sag nicht immer Knecht.«

»Aber ich Knecht!« Er stand auf und rieb sich den Nacken. »Ich nicht werde bezahlt wie Elektriker.« Und herausfordernd blickte er Jo an und presste grimmig durch die Zähne: »Ich überhaupt nicht werde bezahlt.«

»Doch, doch«, sagte Jo beschwichtigend. In der Hosentasche hielt er ein paar abgezählte Scheine bereit. Arkadi war nicht der Einzige, bei dem er in der Kreide stand. Er holte das Geld hervor und zählte drei Hunderter heraus, die er Arkadi gab. Den Rest steckte er wieder ein. Dann zog er das Sakko aus und reichte es dem Polen gleichfalls hinüber.

»Danke noch mal für das Jackett.«

Sein Gegenüber schnaubte verächtlich. »Wollen Sie nicht noch behalten? Brauchen Sie vielleicht mehr nötig als ich.«

Jo überging diese Spitze kommentarlos. Arkadi und Ricky waren in groben Zügen im Bilde, was seine prekäre finanzielle Situation anging. Gott sei Dank waren sie die Einzigen, und das sollte auch hübsch so bleiben.

»Ich Frau Christa getroffen in Dorf. Hat gefragt, wann Sie kommen zurück. Haben ihr Auto.«

»Steht schon wieder vor ihrem Haus.«

»Sie leihen viele Sachen von vielen Leute.«

»Was soll das, Arkadi?«, fragte Jo unwirsch. »Willst du mir Ratschläge erteilen, wie ich zu leben habe? Ausgerechnet du?«

»Ich arbeiten für mein Geld.« Arkadi machte eine Pause, die einen Moment zu lange dauerte. »Wenn ich kriege.«

Mit einem ärgerlichen Brummen fingerte Jo einen Fünfziger aus dem Geldbündel in seiner Hosentasche. »Hier, für dich, was extra. Aber setz mir um Gottes Willen diese verfluchte Melkmaschine wieder in Gang. Die Mädels gucken schon ganz glasig.«

Arkadi steckte unverhohlen grinsend den Schein in seine Hosentasche, und Jo murmelte: »Irgendwann finden sie eine Schweizer Steuer-CD mit deinem Namen drauf. Würde mich jedenfalls nicht wundern.«

Arkadi fischte eine Flasche aus dem Wust von Stroh und rostigem Werkzeug zu seinen Füßen. Jo wusste, dass darin ein eklig süßer Anisschnaps aus Arkadis Heimat schwamm.

Der Pole trank, spuckte danach in die Hände und warf sich wieder auf den Schemel. »Jetzt geht besser.«

Er meinte damit sicher beides. Geld und Schnaps.

»Ach, ich nicht vergessen zu sagen. Hund streunt hier um Hof herum. Schon seit zwei, drei Tage.«

»Ein Hund?«

»Struppiger Köter. Ich Steine geworfen, aber er kommen immer wieder. Kann man nicht fangen, weil er nicht kommt nahe genug heran.«

Jo zuckte mit den Schultern. »Und was soll ich da tun? Wir haben keine Schafe, die er reißen kann, und an den Kühen wird er sich ja wohl kaum vergreifen, oder?«

Arkadi trank noch einen Schluck und sagte verächtlich: »Er umgekippt Mülltonne, aber darin nix gefunden zu fressen. Aber woher soll auch kommen?« Er lachte heiser.

Mit einem Schnauben wandte sich Jo um und ging ins Haus.

Als er eintrat, empfing ihn sofort der leicht faulige Geruch eines alten Hauses. Viel hatte er hier noch nicht verändert, seit er zurückgekehrt war. Womit auch? Immerhin würde Hommelsen jetzt das Dach reparieren. Das war ein Anfang.

Während er sich die ausgetretenen Latschen von den Füßen streifte, versuchte er, sich eine Prise Schnupftabak auf die Hand zu streuen, was misslang. Das Pulver fiel auf den Kachelboden, wo er es mit den Füßen verteilte. Bei dem ganzen Schmutz hier fiel das sowieso nicht auf.

Dann sah er, dass das Lämpchen am Anrufbeantworter blinkte. Auf Strümpfen tapste er zu dem Gerät und hörte die Nachricht ab.

Es war die Stimme von Lorna. Sie sprach ein gutes Deutsch, immerhin war ihr Vater Deutscher gewesen. Aber mit ihrem quakenden amerikanischen Akzent klang immer alles, was sie sagte, ein bisschen billig.

»Hallo Jo, hier ist Lorna. Vorhin habe ich mit Ricky gesprochen. Da ist etwas, was ich dir unbedingt zeigen muss. Ich wollte nur sagen, dass du auch gerne noch heute Abend kommen kannst. Ich werde ab fünf zu Hause sein. Bye.«

Nein, das würde er nicht tun. Es war jetzt kurz vor zehn, und er hatte nur noch den Wunsch, sich eine heiße Badewanne einzulassen, dann würde dieser Tag für ihn zu Ende sein. Lorna konnte er auch morgen noch besuchen. War sowieso besser am hellen Tag. Sonst dachte Christa noch wer weiß was. Frauen konnten da gar nicht anders. Ein Reflex, eine Vorgabe der Genetik.

Lorna war ohnehin nicht sein Typ. Eine Intellektuelle, die jeden dankbar zur Kenntnis nahm, dessen Intellekt ihrer Meinung nach über dem Level der gemeinen Eifelbevölkerung lag. Diese arrogante Haltung sorgte dafür, dass sie während ihrer wochenlangen Aufenthalte in der Mühle meistens unbehelligt blieb. Jo fand sie durchaus interessant, aber leicht anstrengend. In den Jahren, die er im Ausland verbracht hatte, war er vielen Typen dieser Art begegnet. Künstlertypen, die immer ganz kurz davor waren, groß rauszukommen. Ständig zerrissen zwischen der Kunst um der Kunst willen und dem nackten Selbsterhaltungstrieb. Bei Lorna schien es ein wenig anders zu sein. Sie hatte es offenbar nicht nötig, ihre Sachen unter Wert zu verkaufen, denn sie schien über ein gewisses finanzielles Polster zu verfügen. Und weil sie so unangestrengt damit umging, kam sie mit ihren Werken gut an. Wie hieß das Gegenteil von einem Teufelskreis?

Er ging in die Küche, um im Kühlschrank nach etwas Essbarem zu suchen, fand aber nur ein paar verschrumpelte Karotten, ein fast leeres Glas Aprikosenmarmelade und ein halbes Päckchen Salzbutter. Auch mit viel Fantasie konnte er daraus nichts zaubern. Ein Einkauf war dringend nötig.

Christa kam ab und zu in ihrer Freizeit vorbei und sorgte für Ordnung. Sie wusch seine Klamotten und saugte in aller Eile durch die Zimmer. Mehr konnte er nicht verlangen. Sicherlich hätte sie es gerne gehabt, dass er zu ihr in die Wohnung über dem Friseursalon zog, aber das war ihm zu eng. In all den Jahren, die er durch Europa gekreuzt war, hatte er ein Bedürfnis an sich entdeckt, das für ihn so wichtig war wie Wasser, Brot und Luft: Freiraum. »Wasser, Brot und Luft«, murmelte er und klappte den Brotkasten auf. Leere. »Okay, dann nur Wasser und Luft.«

Er dachte kurz an den ominösen Hund, der angeblich ums Haus schlich, und der nicht mal Essensreste in der Mülltonne hatte finden können.

Aus dem Wasser beschloss er Wein zu machen. Ein Glas Roten auf dem Badewannenrand, was für ein Luxus.

Die Kiste Rotwein, die unter der Küchenbank stand, hatte er bei einer Wette gewonnen. Einer Wette, die er nicht hatte verlieren können. Trick dreiundzwanzig, der funktionierte immer.

Er entkorkte einen 98er *Château Bousset* und schüttete etwas in ein Wasserglas. Während er die ausgetretenen Stufen hinauf ins obere Geschoss stieg, schlürfte er geräuschvoll daran.

Im Bad ließ er heißes Wasser in die Wanne. Die Dampfschwaden stiegen auf, und die Scheiben beschlugen augenblicklich. Hier war alles alt und zugig. Er zog sein Hemd aus, schüttete den Rest Badezusatz aus einer uralten Plastikflasche ins Wasser und betrachtete Wein schlürfend den wachsenden Schaumberg, als das Telefon klingelte.

Sicher Lorna, vermutete er. Schien ja ungemein wichtig zu sein, was sie ihm zu erzählen hatte. Aber das musste warten.

Das Klingeln hörte nicht auf, und es schoss ihm durch den Kopf, dass es auch Ricky oder Christa sein konnten, und so stieg er seufzend wieder die Treppe hinab.

Das alte Telefon verfügte nicht über eine Nummernanzeige. Als er den Hörer ans Ohr hob, meldete er sich nur mit einem knappen: »Hallo?«

»Mit wem spreche ich?« Die Stimme am anderen Ende war die eines alten Mannes. Rau, heiser, atemlos. Im Hintergrund war undeutlich Musik zu hören.

»Frings hier. Wer ist denn da?«

»Frings? Doktor Frings?«

»Ja, ja, der bin ich. Wenn Sie die Güte hätten …« Er wusste plötzlich, dass er den Anrufer kannte. »Quirin? Quirin Leitges?«

»Ja, genau, Dr. Frings. Ich bin's. Hören Sie, das ist wirklich komisch, das alles … Hier … Also bei dieser

Amerikanerin ... Ich mache mir ein bisschen Sorgen, verstehen Sie.«

»Sorgen? Wieso?« Jo stellte das leere Glas auf dem Sideboard ab. »Wo sind Sie? Bei der Amerikanerin? Bei Lorna?«

»Ja, genau.«

»Und da stimmt was nicht?«

»Ja, genau.«

Jo holte tief Luft. »Hören Sie, Quirin, so kommen wir nicht weiter. Was genau stimmt denn da nicht? Geben Sie mir doch bitte mal Lorna.«

»Das ist es ja, Herr Doktor. Die ist nicht hier. Ich bin hergekommen, weil ich ihr das versprochen hatte, und sie ist weg. Ich habe das Telefon benutzt und die Wahlwiederholung gedrückt, und da sind Sie drangegangen.« Am anderen Ende blieb es einen Moment lang still. »Alles offen hier ... Licht an, Plattenspieler an ... In einem Affenzahn ist sie mir mit dem Auto entgegengekommen. Ist sie bei Ihnen?«

Jo sah das runzlige Gesicht des Mannes vor sich. Ein liebenswerter Alter, der ihm ab und zu Brennholz für den Küchenofen lieferte. Auch einer von denen, die glaubten, Dr. Frings sei heimlich eine gut situierte Respektsperson auf einem Eifel-Trip.

»Nein, Quirin, hier ist sie nicht. Sie hat angerufen, weil ich vorbeikommen ...« Weil er im Badezimmer bereits seine Armbanduhr ausgezogen hatte, spähte er durch die Wohnzimmertür zur Wanduhr hin. Kurz vor zehn. »Hören Sie, ich ziehe mir Schuhe an und komme runter. Warten Sie auf mich.«

»Mach ich, Herr Doktor.«

Schnell lief er noch einmal nach oben, drehte das Badewasser ab, warf sich seine Jacke über und verließ das Haus.

Der Munga, der in einem an die Scheune angrenzenden, hölzernen Schuppen ein beschauliches Dasein fristete, sprang erst nach mehrmaligen Startversuchen an. Die Flüche, die Jo ausstieß, hatten daran keinen nennenswerten Anteil. Als er den Hof verließ, schob Arkadi gerade das Stalltor zu und schickte sich an, zu gehen, das Jackett über die Schulter geworfen.

Der Munga rollte röchelnd durch Schlehborn. Hinter der Kirche bog Jo ab. Ein paar Meter weiter war Lorna vorhin an der Kneipe ortsauswärts vorbeigefahren. Als er in die Kurve ging, musste Jo kraftvoll ins Lenkrad greifen. Die kleine Straße führte am Waldrand vorbei in Richtung Ahütte. Hier wuchs linker Hand im Hang ein großes Neubaugebiet heran. Riesige Häuser mit blauen und roten Dachziegeln und toskanischen Säulen. Er schüttelte sich jedes Mal, wenn er hier vorbeikam. Dann wurde die Fahrbahn unvermittelt zu einem holprigen Asphaltstreifen, der sich durch den Wald schlängelte. Es ging bergab, ins Schlehbachtal hinein. Die Scheinwerfer glitten über mächtige Fichtenstämme. Nach einer weiteren Wegkehre lichtete sich der Wald wieder, und die Gebäude der Mühle wurden sichtbar.

Er kannte die alte Mühle noch aus vergangenen Tagen. Da waren der Wald und alles, was ums Dorf herumlag, ein riesiger Spielplatz für ihn und seine Freunde gewesen. Seit seiner Rückkehr im vorigen Jahr war er aber noch nicht wieder hier gewesen, auch wenn Lorna Weiler ihn mehrfach eingeladen hatte. In der

Mühle brannte Licht. Es war ein warmer, einladender Schein, der durch die dunklen Sprossenfenster nach draußen strahlte. Vor der offenstehenden Haustür erkannte Jo schemenhaft den alten Leitges. Seine Gesichtszüge konnte er nicht ausmachen, weil der Schirm seiner Kappe das spärliche Licht der Hoflampe abhielt. Die Glut einer Zigarette leuchtete in Höhe des Kopfes, fiel dann zu Boden und verschwand unter einer Stiefelsohle.

Jo parkte den Munga und drehte den Zündschlüssel. Das Röhren des Motors erstarb. Irgendein Blech klapperte laut nach.

Quirin Leitges kam ihm mit schlurfenden Schritten entgegen.

»Hallo, Herr Doktor«, sagte der Alte.

»Lassen Sie den mal lieber weg«, murmelte Jo, während er sich aus dem Wagen schwang. »Als ich klein war, haben Sie mich Jo genannt.«

Leitges streckte ihm eine seiner riesigen Hände entgegen. »Dann bin ich der Quirin.«

Jo schlug ein. Er deutete mit dem Kinn zur Haustür hin. »Und sie ist nicht da drin?«

»Sie ist weg, sag ich doch.« Er deutete auf sein Fahrrad, das an die Hauswand gelehnt stand. »Ich sollte vorbeikommen, um ihr zu helfen, fürs Brennholz Platz zu machen. Das hatte sie letztes Jahr da vorne an der Wetterseite vorm Schuppen gestapelt, das war großer Mist, weil das nie richtig trocken geworden ist. Und dieses Jahr, hatte sie sich überlegt, sollte es in die Hütte da hinten rein. In den alten Geräteschuppen neben der Mühle.«

»Sie kommt sicher gleich wieder. Vorhin ist sie mit ihrem Auto an mir vorbeigefahren.«

Quirin nickte heftig. »Ja, ja, ja, an mir ja auch. Da vorne, an der Kurve!« Sein Finger wies ein Stück den Hang hinauf. »Wär fast über mich drübergefahren, mit so einem Affenzahn ist sie da hoch. Die Scheinwerfer haben mich geblendet, und ich hab mich gegen die Böschung gedrückt. Ich hab auch gedacht, ich warte, bis sie zurückkommt, aber dann, hier unten ...« Er stellte sich neben die offene Haustür und deutete hinein. »Licht an, Musik an, überall Splitter auf dem Boden ... Da stimmt was nicht, wenn Sie mich fragen, Herr Doktor.«

»Wir waren bei Jo.«

Quirin nickte bestätigend. »Jo, genau ... wenn du mich fragst.«

Jo betrat den Hausflur. Augenblicklich umfing ihn eine heimelige Atmosphäre. Die Räume waren klein, und die Decken niedrig. Der Boden war aus dunklen, fast schwarzen Dielen, der bucklige Putz der Wände war ockerfarben angestrichen, die Decken mit Brettern verkleidet, alle Türen waren aus massivem, dunklem Holz. Es war unverkennbar, dass dieses Wohnhaus zu einer Sägemühle gehörte. Lorna hatte alles mit ihren Kunstwerken geschmückt. Zumindest vermutete Jo, dass sie die Schöpferin all dieser Collagen und Objekte war. Die Rahmen waren unterschiedlich groß, manche von ihnen tief und kastenförmig, gefüllt mit den seltsamsten Dingen. Im Vorübergehen erkannte Jo getrocknete Beeren, Champagnerkorken und bunte Verpackungen von Schokoriegeln.

Im Wohnzimmer entdeckte er die Glasscherben, von denen Quirin erzählt hatte.

»Siehste, da vorne«, kam die Stimme des Alten von hinten.

»Eine Weinflasche«, sagte Jo. »Rotwein, denke ich.« Die Splitter waren überall verteilt.

»Könnte ich jetzt auch einen vertragen«, sagte Quirin mit rauer Stimme.

Jo vermied es darauf hinzuweisen, dass er selbst vorhin erst mit einem guten Tropfen den Feierabend eingeläutet hatte..

Auf einem alten Plattenspieler war der Tonarm am Ende der rotierenden Platte hängen geblieben und verursachte in regelmäßigen Abständen ein lautes Knacken.

»Hör mal, Quirin«, Jo seufzte tief, »das ist zwar alles reichlich seltsam, aber ich denke, wir haben keinen Grund zur Sorge. Lorna ist ... na, wie soll ich das sagen ... irgendwie unberechenbar. Sprunghaft.« Ja, sprunghaft traf es besser.

Quirin sah ihn fragend an. »Du meinst, ich mache mir umsonst Sorgen?«

»Ich denke schon. Vielleicht holt sie Zigaretten. Oder eine neue Flasche Wein. Vielleicht hat sie dir die Tür absichtlich offenstehen lassen.«

»Ja, wahrscheinlich«, murmelte Quirin und ließ den Blick durch den Raum wandern. »Und sie hat mir die Musik angelassen. Und die Flasche zerdeppert.« Er guckte auf seine Uhr, und seine Worte klangen wenig überzeugt: »Damit ich hier eine knappe Stunde warte.«

Jo grinste ihn an. »Weiß nicht. Künstlerin ...« Er klopfte dem Alten auf die Schulter. »Lass uns heimfahren. Morgen wird sie sich melden.«

»Ja, wird sie wohl.« Er klang nicht überzeugt.

Jo warf einen Blick auf das Plattencover. *Gloomy Sunday*. Dann hob er den Tonarm des Plattenspielers an und legte die Nadel auf den Anfang der Platte. Billie Holiday begann ihren Klagegesang.

Sunday is gloomy
My hours are slumberless
dearest the shadows
I live with are numberless

»Traurig«, sagte Quirin leise.

»Ja, allerdings.«

Jo schaltete den Plattenspieler aus, der Tonarm bewegte sich in seine Ruheposition, und das leise Geräusch der rotierenden Mechanik erstarb.

Es war wieder totenstill.

Als sie das Wohnzimmer verließen, schaltete Jo das Licht aus. Im Flur sagte er wie nebenbei: »Die Kunstausstellung wird geschlossen, wir bitten die Besucher, sich zum Ausgang zu begeben.« Plötzlich stutzte er. Da war ein Regal voller Schuhe, das direkt neben einer kleinen Spindtür postiert war. Seine Kante ragte zwei Handbreit über den Türrahmen hinaus, sodass der Spind unmöglich zu öffnen gewesen wäre. Zuerst schoss es ihm durch den Kopf, dass die Tür möglicherweise verbarrikadiert worden sein könnte, aber dazu wäre das kleine Möbelstück wohl kaum geeignet. Es war aus einem anderen Grund aus seiner ursprünglichen Position nach rechts geschoben worden. Dahinter verbarg sich etwas. Etwas, das jemand provisorisch hatte verstecken wollen.

»Ach du Scheiße«, hauchte Quirin. »Das sieht ja aus wie …«

Jemand hatte flüchtig versucht, das Blut wegzuwischen. Auf dem dunklen Holzboden war es kaum zu erkennen, aber auf dem ockerfarbenen Putz war es deutlich zu sehen. Die verwischten Flecken, die Spritzer. Jetzt sahen sie es auch an anderen Stellen. Kleine Flecken auf den Bilderrahmen und an der Tür. Auf den Schuhen waren sie und auf dem weißen Regenschirm, der in einem alten Butterfass stand.

»Ich rufe die Polizei«, sagte Quirin entschlossen.

5. Kapitel

»Was hast du denn erwartet? Dass sie gleich mit einer Hundestaffel und einem Hubschrauber mit einer Wärmebildkamera anrücken?«

»Ich hätte erwartet, dass sie jedenfalls irgendwas tun.«

»Irgendwas tun ... Die macht Kunst. Die hat einen Rappel gekriegt und ist auf Achse.« Christa wechselte den Scherkopf des Rasierers. Es glückte nicht gleich, und sie kniff die Lippen fest aufeinander. Irgendwie war sie nervös.

Jo beobachtete sie im Spiegel. Er war froh, endlich die struppige Mähne loszuwerden, die er für den Job in Köln gebraucht hatte. Eine weitere Woche hätte Christa das auch nicht mitgemacht. Es hatte seine Vor- und Nachteile, mit einer Friseurin zusammen zu sein.

»Ich weiß nicht, warum du so giftig bist«, sagte er arglos. »Was hat sie dir getan?«

Sie riss die Augen auf und starrte sein Spiegelbild an. »Sie soll einfach ...« Nach einem Blick zu der anderen Kundin, deren Kopf unter einer Trockenhaube steckte, und die abwesend in einer Illustrierten blätterte, senkte sie ihre Stimme. »Sie soll dich in Ruhe lassen, diese Kuh. Sie soll überhaupt alle Männer hier in Ruhe lassen!«

Jo grunzte verächtlich. »Sie ist eine Lesbe.«

»Na und, was heißt das schon!« Es kam schnell und unreflektiert. Sie schaltete den Rasierer ein und schrubbte ihm damit über den Nacken. Heftiger als nötig. »Wer weiß, wie das läuft bei denen. Jedenfalls glaube ich, dass die nur ausgeflogen ist. Wird sich irgendwo amüsieren bei ihren abgedrehten Kunstfreunden in Köln oder was weiß ich. Ständig *Highlife*, da kann unsereins nur von träumen.«

»Aber da war Blut«, sagte Jo ernst und fixierte sie im Spiegel.

Sie tat so, als müsste sie sich voll auf ihre Arbeit konzentrieren. »Ja, und wenn schon. Wird sich bei ihren komischen Bastelarbeiten geschnitten haben. Ich bleibe dabei: Die taucht schon wieder auf.«

Jo seufzte ergeben und senkte die Lider. Sie hatte ihm erzählt, sie habe höllische Kopfschmerzen. Das Geburtstagskegeln sei zu einem wahren Gelage ausgeartet. Christa vertrug sowieso nichts.

»Und deine Wäsche schaffe ich heute auf keinen Fall. Kannst du vergessen.«

Er wollte etwas erwidern, aber sie ließ ihn nicht. »Und morgen und übermorgen auch nicht. Überhaupt weiß ich nicht, wie ich das alles schaffen soll. Es müsste auch mal wieder bei dir geputzt werden.«

»Das brauchst du nicht!«, sagte er bestimmt.

»Ach, und wer macht es dann? Du etwa? Dein polnischer Eisenbieger vielleicht?« Sie schnaubte verächtlich und schaltete den Rasierer aus. Mit schief gelegtem Kopf betrachtete sie ihr Werk. Dann hielt sie ihm den runden Handspiegel hinter den Kopf. Es sah ein bisschen aus wie ein Heiligenschein. Bevor er richtig hingucken konnte, hatte sie den Spiegel wieder weggelegt. Ihre Blicke begegneten einander.

Er liebte Christa, und sie ihn, daran bestand kein Zweifel. Aber sie steckten in einer Situation, die sich, wenn sie sie nicht in den Griff bekamen, zur Krise auswachsen konnte. Ihr gemeinsames Leben spielte sich in zwei Haushalten ab. Auf dem Fringshof und in Christas Haus im Dorf. Hier hatte sie den Friseursalon und ihre Wohnung, in der auch ihre Tochter Ricky noch ein paar Jahre mit ihr leben würde. Ein Umzug auf den Hof kam für sie nicht infrage. Und er konnte unmöglich den Hof verkaufen, den sein Bruder ihm in einem völlig rückständigen und heruntergekommenen Zustand hinterlassen hatte. Ein Verkauf würde ihm eindeutig zu wenig einbringen, um finanziell einigermaßen abgesichert zu sein. Er würde arbeiten müssen. Irgendwo eine feste Stelle antreten. Aber als was? Er hatte keinen Beruf erlernt. Natürlich wäre es ein Leichtes für ihn, ein paar gefälschte Zeugnisse zu beschaffen, ein paar Dokumente, die ihm einen makellosen beruflichen Werdegang attestieren konnten. Dann würde er direkt in einer zufriedenstellenden Gehaltsklasse einsteigen – aber war es das, was er wollte? Der Hof war sein erstes festes Zuhause seit Jahrzehnten. Nicht, dass er sich danach gesehnt hatte, aber ihm gefiel der Gedanke, dass er wie ein Fuchs war, der nach seinen gelegentlichen Beutezügen immer wieder in seinen Bau zurückkehrt. Ein Fuchs mit grau und grauer werdendem Pelz, wie der Blick in den Friseurspiegel zeigte.

Christas Blick war traurig. Sie litt noch mehr unter der Situation als er. Er war der erste feste Partner seit dem Tod ihres Mannes. Sie war entschlossen, mit ihm zusammenzuleben. Um diesen Punkt zu erreichen, hatte sie viele innere Kämpfe mit sich ausgefochten. Aber immer wieder wurde ihr vor Augen geführt, dass er alles andere als ein solider Partner war. Und keinesfalls eine taugliche Vaterfigur für Ricky. Jo konnte sich glücklich schätzen, dass ihre Liebe groß genug war, um die vielen Zweifel in den Schatten zu stellen.

Mit ruppigen Bewegungen zog sie ihm den Umhang weg und rupfte ihm die Papiermanschette vom Hals.

Jo seufzte und kramte sein Portemonnaie hervor.

»Lass das«, knurrte Christa mit einem kurzen Seitenblick in Richtung der anderen Kundin. Was sollten die Schlehborner denken, wenn sie sich von ihrem Lebensgefährten bezahlen ließ?

»Aber wenigstens ein bisschen Spritgeld«, sagte Jo mit Nachdruck.

»Vergiss es«, murmelte sie. »Ich will auch gar nicht wissen, wofür du mein Auto gebraucht hast.«

»Ich könnte es dir bei einem Abendessen erzählen.« Er war ein bisschen stolz auf den geglückten Fischzug vom Vorabend. Natürlich würde es auf keinen Fall die ganze Geschichte werden. Eine bekömmliche Kurzfassung, bei der er unbedingt Rickys Rolle aussparen musste.

Sie setzte an, um das Angebot mit einer schnippischen Erwiderung abzulehnen, aber sie schaffte es nicht. Als sich ihre Blicke begegneten, brachte sie nichts weiter heraus als einen schwachen Seufzer.

»Heute Abend um sieben? Was Französisches? Na?«

»Ach, du ...«, sagte sie matt. »Meinetwegen.«

Er strich sanft mit dem ausgestreckten Zeigefinger um ihren Mundwinkel. »Kaputt«, murmelte er. »Geht gar nicht mehr richtig nach oben. Ah ... jetzt geht er wieder!«

Sie konnte ein Lächeln nicht länger unterdrücken.

Sein Blick fiel an ihr vorbei durch das Schaufenster auf die Straße. Am gegenüberliegenden Bürgersteig hielt der Pritschenwagen des Dachdeckers Hommelsen. Der kleine, dürre Mann kletterte aus dem Führerhaus und begann, mithilfe seines Lehrlings die Spanngurte zu lösen, mit denen die Ladung gesichert war.

»Gibt's ja gar nicht«, sagte Jo lachend. »Und da ist der Mann, von dem ich dir heute Abend erzählen werde!« Er gab ihr im Vorbeieilen einen Kuss auf die Wange und rief: »Sieben Uhr! Bringst du den Wein mit?«

»Ja klar«, flüsterte sie fast liebevoll. »Den Wein und deine Wäsche, du verdammter Mistkerl.«

Hommelsen hatte eine Stimme wie rostiges Metall. Er hatte nikotingelbe Finger, stank nach kaltem Zigarrenqualm, und das, was er mit seinen knapp sechzig Jahren schon so weggeraucht hatte, hatte seine Lungen mit Teer getränkt, sodass ihm weder der Asbeststaub alter Dacheindeckungen noch die giftigen Substanzen in den fragwürdigen Materialien, die er häufig verwendete, etwas anhaben konnten.

Als er Jo erkannte, herrschte er seinen Lehrling an: »Bring die Metallschienen rauf auf den Speicher. Un wehe, du machst wieder Katschen im Treppenhaus, hörste?« Dann eilte er auf Jo zu und hatte schon den unvermeidlichen Stumpen in der Hand. Nervös spielte er mit dem Feuerzeug herum, nachdem er ihn angesteckt hatte. »Un?«, fragte er. Eine einzelne Silbe, die die formvollendete Eröffnung eines Eifeler Small Talks darstellte. Sie konnte »Wie geht es dir?« ebenso bedeuten wie »Sind Sie fremd hier?« oder »Darf ich Sie jetzt erschießen?«

Mit großer Geste griff Jo in die Innentasche seiner Jacke und förderte den prallen Umschlag zutage.

»Is net wahr ...«, hauchte Hommelsen. Auch sein Hauchen wurde von einem rasselnden Geräusch begleitet. »Is dat etwa ...?«

Jo nickte mit einem fast huldvollen Lächeln. »Vierzehntausend. Einen Tausender musste ich abziehen. Die Kosten, wie gesagt.«

Hommelsens Hände zitterten, als er den Umschlag öffnete. Seine kleinen, blauen Augen schickten ein paar hektische Blicke die Straße hinauf und hinunter, bevor seine Finger die Scheine auffächerten. »Sie haben dat tatsächlich geschafft. Sie haben dieser Sau das Geld ...« Er stutzte und blickte auf. »Wie haben Sie dat jemacht? Paar auf die Fresse?«

Jo schüttelte den Kopf und zeigte zwei steile Falten zwischen den Augenbrauen, als wäre dies das Abwegigste von der Welt.

»Ich wollt schon sagen, dat hätt ich mit meinen Männern nämlich auch jekonnt. Ich will ja net, dat Sie in Schwierigkeiten ...« Jetzt kämpfte sich ein amüsiertes Glucksen seine Kehle empor, das sich im nächsten Moment in ein scheppernes Husten verwandelte.

Hommelsen wischte sich eine Träne aus den Augenwinkeln, von der man nicht wusste, ob sie die Rührung, der Husten oder der Zigarrenqualm dorthin getrieben hatte. Dann hielt er Jo einen Tausender hin.
»Hier, für Sie. Hab ich versprochen.«
»Ach, ich …«
»Nee, nee, nee, Herr Doktor. Der Hommelsen hält, wat er verspricht. Dat stecken Sie schön ein. Un morjen früh komm ich un mach die paar Löcher im Dach zu, jebongt?«
»Gut, also …« Während Jo den Schein in seine Hosentasche verschwinden ließ, signalisierte sein Blick ein Höchstmaß an Peinlichkeit. In Gedanken addierte er die tausend Euro zu den siebentausend, die er dem Kölner zusätzlich aus der Tasche gezogen hatte. Achttausend und ein repariertes Dach. Nicht schlecht gelaufen, das Ganze.

Hommelsen schlug ihm auf die Schulter. »Sie sin ein Bombentyp, Doktor Frings. Schön, dat Sie wieder hier in Schlehborn sin!«

Als seine kleine, magere Gestalt mit fröhlich federndem Gang durch die Tür des nächsten Hauses verschwand, war ein munteres Pfeifen zu hören. In der Luft hing noch bläulicher Qualm.

Jo sah auf die Uhr. In einer halben Stunde würde Ricky im Fringshof auftauchen und ihre Schauspielgage einfordern. Blieben siebentausendneunhundertfünfzig. Schöne, große, runde Zahlen neigten dazu, sich schnell in kleine, hässliche, eckige zu verwandeln. Er schwang sich in den alten Militärjeep und fuhr den Berg hinauf.

Christa beugte sich vor, um ihm mit ihren Blicken folgen zu können.

Hinter ihr wurde ein Räuspern vernehmlich. Die Dauerwelle. Christa warf einen Blick zur Wanduhr und eilte zu der Kundin.

Eine ausnehmend spitze Nase lugte unter der Trockenhaube hervor. Zilla Fischenich trug, seit Christa denken konnte, dieselbe Frisur. Sie hatte ihr immer wieder versucht, etwas Neues vorzuschlagen. Einen Pagenkopf, mal glattes, längeres Deckhaar oder was Stufiges ... Zilla bestand auf dem Klassiker, der voluminösen Dauerwelle.

Als Christa die Haube lüftete, zwinkerte Zilla ihr im Spiegel verschmitzt zu.

»Fast so wie Haareschneiden bei George Clooney, oder?«, fragte sie mit verschwörerischem Ton.

»Bitte?«

»Na, der Doktor ...« Zilla wies mit der Nase zu dem leeren Friseurstuhl am Fenster, auf dem vor ein paar Minuten noch Jo gesessen hatte.

Christa lächelte schwach und begann, die Lockenwickler aus Zillas Haaren zu winden.

»Ein schönes Paar seid ihr«, legte Zilla nach. »Letztens fragte mich irgendwer, warum ihr denn nicht zusammenzieht. Ach, habe ich gesagt, das müssen die zwei schon selber wissen.«

»Wer wollte das wissen?«, fragte Christa herausfordernd.

Zilla tat so, als müsste sie nachdenken. »Ja, wer war das noch ...?«

Niemand hatte gefragt. Zilla spielte ihren Vorwitz meistens über Bande.

»Irgendwann werden wir wohl zusammenziehen«, sagte Christa, mehr zu sich als zu der neugierigen Alten. »Bis dahin haben wir eben zwei Haushalte.« Und während sie es aussprach, glomm plötzlich ein kleines Fünkchen in ihren Gedanken auf und flackerte unstet zu einer Idee heran. Konnte sie …? War das nicht zu gemein, wenn sie …?

»Weißt du, Zilla«, sagte sie, ohne sich vollständig über die Konsequenz ihrer Worte im Klaren zu sein, »der Jo, der hat ja beruflich so viel um die Ohren, und ich komme viel zu selten dazu, auf dem Fringshof mal ein bisschen sauber zu machen …«

»Dem Hof fehlt eine weibliche Hand, meinst du?«, schoss es blitzschnell aus Zilla Fischenichs Mund. »Du denkst …«

»Nur ein bisschen Staub saugen.«

»Ein paar Hemden bügeln vielleicht?«

»Ja, vielleicht. Geschirr spülen und so Sachen.«

»Schuhe putzen?« Zillas Augen weiteten sich vor freudiger Erwartung hinter den Brillengläsern.

»Ja, auch Schuhe putzen. Wenn du jemanden wüsstest?«

»Ob *ich* jemanden wüsste, fragst du?« Eine zarte Röte breitete sich auf Zillas faltigen Wangen aus, und Christa verkniff sich nur mühsam ein boshaftes Grinsen.

Das was sie da tat, war abscheulich, aber es war genau das, was Jo verdiente.

6. Kapitel

Jo trat auf die Bremse. Der Munga kam mit einem lauten Quietschen kurz vor der Abzweigung in Richtung Wiesbaum zum Stehen.

In der Ferne sah er ein Tier laufen. Ein graubraunes, struppiges Etwas, das kurz den Kopf hob, als es den Wagen hörte, und dann mit eingekniffenem Schwanz ins Gestrüpp verschwand.

Das musste der Hund sein, von dem Arkadi gesprochen hatte. Er war also immer noch da. Wo kam so ein Tier her, das scheinbar ziellos durch die Gegend strich? Hunde hatten einen verteufelt guten Orientierungssinn. Wenn er wollte, würde er sicher zu seinem Zuhause zurückfinden. Wenn er das wollte. Jo beschloss, wachsam zu sein. Womöglich war das Tier krank.

Es war nur noch ein knapper Kilometer bis zum Hof. Er legte den Gang ein, um weiterzufahren, als links neben ihm ein silbergrauer Mercedes hielt. Auf der Beifahrerseite wurde die Scheibe heruntergefahren, und der kahle Schädel von Kriminaloberrat Herbert Assenmacher wurde sichtbar.

»Na, Frings. Cabriowetter?«, stichelte der Polizist.

»Ist doch fast immer Cabriowetter in der Eifel. Und du? Spritztöurchen auf Steuerzahlerkosten?«

»Blödmann!« Assenmacher rümpfte die Nase. »Die Rumgurkerei hab ich dir zu verdanken.«

»Mir?«

»Die Amerikanerin, die verschwunden ist. Du warst das doch, der uns gestern Abend angerufen hat, oder irre ich mich da?«

»Stimmt schon. Und jetzt suchst du höchstpersönlich? Seid ihr so knapp besetzt? Oder lassen sie dich wieder Streife fahren?«

»Armleuchter«, schnarrte Assenmacher.

»Als Nächstes dann Schülerlotse? Tolle Karriere.«

»Pass mal auf, du …« Nach einem hektischen Seitenblick zu seinem Fahrer schluckte Assenmacher den Rest herunter. »Wir haben den Wagen von der Frau gefunden.«

»Und die Frau?«

»Den Wagen. Sonst nichts.«

»Wo?«

»Auf einem Waldweg etwa zwei … Geht dich überhaupt nichts an!« Assenmacher schob seinen kahlen Kopf aus dem Fenster. Er war ein groß gewachsener Mann, der sich in fast jedem Fahrzeug ducken musste. Es sah aus, als reckte eine Schildkröte ihren Kopf aus dem Panzer hervor. »Pass auf, Jo Frings. Wenn der Tante irgendwas passiert ist, kümmern wir uns schon darum, okay? Das ist kein Job für dich.« Und bevor er die Scheibe wieder hochfahren ließ, spuckte er noch schnell ein »Kriminalisten und Kriminelle – zwischen uns liegen Welten, Frings« aus.

Der Mercedes fuhr wieder an und bog rechts in Richtung Wiesbaumer Straße ab.

»Kein Grund beleidigend zu werden, Kojak!«, rief Jo ihm hinterher, wohl wissend, dass Assenmacher ihn nicht mehr hören konnte. »Drecksack!«

Sie kannten einander noch aus Schulzeiten. Der Kahlkopf Assenmacher war der Mann in der Eifel, den er am meisten fürchten musste, da dieser Zugriff auf zahlreiche Akten und Computerdateien im In- und Ausland hatte, die einiges über Jos Aktivitäten während der letzten zwanzig Jahre erzählen konnten.

Er legte den Gang ein, und der Munga rollte knatternd los. Das war nicht sein Thema. Er kannte Lorna kaum und hatte mit ihrem Verschwinden nichts zu tun. Die Tatsache, dass der alte Leitges ihn angerufen hatte, war reiner Zufall gewesen.

Er wollte jetzt nach Hause ...

... aber er drehte das schwergängige Lenkrad nach rechts und bog so von der Straße ab, wie es vor ein paar Sekunden erst Assenmachers Dienstwagen getan hatte.

Es konnte eigentlich nichts schaden, sich das mal anzusehen.

Der Mercedes war schon außer Sichtweite, aber Jo wusste in etwa, wohin er gefahren sein musste. Wenn Assenmacher von der Dienststelle in Wittlich kam, dann hatte er von der neuen Autobahnabfahrt bei Dreis-Brück die kürzeste Strecke über Niederehe genommen und bog jetzt nicht nach Flesten, sondern nach Wiesbaum ab.

Es war hilfreich, dass der Munga eher gemächlich über die kleinen Sträßchen der Eifel zockelte. Wenn

Assenmacher ihn im Rückspiegel sah, würde es Ärger geben.

Nach ein paar Hundert Metern bog er rechts auf die Kreisstraße 69 ab, die mitten durch eins der größten zusammenhängenden Waldgebiete der Region führte. Schattige Fichtenareale wechselten sich mit satt grünem Mischwald ab. Bis unmittelbar an das nächste Dorf Wiesbaum heran reichten die riesigen Flächen, auf denen sich seit dem verheerenden Sturm Ende der Neunziger die Natur nun wieder mühsam, aber in all ihrer Üppigkeit entfaltete.

Vor zweihundert Jahren waren die Wälder der gesamten Eifel nahezu restlos abgeholzt worden, die Hügel und Höhenzüge hatten karg und nackt da gelegen und waren schutzlos der nicht eben freundlichen Witterung ausgeliefert gewesen. Erst die Preußen hatten hier wieder systematisch aufgeforstet.

Und erst vor Kurzem hatte ein Großteil dieser mühsam wiederhergestellten Naturlandschaft schon wieder geopfert werden sollen. Über zwanzig monströse Windräder hatten die Politiker in all ihrer Arglosigkeit hier einpflanzen wollen, mit Betonfundamenten groß wie Fußballfelder. Da hatte auch der Schlehborner Ortsbürgermeister plötzlich Dollarzeichen in den Augen gehabt.

Jo hatte erst sehr spät begriffen, wie skrupellos die Menschen mit ihrer Heimat umzugehen imstande waren. Viel später als sein Bruder, der sein ganzes Leben lang für dieses Fleckchen Erde gekämpft hatte.

Aber alles war dann doch anders gekommen. Die Mehrzahl der Dörfler hatte sich zur Wehr gesetzt und die Windkraftbetreiber weitergeschickt. Anscheinend war hier doch noch nicht alles verloren.

Eichelhäher und anderes Getier wurden jetzt aufgescheucht, als der Munga röhrend über den Asphalt rollte.

Jo spähte rechts und links in die Waldwege hinein. Manche waren mit Schranken abgesperrt. Im Herbst füllten hier die Autos der Pilzsammler mit Kölner, Bergheimer und Viersener Kennzeichen jede Lücke, und ihre Besitzer schleppten schon früh morgens ihre Beute säckeweise zu den Kofferräumen.

Da war etwas! Jo trat auf die Bremse, und der Munga beschwerte sich mit einem Konzert all der Geräusche, die Metall zu machen imstande war. Er setzte zurück und spähte in den Waldweg zur Rechten. Weiter hinten erkannte er ein paar Autos. Er hatte richtig getippt.

Er wollte Assenmacher auf keinen Fall reizen und fuhr ein paar Meter weiter vor. Dann nahm er die nächste Einmündung auf der linken Straßenseite, fuhr etwas weiter hinein, sodass der Wagen von der Straße aus nicht mehr zu sehen war, und schwang sich hinaus.

Wenn in der Stoßzeit nicht gerade Berufspendler unterwegs waren, gab es auf der Wiesbaumer Straße so gut wie keinen Verkehr. Er überquerte die Fahrbahn und sprang über den längs verlaufenden Graben. Natürlich trug er nicht das richtige Schuhwerk, um sich durchs Unterholz zu schlagen, aber das war eine Tatsache, an die er jetzt keinen unnötigen Gedanken verschwenden durfte.

Er bewegte sich parallel zu dem Waldweg, auf dem er die Autos entdeckt hatte. Noch waren sie durch das

Gestrüpp nicht zu sehen, aber er hörte ihre Stimmen. Laute Kommandos, blecherne Töne aus Funkgeräten.

Über ihm flatterten ein paar aufgescheuchte Vögel durch die Baumkronen.

Jo versuchte, sich zu orientieren. Wenn man dort hinten den Volvo gefunden hatte, wo war Lorna? Assenmacher hatte gesagt, der Wagen sei gefunden worden, sonst nichts.

Er wandte langsam den Kopf nach links und rechts. Mit vorsichtigen Schritten drehte er sich einmal um die eigene Achse und pirschte sich näher heran. Vermutlich waren sie noch mit dem Wagen und der Auffindesituation beschäftigt. In kürzester Zeit würden sie hier den gesamten Wald durchkämmen. Konnte nicht mehr lange dauern.

Jetzt sah er sie. Im Zentrum der Aktivitäten stand der dunkelgrüne Geländewagen. Wie immer völlig dreckverkrustet. Er stand leicht schräg, als wäre er in aller Hast am Wegesrand abgestellt worden. Die rechten Räder waren im unbefestigten Waldboden neben dem Weg abgesackt. Hatte sie sich festgefahren? War sie vor etwas geflohen? Vor jemandem?

Jo ging in die Hocke. Assenmacher wedelte mit den Armen. Sein ausgestreckter Zeigefinger wies in verschiedene Richtungen zwischen die Baumreihen.

Drei uniformierte Polizisten und ein älteres Paar, Mann und Frau, waren in Gespräche vertieft. Die Fahrertür des Geländewagens stand weit offen.

Jo folgte mit dem Blick dem Waldweg. Sie war von der Straße abgebogen … dann ungefähr hundert Meter in den Wald hinein. Der Weg führte, wenn er sich nicht irrte, mitten durch die Fichtenschonung hindurch, fast bis runter nach Leudersdorf.

Da vorne gab es einen kleinen Wendeplatz, an dem Holz aufgeschichtet lag. War da nicht ...? Er versuchte, sich zu erinnern. Wie war das noch gewesen? In seiner Kindheit hatten sie hier gespielt. Räuber und Gendarm natürlich. Er hatte schon damals nie der Gendarm sein wollen.

Ein kleiner Weg, der zu einer Hütte führte. Seine Erinnerung war nur verschwommen. Irgendwo da hinten. Eine alte Bruchbude, in der es stank, und in der sie sich mit Bierflaschen und Zeitungen vergnügten, die sie im Kaufladen in Schlehborn gemopst hatten. *Praline, Wochenend* ... die Sachen aus dem obersten Regal eben, an die sie eigentlich nicht rankommen sollten. Und Zigaretten, klar. Wo war das gewesen? Da? Nein, da!

Hier, im Schatten der Bäume war es angenehm kühl. Dort, wo die Strahlen der Sommersonne durch das Blätterdach fielen, tanzten Mücken durch die Luft.

Da vorne wurde die wilde Struktur des ungezähmten Wuchses von ein paar waagerecht verlaufenden, geraden Linien durchbrochen. Das war das Dach.

Er bewegte sich vorsichtig rückwärts und richtete sich wieder auf. Von seiner jetzigen Position aus konnte er die bemooste Teerpappe erkennen. Keine zweihundert Schritte von der Stelle entfernt, an der das Auto stand, und doch fast nicht zu finden.

In gebückter Haltung schlug er die Richtung ein, in der die Hütte lag. Undeutlich nahm er Motorengeräusch wahr. Ein weiteres Auto kam den Waldweg heruntergerollt. Jetzt ging es los. Vielleicht hatten sie Blut im Auto gefunden, so wie er gestern Abend in der Mühle, dann würden sie sich endlich ein bisschen Mühe geben.

Je näher er kam, desto deutlicher erkannte er, dass sich an der halb verrotteten Bude vergangener Jahre eine Verwandlung vollzogen hatte. Da hingen keine morschen Fenster mit zersplitterten Scheiben schief in den Angeln, und da klafften keine Löcher mehr im Dach. Massive Schlagläden waren zugeklappt, An ihnen baumelten metallisch blinkende Vorhängeschlösser. Das Gestrüpp um das Gebäude herum war gestutzt, es gab einen kleinen, angrenzenden Schuppen. Jo erkannte ein Ofenrohr, das aus dem Dach ragte. Rauch stieg keiner daraus auf, und es schien sich im Moment auch niemand im Inneren des Häuschens aufzuhalten, aber Jo ging zielstrebig darauf zu. Ihn trieb eine Mischung aus Neugier und Ehrgeiz an. Ehrgeiz, vor den Polizisten anzukommen. Wo auch immer.

Jetzt sah er den Weg, der fast ganz vom Laub bedeckt in die Richtung des Wendeplatzes führte. Er konnte alte, verkrustete Reifenspuren wahrnehmen.

Die Türklinke war funktional und hässlich, mit schwarzem Kunststoff ummantelt. Ein Schlüsselloch für einen herkömmlichen Schlüssel mit Bart, wie bei einer Zimmer- oder Kellertür. Wenn er das wollte, wäre es kein Problem für ihn, sie zu öffnen. Er benötigte dazu nur ein Stückchen Draht.

Als er beiläufig die Klinke hinunterdrückte, stockte ihm der Atem. Es war nicht abgeschlossen. Die Tür ging nach außen auf. Sie war aus Metall, mit künstlicher Holzmaserung, und sie quietschte erschreckend laut in den Angeln.

Fingerabdrücke! Hastig wischte er mit dem Ärmel über die Klinke. Das fehlte noch, dass man seine Spuren fand. Assenmacher würde ihn sofort erschießen lassen.

Er tastete seitlich der Tür über die hölzerne Wand, aber es gab keinen Lichtschalter. An der Decke baumelte eine Petroleumlampe, so viel konnte er erkennen. Er sah auch die Schemen eines Tisches, da waren Stühle, an den Wänden hingen ein paar kleine Geweihe. Es roch dumpf nach Feuchtigkeit und Staub.

Weiter hinten stand eine Art Feldbett.

Lorna Weiler lag so entspannt darauf, als würde sie nur schlafen. Ihr ungebändigtes, rotes Haar glomm kraftlos durch das Dunkel wie fast verloschene Glut.

Mit zwei großen Schritten war Jo bei ihr. Undeutlich erkannte er verkrustetes Blut auf ihrer Stirn. Sie hatte die Augen geschlossen, und als er in ihrer Halsbeuge nach dem Puls tastete, spürte er dort nichts als kaltes, totes Fleisch.

Dann sah er zu seinen Füßen die Blutlache, die sich als matt glänzender, schwarzer Spiegel über den gesamten Holzboden unter dem Feldbett ausgebreitet hatte. Er machte einen erschrockenen Schritt zurück.

Es war nicht die Verletzung an ihrem Kopf, von der das viele Blut herrührte, es war aus zwei feinen, fast winzigen Wunden in Lornas Handgelenken geronnen. Die Arme hatte sie, mit den Handflächen nach oben, seitlich neben dem Körper liegen, die beiden Male saßen spiegelbildlich auf beiden Armen, wie dunkel funkelnde Schmucksteine.

Jo wich langsam zurück, mit den Händen ins Leere tastend, auf den Ausgang zu.

Er hörte, wie die Stimmen näher kamen. Als er benommen ins Freie strauchelte, rief er den Polizisten zu, die auf dem kleinen Weg herankamen: »Hier ist sie. Ich habe sie gefunden!«

Assenmacher lief vorneweg. Sein Gesicht war wutverzerrt, als er auf Jo zusprang und ihn mit der Rechten am Kragen seiner Jacke packte. »Das kann ja wohl nicht wahr sein!«, japste er. »Ich hab dich doch vor ein paar Minuten erst im Dorf gesehen. Ich glaub, ich spinne. Hatte ich dir nicht gesagt ...«

Einer seiner uniformierten Kollegen war in die Hütte gelaufen. Sein Kopf erschien jetzt im schwarzen Rechteck der offenen Tür. »Hier drinnen!«, rief er. »Sie ist es!«

Jo tippte auf Assenmachers verkrampfte Hand. »Na, na, Finger weg, Kojak. So was tut man nicht.«

7. Kapitel

Dem Klopfen an die Tür des Arbeitszimmers folgte fast gleichzeitig das Herunterdrücken der Klinke. Ruth Fröhling war immer in Bewegung, immer mobil, es gab nichts, was sie länger als ein paar Sekunden aufhalten konnte. Sie unterrichtete Englisch und Chemie am Gymnasium Gerolstein. Da, wo sich auch ihr Bruder Ludger mit den Schülern herumschlug und versuchte, Latein und Geschichte zu vermitteln.

Jetzt lagen die Ferien vor ihnen. Endlich eine Atempause, das sahen die Pädagogen nicht anders als die Schüler. Die letzten Wochen hatten sich quälend lang hingezogen. Die Motivation auf beiden Seiten der Front lief am Ende gegen Null.

Es raschelte laut, als sie die Tür öffnete, ihr Bruder schob hastig eine Schublade zu und fuhr auf seinem Bürostuhl herum.

Fragend blickte sie ihn einen Moment an, bis er stammelte: »Du erschreckst mich, Ruth! Jedes Mal, wenn du so schnell hereinstürmst ...«

»Hereinstürmst?«, fragte sie und riss die Augen auf. »Ich habe angeklopft!«

»Und gleichzeitig hast du die Tür … Ich wäre froh, wenn du …« Er schob mit fahrigen Bewegungen Papiere zusammen. Immer fummelte er herum, vermittelte fortwährend den Eindruck, er hätte etwas zu verbergen. Vermutlich hatte er das auch. Sie hatte schon vor langer Zeit aufgehört, ihn allzu genau zu beobachten. Sie war 52, ihr Bruder war sechs Jahre älter – es wäre zwecklos gewesen, ihn noch ändern zu wollen.

»Also, was ist denn nun?« Seine Augenbrauen krochen aufeinander zu und ließen zwei tiefe, senkrechte Falten entstehen. »Ich arbeite, Ruth!«

Sie stützte, ohne auf seine missbilligenden Blicke zu achten, die Hände auf seinem Schreibtisch ab und atmete tief durch. »Erinnerst du dich an die amerikanische Künstlerin?«

»Künstlerin?« Er fragte immer nach, egal wie genau er im Bilde war.

»Die, die unten in der Mühle lebt. Du weißt schon, die Rothaarige, die mal bei uns in der Schule diesen Workshop geleitet hat.«

»Workshop?«

»Herrgott, Ludger, reiß dich zusammen! Die Frau ist tot!«

Ludger Fröhlings Lippen bewegten sich, ohne dass ein Laut zwischen ihnen hervortrat. Sein Gesicht war mit einem Schlag leer. Die ratlose Miene verschwand, und es blieb nur ein entgeisterter Blick und ein halb offenstehender Mund.

»Ich habe es gerade bei Gilzems in der Metzgerei gehört. Alle reden von Selbstmord. Sie ist im Wald gefunden worden.« Ruth Fröhling schüttelte fassungslos den Kopf. Dann atmete sie tief durch und stieß sich vom Schreibtisch ab. Sie hatte lange genug stillgestanden. Als sie aus dem Zimmer stürmte, rief sie ihrem Bruder über die Schulter zu: »Wir werden nach den Ferien in der Schule irgendwie reagieren müssen! Da stehen auch noch ein paar Plastiken rum, soweit ich weiß! Ich versuche gleich mal, ob ich im Sekretariat noch irgendwen erreiche!«

Ihr Bruder saß wie versteinert am Tisch. Ein großer, plumper, in sich zusammengesackter Mann mit einem unmodernen Seitenscheitel. Seine Finger waren nach ein paar Minuten das erste, was sich wieder rührte. Sie strichen die gefalteten Kanten einiger Fotokopien glatt. Fröhling benutzte den Daumennagel und tat es akkurat, wie in Zeitlupe.

»Selbstmord ...«, murmelte er. »Natürlich muss man da etwas machen ...«

* * *

Das Erste, was Jo sah, als er die Haustür aufgeschlossen, die Schuhe von den Füßen gestreift und in sein Wohnzimmer getrottet war, war der vorwurfsvolle Blick von Ricky.

»Meine Mutter war vorhin hier. Du wolltest sie zum Essen einladen.«

Im Hintergrund warfen sich im Uralt-Fernseher zwei junge Leute in Jogginganzügen gegenseitig Schimpfwörter an den Kopf, der Moderator kommentierte das diabolisch grinsend, und das Studiopublikum tobte. Sie schaltete zwischen den Kanälen hin und her. Die Bilder waren grell und hektisch.

»Verdammter Mist«, stöhnte Jo.

»Und mein Fuffi? Du hast natürlich auch vergessen, dass ich zum Shoppen wollte.«

»Mist, das auch, ja.«

»Also her mit dem Schein.«

»Ja, ja, sofort. Oh Mann, ich wollte deine Mutter von den Bullen aus anrufen, aber dann hab ich's vergessen.«

»Bullen?« Ricky streckte den Oberkörper. »Wegen gestern Abend?«

Jo begriff nicht direkt, was sie meinte. Er war völlig fertig. Assenmacher hatte ihn härter in die Mangel genommen, als das nötig gewesen wäre. Er winkte ab. »Nee, nicht wegen gestern. Ich habe die Amerikanerin gefunden. Tot, in einer Jagdhütte.«

»Scheiße«, sagte Ricky ehrlich entsetzt. »Wie das denn?«

Jo schloss den alten Wohnzimmerschrank auf und holte eine Flasche Schnaps hervor. Er schraubte sie auf und trank zwei tiefe Schlucke, die nicht erst den Umweg über das Glas nehmen mussten. »Ich weiß nicht. Sieht nach Selbstmord aus, aber ich hab keine Ahnung, wieso. Die Bullen haben mich durch den Wolf gedreht. Immerhin hat sie zuletzt bei mir angerufen, und dann war ich ja auch in ihrem Haus, weil der alte Leitges so eine Panik hatte.« Er sah auf die Armbanduhr. »Zu spät, um deine Mutter anzurufen, was?«

»Sie hat hier fast 'ne Stunde auf dich gewartet. Ich würde das sein lassen.« Ricky stand auf und streckte ihm fordernd die flache Hand entgegen. »Kohle her, Frings.«

»Ja, ja, schon gut.« Er kramte umständlich sein Portemonnaie hervor und reichte ihr einen Fünfziger.

Während sie ihn zusammenfaltete und in ihrer Hosentasche verstaute, murmelte sie: »Bei Geld lasse ich mich nicht linken.« Dann hob sie den Kopf und grinste ihn frech an. »Hab ich von dir gelernt.«

Dann zog sie ihre Schuhe an und sagte: »Wenn du mal wieder was hast, sag Bescheid.«

»Du bist mir zu teuer«, knurrte Jo. Er ließ sich ächzend in den Sessel fallen, in dem Ricky zuvor gesessen hatte, und trank erneut.

»Guck mal da. Krasse Sache, oder?« Ricky blieb im Türrahmen stehen und zeigte auf den Fernseher.

Dort war eine rotbunte Kuh zu sehen. Die Stimme aus dem Off erklärte reißerisch: »Und jetzt hat sie also auch ihren eigenen Facebook-Account, die Eifeler Phantomkuh Fabiola!« Dann erschien die Oberfläche einer Internetseite, auf der die User Kommentare hinterlassen hatten wie *Schwing die Hufe, Fabiola!* und *Zeig's ihnen, du kuhle Sau!*

»Das ist doch Scheiße«, sagte Jo barsch. »Die Typen von RTL wollen jetzt sogar mit einem Hubschrauber und einer Wärmebildkamera durch die Gegend fliegen. Bei Lorna haben die nicht so einen Tanz aufgeführt.«

»Kommt schon noch. Da sind die jetzt garantiert heiß drauf.«

»Zu spät!«, rief er wütend, und leiser setzte er hinzu: »Hätte man sie früher gefunden, wäre sie vielleicht noch zu retten gewesen.«

»Mann, hast du 'ne Stinklaune«, sagte Ricky noch und glitt grußlos durch die Tür.

Wenige Augenblicke später hörte Jo, wie die Haustür ins Schloss fiel.

Er schaltete den Fernseher aus und verlor sich noch eine Weile in der Betrachtung des leeren, graugrünen Bildschirms.

Assenmacher hatte seine helle Freude daran gehabt, ihn mit seinen Fragen zu quälen. Jo hatte bereitwillig erklärt, was sich am Vorabend ereignet hatte. Selbstverständlich nur in dem relevanten Zeitraum, und der erstreckte sich von Lornas Anruf bei Ricky bis zu dem Moment, wo sie mit dem Auto an der Kneipe vorbeigefahren war. Er hatte keine Notwendigkeit gesehen, Assenmacher in die Details seiner Kölner Mission einzuweihen.

Natürlich hatte die Frage immer wieder gelautet: »Was wollte Lorna Weiler von dir?« Aber so sehr er sich auch das Hirn zermarterte, er konnte sich einfach nicht mehr genau daran erinnern, worum es bei ihrem Gespräch an der Tanke gegangen war. Sie hatten über Belangloses gesprochen. Über das Wetter und all solche Dinge. Die flüchtige Kuh hatte Lorna natürlich auch kurz erwähnt. An der Tankstelle hatte irgendein Komiker ein großes *Wanted*-Plakat aufgehängt. Und dann hatte Lorna etwas erwähnt, das sie kürzlich im Wald gefunden hatte. Eine Plastiktüte ... Daran erinnerte er sich mit einem Mal. Seltsam, jetzt, wo der

Druck weg war, kamen plötzlich wieder Erinnerungsfetzen. Das war alles zu viel für ihn. Er war keine zwanzig mehr. Totholz, so hatte sie gesagt, und ein paar vage Andeutungen gemacht. Sie sprach immer sehr schnell, und manchmal fehlten ihr zu ihren Erklärungen die deutschen Worte. Und Paris hatte auch eine Rolle gespielt. Ja, genau, Paris, deshalb waren sie erst darauf gekommen. Sie hatte ihm eine Adresse in Paris genannt, nachdem er erzählt hatte, dass er viele Jahre dort gelebt hatte, bevor er nach Schlehborn zurückgekehrt war.

Die dunklen Male an Lornas Handgelenken kamen ihm wieder in den Sinn. So klein, fast unscheinbar, und doch tödlich.

Hatte sie sich tatsächlich das Leben genommen? Aber warum?

Und vor allen Dingen: Warum an dem Platz, an dem er sie gefunden hatte? Er hatte keine Ahnung, wem die Hütte gehörte, aber es würde sicher ein Leichtes sein, das herauszufinden.

Nachdenklich kippte er die Schnapsflasche in seiner Hand hin und her. Die glasklare Flüssigkeit schwappte rastlos darin herum.

Lorna Weiler hatte ihm etwas zeigen wollen, so viel stand fest. Zwar war es ihr dann nicht mehr wichtig genug erschienen, denn sie hatte ihr Treffen telefonisch verschoben, aber trotz allem hatte Jo das Gefühl, dass da noch etwas zwischen ihnen offen war. Eine ungeklärte Sache. Etwas Privates, das Assenmacher eigentlich nichts anging. So sah er das jedenfalls. Man durfte der Polizei nie zu viel erzählen.

Mit einem Ruck hievte er sich aus dem Sessel und stellte die Flasche zurück in den Wohnzimmerschrank.

Er trat an das Fenster und spähte in die Dunkelheit.

Kein Stern war zu sehen. Nur Schwärze.

Jo schlug mit der Faust auf die Fensterbank, sodass die beiden Blumentöpfe auf ihren verkalkten Untersetzern klirrten.

Was hatte Lorna von ihm gewollt?

Er kannte sich gut genug, um zu wissen, dass ihm das sowieso keine Ruhe lassen würde, dass er nicht würde schlafen können, solange er nicht wenigstens den Versuch gemacht hatte herauszufinden, um was es ging.

Er musste noch einmal zur Mühle.

Mit zusammengepressten Lippen stieg er wieder in seine Schuhe und zog sich eine Jacke über.

Als er auf den Munga zustapfte, glaubte er wieder den streunenden Hund in der Dunkelheit verschwinden zu sehen. Wenn er zurückkam, würde er irgendetwas zu fressen vor die Tür stellen.

Wenig später rumpelte der alte Jeep den Weg zur Mühle hinunter, so wie er es schon am Vorabend getan hatte. Aber diesmal wartete niemand auf ihn.

Er musste ein wenig suchen, bis er die Taschenlampe fand, die unter den Beifahrersitz gerollt war. Die Batterien waren schwach, aber es reichte.

An der Haustür erkannte er den hellen Streifen des Polizeisiegels. Früher hatte er mal einen Trick gekannt, wie er das unbeschädigt ablösen konnte. Ging heute nicht mehr. Früher war vieles einfacher gewesen.

Halbherzig drückte er gegen das Fenster rechts von der Tür. Hier würde er nicht reinkommen, ohne Spuren zu hinterlassen. Er versuchte es bei dem Fenster daneben, wobei er den Ellenbogen benutzte. Sicher hatte die Spurensicherung ihre Arbeit längst erledigt, aber man konnte nie wissen. Alles war verschlossen und verriegelt. Jo trat ein paar Schritte zurück und betrachtete das Gebäude. Seit wann hatte Lorna hier gelebt? Was hatte sie überhaupt in die Eifel geführt?

Sein Blick wanderte über das, was er im schwachen Schein der Taschenlampe von der Fassade des alten Hauses erkennen konnte. Kleine, mit Sandstein eingefasste Sprossenfenster, klobige Kalkbruchsteine, die an den Stellen hervortraten, an denen der Putz großflächig abgebröckelt war. Diese uralten Gebäude der Eifel litten alle unter demselben Fluch: Sie waren jahrhundertelang vernachlässigt worden, weil den Besitzern die nackte Armut den Hals zugeschnürt hatte, weil am Ende des Tages kein Groschen für die Renovierung übrig war und weil neben der harten Arbeit keine Minute Zeit blieb, seine Wohnstatt mit Farbe und Pinsel ein wenig freundlicher zu gestalten.

Heute lockten zwar ein paar Fördermittel, wenn man sich an ein solches Objekt herantraute. Aber der Denkmalschutz kämpfte einen zermürbenden Kampf, weil die Hausbesitzer sich nicht gerne Vorschriften machen ließen und oft lieber in einer Nacht- und Nebel-Aktion die alten Behausungen ihrer Vorfahren dem Erdboden gleichmachten, um Platz für ihre erbärmlichen Katalog-Neubauten zu schaffen.

Diese alte Mühle jedenfalls hatte überlebt. So grade noch.

Die tiefschwarze Stille um ihn herum wurde nur durchbrochen von dem leisen Gluckern des Baches.

Plötzlich schrak er zusammen, als ein Nachtvogel in der Höhe aus dem Geäst brach und über die kleine Lichtung vor dem Gebäude segelte. Jo erkannte undeutlich das helle Muster der weit ausgebreiteten Schwingen, die kein Fluggeräusch verursachten. Vermutlich ein Waldkauz. Das große Tier verschwand irgendwo zwischen den Wipfeln der Bäume.

Er nahm eine Prise Schnupftabak. Die Mühle hatte den Koehnens gehört. Jo sah vor seinem geistigen Auge den alten Koehnen im offenen Tor der Mühle stehen, inmitten eines nie endenden Konzerts der rastlos rotierenden Zahnräder und gefräßigen Sägeblätter. Ein stiller, großer Mann mit einem gütigen Blick, der sich jedes Wort abgerungen hatte. Seine Frau hatte das graue Haar immer straff zu einem Knoten zurückgebunden. Jo kannte sie nur in der Kittelschürze. Er konnte sich nicht daran erinnern, sie jemals irgendwo anders getroffen zu haben als hier in der Mühle. Er hatte sie einmal beim Zerlegen eines Kaninchens beobachtet, das in eine der verbotenen Fallen im Wald geraten war. Seither aß er kein Kaninchen mehr.

Oft war er nicht hier gewesen, aber manchmal waren er und seine Freunde beim Spielen im Wald irgendwie hier gelandet. Die Mühle hatte für ihn schon immer an einem unbestimmten Ort gelegen. Schon im Gedächtnis eines Kindes formte sich die Topographie seines Heimatortes zu einer mehr oder weniger verlässlichen Karte. Man setzte die Häuser und Plätze und Wege in Relation zueinander und arbeitete so unbewusst ein Modell des Dorfes und seiner Umgebung aus, das man dann nie wieder vergaß. Das war ihm heute schon bei der Hütte so gegangen, in der er Lornas Leiche gefunden hatte. Die Position dieser Mühle aber war ihm nie ganz klar gewesen. Wahrscheinlich, weil sich die Wege, die hierhin führten, allesamt an Bachläufen und durch kleine Täler wanden. Er hätte hier selbst bei Tageslicht nicht die Himmelsrichtungen bestimmen können.

Karlheinz, der einzige Sohn der Koehnens, musste ein paar Jährchen älter sein als Jo. Ein ziemliches Großmaul mit langen Haaren und einem Motorrad, einer 400er Honda. Seine Eltern verzweifelten damals daran, dass er es in keinem Beruf weit brachte. Am allerwenigsten in dem des Holzmüllers. »Kalleinz«, wurde er gerufen. Ja, genau, »King Kalleinz«, hatte es immer geheißen. Ob er noch lebte?

Jo rieb sich mit der flachen Hand übers Gesicht. Er war müde und wollte gerade zu seinem Geländewagen zurückgehen, als ihn unerwartet etwas veranlasste, sich noch einmal umzudrehen. Er spähte zum Gebäude zurück. Hatte er sich getäuscht? Ein schwacher Lichtschein?

Er schaltete die Taschenlampe aus. Da war es wieder! Ein Flackern hinter einem der seitlichen Fenster.

Er versuchte, seine Schritte zu dämpfen, als er zum Haus lief. Wie konnte jemand da drin sein? Das Siegel war unberührt. Er presste sich an die Fassade und schob seinen Kopf ganz langsam vor, um einen Blick ins Innere des Hauses zu werfen.

Dort drinnen war jemand. Jemand, der genauso wenig gesehen werden wollte wie er selbst. Jetzt war es stockdunkel hinter der Scheibe. Grabesfinsternis.

Und jetzt glomm etwas auf. Er sah etwas Rötliches. Finger, die eine kleine Kerzenflamme abzuschirmen versuchten. Eine Gestalt, die sich in eine Zimmerecke neben einen Schrank kauerte. Aus dem Schwarz schälten sich aufeinandergepresste Lippen, bebende Nasenflügel.

Als er gegen die Scheibe klopfte, dröhnte es wie ein Donner durch die Stille.

Ein Augenpaar wurde aufgerissen. Das Kerzenlicht flackerte auf und erstarb. Jetzt war es wieder dunkel.

»Was machen Sie da drin?«, rief Jo barsch. »Das Haus ist versiegelt! Ich werde die Polizei rufen!«

Einen Moment lang tat sich nichts. Nur irgendwo im Gebüsch auf der anderen Seite der Lichtung raschelte ein Tier.

Jo machte die Taschenlampe an und presste sein Gesicht an die Scheibe. Der Lichtstrahl glitt schwach und grau über die Möbel. Es schien das Schlafzimmer zu sein. Bett, Kommode … dort, wo vorhin noch jemand gestanden hatte, war nun niemand mehr.

Dann hörte er ein leises Räuspern. Es kam von der hinteren Hausecke, um die herum ein kleiner, halb überwucherter Weg aus Betonplatten in den kleinen Garten führte.

Dort stand eine kleine, gedrungene Gestalt in einem viel zu großen Mantel von undefinierbarer Farbe. Jo richtete den langsam verlöschenden Schein der Taschenlampe auf das Gesicht. Im nur noch schwach zuckenden Licht erkannte er eine junge Frau mit struppigem, kurzem Haar, die mit den Augen zwinkerte. Ihre Schminke war verschmiert. Sie hatte Tränen vergossen.

»Wer sind Sie?«, fragte Jo barsch. »Was haben Sie hier verloren?«

»Wo ist Lorna?«, kam es krächzend statt einer Antwort. »Das Siegel ... Polizei ... Bitte sagen Sie mir ... Nein, sagen Sie nichts!« Dann brach sie in Tränen aus.

8. Kapitel

Der alte Quirin Leitges lenkte sein Fahrrad durch den Abend. Das Licht des Scheinwerfers tanzte bei jedem Tritt hin und her. Es ging bergauf, und er war froh, dass er es gleich geschafft hatte. Sein Vetter Toni aus Kerpen, dem er beim Bau eines Hühnerstalls geholfen hatte, hatte ihm angeboten, ihn rasch mit dem Auto zu fahren, aber Quirin hatte das abgelehnt. Er bewies sich immer wieder gerne selber, wie gesund er noch war, wie aktiv er noch am Leben teilzunehmen imstande war.

Seit Thereses Tod vor zwei Jahren kümmerten sich alle fürsorglich um ihn. Er konnte sich vor Einladungen kaum retten, ständig kam ihn jemand unerwartet zu Hause besuchen, andauernd fragte ihn jemand, ob er hierhin mitkommen wolle und dahin. Manchmal wurde ihm das einfach zu viel. Er kam klar, auch alleine.

Nur noch ein paar Kurven, dann würden die ersten Lichter von Schlehborn auftauchen, dann war es fast geschafft.

Ein Wagen näherte sich von hinten. Er sah, wie sein eigener Schatten vor ihm über die Fahrbahn wuchs.

Der kam aber verflucht nahe, dachte Quirin. Es war ein lauter Motor, sicher ein kaputter Auspuff. Er lenkte so weit nach rechts, wie es ging. Das Vorderrad berührte die bucklige Grasnarbe neben dem Asphalt, begann fahrig zu schlenkern. Quirin spürte, wie er das Gleichgewicht verlor und nach rechts kippte. Er stieß einen Schrei aus und fiel, untermalt von den scheppernden Geräuschen des Fahrrads, die Böschung hinunter.

Für einen Moment war alles wieder da: die Schreie, das Klirren, das dröhnende Geräusch des riesigen, sich wie in Zeitlupe überschlagenden Fahrzeugs, der Schmerz, das Kreischen von Metall ...

Quirin landete auf dem Rücken und atmete in kurzen, hektischen Stößen. Es dauerte nur einen kurzen Moment, dann war es wieder weg. Der Lärm verebbte, das Blaulicht wich dem Nachtschwarz. Niemand um ihn herum, kein Busunglück, nur ein harmloser Sturz.

»Hallo?«, hörte er jetzt eine Männerstimme, die rasch näher kam. »Verdammte Scheiße, haben Sie sich was getan?«

Hatte er?

Quirin bewegte seine Arme, winkelte die Beine an, testete seine Gelenke ... alles schien in Ordnung zu sein. Mühsam richtete er den Oberkörper auf und versuchte, sich zu erheben, da griffen auch schon zwei Hände unter seine Achseln. »Oh Mann, ich weiß nicht, ob das wirklich so eine gute Idee ist«, sagte der Mann weinerlich. »Sie haben sich bestimmt was getan.«

Quirin nahm sein Gesicht undeutlich wahr, als er versuchte, sich umzudrehen, um sich aus einer knienden Haltung wieder aufzurichten. Ein junger Kerl, olivgrüner Parka, Brille, ein Bart, wie sie jetzt wieder modern waren.

»Sie sollten echt liegen bleiben, ich …«

»Ach, Quatsch«, ächzte Quirin und kam jetzt wieder auf die Beine. Er streckte den Oberkörper durch. Seine morschen Knochen krachten nicht mehr als beim allmorgendlichen Aufstehen. »Geht schon, geht schon.«

Er erkannte den kleinen, roten Twingo mit dem Kölner Kennzeichen und wandte sich zu dem jungen Mann um. Dann musterte er ihn genauer. »Das Auto kenn ich«, sagte er.

»Das gehört meiner Freundin.«

»Die Kleine mit den kurzen Haaren?«

»Sie kennen Pauline?«

»Klar. Ich wusste aber nicht, dass sie einen Freund hat. Ich dachte immer …« Seine Hand fuchtelte vage durch die Abendluft, deutete ungenau in die Richtung des Waldes, dorthin, wo die Mühle lag. Über so was hatte er nie zu sprechen gelernt.

»Sie ist noch einmal zurück, um was zu klären.« Der junge Mann rückte seine Brille gerade. »Ist alles nicht so sauber gelaufen, glaube ich.«

»Hm.« Quirin nickte wissend.

»Sie wollte noch mal zu ihrer Freundin, also ihrer Exfreundin, also …«

»Ich weiß, was Sie meinen.«

»Na ja, ich hab sie an der Straße rausgelassen. Sie ist zu Fuß da runter. In einer halben Stunde soll ich sie da wieder abholen. Da gab's noch das ein oder andere zu klären, wissen Sie?«

Quirins Wangenmuskeln zuckten. Er kaute einen Moment lang auf den schmalen Lippen, bevor er leise sagte: »Da gibt's nichts mehr zu reden, junger Mann.« Er hob sein Fahrrad auf und prüfte, ob sich irgendetwas verzogen hatte. »Die Lorna, wissen Sie ... die Lorna, die ist tot.«

* * *

Irgendwann kamen keine Tränen mehr. Alles, was von Pauline noch zu hören war, war ein trockenes Schluchzen, ein Schnappen nach Luft zwischen zitternden Lippen hindurch.

Jo hatte alles erzählt, was er wusste. Zuerst war sie skeptisch gewesen und hatte ihm nicht getraut, aber dann machte sie der Schmerz irgendwann weich. Sie gab jede Gegenwehr auf.

Er versuchte ein weiteres Mal, ihr Fragen zu stellen.

»Und das mit Ihrem Neuen, diesem ...«

»Marc.«

»Mit Marc läuft das also schon eine Weile?«

Sie war viel zu geschwächt, um sich seinen bohrenden Fragen zu widersetzen. Einen Versuch, seine Legitimation infrage zu stellen, hatte sie gar nicht unternommen. Jo kam es ein bisschen so vor wie bei einer Beichte.

»Marc kenne ich von einem Konzert in Bonn. Er ist Musiker.«

»Wohnen Sie jetzt in Bonn?«

Sie nickte. »Ich gebe ja Kurse an der Volkshochschule in Euskirchen. Ob ich von hier pendele oder von Bonn, das ist mir egal. Marc und ich haben eine kleine Bude in Tannenbusch.«

Sollte er sie fragen, ob das wirklich so einfach war? Hin und her ... Männlein, Weiblein ... mal so, mal so ... Er wusste nicht, wie er es formulieren sollte.

Pauline nahm es ihm ab.

»Lorna hätte sich nie vorstellen können, was mit 'nem Mann anzufangen. Für sie war das einfach kein Thema. Bei mir war das anders. Ich bin ... flexibler.«

»Und jetzt ist es Marc.«

»Jetzt ist es Marc.«

»Und als Erklärung sollte ein Brief reichen?«

Als Antwort kam wieder nur ein zaghaftes Nicken.

Den Brief hatte er am Vorabend nicht gesehen. Aber er hatte die Wohnung auch nicht genauer erforscht, nachdem er erst einmal die Blutspuren entdeckt hatte.

»Ein Brief also. Sie haben sich nicht getraut, sich persönlich zu verabschieden?«

Sie blickte auf. Ihr Gesicht war totenblass, nur ihre Nasenspitze war gerötet. »Aber ich bin doch noch mal gekommen, um mit ihr zu sprechen.«

»Zu spät«, sagte Jo bitter. »Sie ist nicht mehr da.«

Als sie erneut von einem tonlosen Weinkrampf geschüttelt wurde, ärgerte er sich über sich selbst. Warum ging er nur so ruppig mit der Kleinen um?

Den Abschiedsbrief würde die Polizei schon gefunden haben.

»Vermutlich sucht man Sie schon«, sagte er jetzt deutlich leiser. »Um eine Befragung durch die Polizei werden Sie nicht herumkommen.«

Er blickte sich um. Es sah noch wüster aus als am Vorabend. Lornas Computer fehlte, die Inhalte der Schubladen waren weggeschafft worden.

Pauline hatte ihm den Teil der hölzernen Wand der Waschküche gezeigt, der mit zwei kleinen Scharnieren versehen war, und den man mühelos zur Seite klappen konnte. Es war keine richtige Tür, nur eine Art Laden, durch den man nach Paulines Auskunft bequem Kaffee und Kuchen zum kleinen Platz mit den Gartenmöbeln hinterm Haus hinausreichen konnte. Eine Art selbstgebaute Durchreiche. Sie erzählte, dass sie oft hier hineingestiegen waren, wenn die Haustür mal wieder ins Schloss gefallen war und der Schlüssel drinnen lag. »Das passierte mir dauernd«, sagte Pauline traurig lächelnd.

Sie saßen im Wohnzimmer und tranken Tee.

»Ich kann hier alles anfassen«, sagte Pauline. »Meine Fingerabdrücke sind sowieso überall drauf ... überall.« Pauline griff zu der leeren Plattenhülle, die neben dem Schallplattenspieler gelegen hatte, und wendete sie in den Händen.

»*Gloomy Sunday*«, sagte sie. »Kennen Sie die Geschichte des Liedes?«

»Nie gehört.«

»Ein ungarischer Komponist hat es vor hundert Jahren geschrieben. Sie sagen, es sei ein Selbstmord-Lied. Im Radio wurde es sogar verboten, weil es angeblich die Menschen dazu verführt, sich das Leben zu nehmen.«

»Das ist Quatsch, oder?«

Sie zuckte mit den Schultern. »Der Mann, der es komponiert hat, hat sich später vom Dach eines Hochhauses gestürzt, weil er es nicht mehr ausgehalten hat, dass alle sich umbrachten.«

»Glauben Sie, Lorna hat sich umgebracht?«

Sie schüttelte energisch den Kopf.

»Aus Kummer? Sie wird nicht gerade froh gewesen sein, dass Sie sie ausgerechnet wegen einem Kerl verlass...«

»Niemals! Lorna hätte das niemals getan!« Sie warf ihm einen angriffslustigen Blick zu.

»Warum war sie überhaupt in Deutschland? Wieso hat sie nicht in den Staaten gelebt?«

»Sie suchte nach ihren Wurzeln. Vor hundertfünfzig Jahren oder so sind irgendwelche Vorfahren von ihr nach Amerika ausgewandert. Hatten hier nichts mehr zu fressen.«

»Hat sie noch Verwandte drüben?«

Pauline verneinte.

»Und hier in Deutschland? Hat sie ihre Wurzeln gefunden?«

Wieder ein Kopfschütteln.

»Wurzeln ja«, flüsterte Pauline betrübt. »Aber nur die im Wald.«

»Ich habe Lorna vor ein paar Tagen an der Tankstelle in Walsdorf getroffen. Sie wollte mir etwas zeigen. Etwas, das sie im Wald gefunden hatte. Es ging um eine Plastiktüte ... Paris ... ich weiß nicht mehr genau ...«

Paulines Finger deutete auf die Zimmertür. »Da hinten ist das Atelier. Lorna hat alles Mögliche aus dem Wald mitgebracht.«

»Mir gegenüber hat sie von Totholz gesprochen.«

»Totholz? Das sind umgestürzte, alte Bäume, verrottende Äste und so was, richtig? Davon gibt es hier gleich hinter der Mühle eine Menge. Lorna hat immer überall was finden können. Lauter dreckigen, fauligen Kram. Sie konnte alles gebrauchen. Sie war so unglaublich talentiert!« Und wieder wurde sie von ihren Tränen übermannt.

Jo wand sich aus dem durchgesessenen Sessel und durchquerte den Hausflur.

Als er den Lichtschalter betätigte, leuchtete an der Decke eine nackte Energiesparlampe auf. Dies war also Lorna Weilers Atelier. Ein riesiger Tisch in der Mitte des Raums füllte diesen fast völlig aus. Von den Wänden war fast nichts zu sehen, da vollgestopfte Regale und unzählige, gerahmte Bilder nahezu jeden Quadratzentimeter bedeckten.

Auf dem Tisch stapelten sich bunte Plastikboxen, die allesamt mit Gegenständen gefüllt waren, und kleine Haufen ineinander verschlungener Äste, Zweige und Wurzeln. Für den unwissenden Betrachter sah das alles aus wie eine Ansammlung von Müll, nur Lorna Weiler hatte wohl die versteckte Schönheit in diesen weggeworfenen, zerfallenen, brüchigen Gegenständen erkennen können.

Jo sah auch Papiere voller Skizzen, Schmierereien, farbig oder mit Bleistift hingekritzelt.

Er kratzte sich am Hinterkopf. »Wie hat sie ihre Sachen verkauft?«

Pauline, die kurz nach ihm das Atelier betreten hatte, sagte: »Das Meiste ging in die Staaten. Sie hatte da eine Galerie in Connecticut, die vieles von ihr verkauft hat. Sie nannte ihre Sachen *German Garbage*. Ich bin ein paar Mal mit ihr rübergeflogen. Echt cool.«

Pauline hatte sich eine Plastikbox herangezogen und begann, in deren Inhalt herumzusuchen. »Lorna hat Ihnen was von einem Fund im Wald erzählt, stimmt's?«

»Ja, eine Plastiktüte mit was drin.« Er fächerte ein paar der Zeichnungen auf. »Hat sie auch Auftragsarbeiten erledigt?«

Pauline sah ihn über die Schulter fragend an. »Auftragsarbeiten? Meinen Sie Kunst auf Bestellung? So was?«

Er deutete auf die Skizzen, unter denen auch rudimentäre Portraits und Körperstudien waren.

Pauline legte die Skizzen auseinander. »Das ist oller Kram. Den Realismus hatte sie abgehakt. Das war nichts mehr für sie.« Sie schüttelte den Kopf. »Nee, auf Auftrag gab's da nix. Lorna hat immer das gemacht, was ihr gerade so durch den Kopf ging. Sie hatte ja hier rings herum Inspiration im Überfluss. Das platzte alles geradezu raus aus ihr.«

Sie kramte weiter. »Plastiktüte ... hm ... Hier sind Einweghandschuhe ... McDonald's-Becher ...« Sie hielt kurz inne und sprang zu ihrem vorherigen Gedanken zurück. »Doch, da fällt mir ein: Lorna hat mal was erwähnt, dass sie jemandem einen Gefallen tun wollte.«

»Wem? Das hat sie nicht gesagt, oder?«

»Nee. Sollte was Plastisches sein. Ich hatte nicht den Eindruck, dass es ihr Spaß macht.«

»Also eine ... Auftragsarbeit?« Ihm fiel einfach kein besseres Wort ein.

»Ja, meinetwegen, möglich. Lorna hat mir nichts Genaueres darüber erzählt.« Sie war schon wieder in die Untersuchung des Kisteninhalts vertieft. »Eine Plastiktüte?«

Jo nickte. Irgendetwas störte ihn hier an diesem ganzen Ensemble. Künstlerateliers stellte man sich gemeinhin nicht als einen Hort der akkuraten Ordnung vor. Eine gewisse Schlampigkeit gehörte wohl dazu. Dieser Raum hier jedoch sah aus, als wäre ein Sprengkörper darin hochgegangen.

»Sieht es hier immer so aus?«

»Nein, aber die Polizei hat doch alles durchsucht, sagen Sie? Die können natürlich mit so 'ner Kunst nichts anfangen. Für die ist das doch nur Dreck.«

Jo verkniff sich einen Kommentar.

Natürlich hatten Assenmachers Leute hier herumgeschnüffelt, aber er konnte sich nicht vorstellen, dass sie so ein Chaos hinterließen. Das war unprofessionell und aus ermittlungstechnischer Sicht kontraproduktiv.

»Hier ist Plastikzeug«, sagte Pauline. »Scheiße, ist das alles versifft.« Sie förderte leere, verknautschte Kunststoffflaschen zutage, Pommesgabeln, Kinderspielzeuge, Puppen, deren Gummigesichter bizarr und rissig aussahen.

»Wie aus einem Horrorfilm«, murmelte Jo. »Eine Tüte aus Paris, sagte Lorna. Da, gucken Sie mal zwischen den Fetzen da vorne. Wird wohl irgendwas Französisches draufgedruckt sein, sonst hätte sie's nicht so genau bestimmen können.«

»So was wie das hier?«

Sie hielt ihm eine zerschlissene, weiße Tüte entgegen, deren Aufdruck kaum noch zu erkennen war. Ein grünes R in einem stilisierten Kranz aus … was war das? Gemüse?

Er konnte im schwachen Schein des Deckenlichts eine Adresse entziffern: *Magasin alimentaire Rachid, Allée Victor*

Hugo, Clichy-sous-Bois. Ein Lebensmittelladen? Clichy-sous-Bois? Das war doch, wenn Jo sich richtig erinnerte, eine ganz besonders feine Adresse inmitten der Betonburgen der *Banlieue* vor den Toren von Paris, in die sich nicht mal die Polizei traute. Dort kaufte man Drogen, Waffen und falsche Papiere wie andernorts Schuhcreme und Puddingpulver. Jo hatte auf seinen langjährigen Streifzügen jenseits der Legalität so seine Erfahrungen gemacht.

Er hielt sich die offene Tüte unter die Nase und schnüffelte. Was mochte darin gewesen sein? Da war nur Modergestank, nichts darüber hinaus Erkennbares. Vielleicht war noch ein bisschen der Geruch von Rost zu erahnen.

»Könnte es wohl sein«, sagte Jo.

»Und was fangen Sie jetzt damit an?«

»Gar nichts. Wenn ich Lorna richtig verstanden habe, war es nicht die Tüte, sondern der Inhalt, der so besonders war.«

»Ist aber leer.«

»Sehe ich auch.«

»Vielleicht hat Lorna es schon weiterverarbeitet. Schon in eine Plastik eingebaut. Oder in eines ihrer Schaukästchen.«

Jo ließ den Blick über die Wände gleiten. »Da kann ich ja tagelang suchen. Ich weiß ja nicht mal, wonach ich suche.«

»Sie hat Fotos. All ihre Kunstwerke hat sie foto… oh.« Ratlos blieb Pauline vor einem Regal stehen. »Hier war immer eine Metallkiste. So ein alter Lebkuchen-Kasten. Voll mit Fotografien.« Sie wies auf einen freien Platz in dem ansonsten überfüllten Regal.

»Die Polizei wird sie mitgenommen haben«, vermutete Jo. Er wollte gerade die Arbeitsleuchte auf dem Tisch anschalten, als sein Blick auf eine schmale Tür neben einem Schubladenschrank fiel. »Wo geht's da hin?«

»Da bewahrt Lorna ihre Plastiken auf. Die Holzskulpturen und die kitschigen alten Dinger aus Ton, die sie früher fabriziert hat.«

»Mal gucken.« Jo legte die Hand auf die Klinke.

In diesem Moment hörte er ein dumpfes Geräusch hinter der Tür.

»Was ist ...« Sein Kopf flog zu Pauline herum, die jetzt ebenfalls erschrocken vom Ateliertisch aufblickte.

Bevor Jo reagieren konnte, wurde die Tür von innen aufgestoßen. Jemand warf sich mit aller Wucht dagegen, und Jo wurde rücklings gegen den Tisch geschleudert. Ein wütender Schmerz fuhr ihm durch den Rücken. Ein paar der Plastikwannen und ihr Inhalt flogen durch die Luft und polterten zu Boden. Alles dauerte nur wenige Sekunden. Aus der Dunkelheit der Türöffnung schoss ein Arm nach vorne. Etwas traf Jo an der Stirn und zersplitterte mit einem lauten Krachen. Ein greller Blitz explodierte in Jos Gehirn. Dann ließ ein weiterer Schlag mit einem anderen, länglichen Gegenstand die Glühbirne zerbersten, und es war mit einem Mal stockfinster. Pauline schrie laut und schrill auf. Jo hörte das schallende Klatschen einer Ohrfeige, und dann stürzte mit ohrenbetäubendem Lärm eines der Regale um. Jo bekam eins der Beine des unbekannten Angreifers zu fassen. Ein großer, kräftiger Mann, das konnte er erahnen. Als ihn im nächsten Moment ein weiterer Schlag traf, taumelte er kraftlos zurück und schaffte es zwischen all dem Krempel, der mittlerweile den Boden bedeckte, nicht schnell genug, sich wieder aufzurichten.

Polternde Schritte entfernten sich. Wer auch immer da floh, strauchelte vorwärts, stieß gegen Türrahmen, gegen die Möbel im Flur. Nur einen Moment später wurde die Haustür krachend ins Schloss geworfen.

»Pauline?«, ächzte Jo und hielt sich den Kopf. Er hatte sich halbwegs aufgerappelt und tastete in der Unordnung des Ateliertischs nach dem Schalter der Arbeitslampe. Als schließlich das Licht aufflammte, sah er Pauline, die mit zuckenden Lidern am Boden hockte, und abwehrend die Arme nach vorne streckte.

»Schon gut«, sagte er und humpelte auf sie zu. »Ist schon gut. Wer immer es war, er ist weg.« Er legte ihr flüchtig eine Hand auf die struppigen, kurzen Haare. Dann tastete er sich weiter zum Hausflur. Hier war Licht. Er riss die Tür auf und trat ins Freie. Niemand war mehr zu sehen. Wer immer da in diesem Raum gesteckt hatte, war auf und davon.

Hinter ihm wagte sich Pauline zaghaft nach draußen.

»Weg!«, fluchte Jo und trat wütend mit dem Fuß auf. Ein gleißender Schmerz fuhr ihm durch den Schädel.

Pauline hockte sich auf die Steinplatten neben der Haustür. »Das ist alles so schrecklich«, flüsterte sie tonlos.

Er sank neben ihr auf den Boden und tastete in der Hosentasche nach seiner Schnupftabaksdose.

Dann schwiegen sie.

Irgendwann wurde das Geräusch eines ankommenden Autos laut.

»Das ist Marc«, wisperte Pauline. »Gott sei Dank, ja, es ist Marc.«

9. Kapitel

Als Jo die Augen öffnete, erkannte er, dass helles Tageslicht durch das Zimmer flutete. Durch sein Schlafzimmer. Immerhin war er zu Hause.

Der Kopfschmerz hatte ihn die ganze Nacht begleitet. Er hatte das Gefühl, zehn Stunden lang erbarmungslos zwischen tröstendem Schlaf und qualvollem Wachzustand hin und her gezerrt worden zu sein. Als er sich ein wenig aufrichtete und sich auf den Ellenbogen abstützte, hatte er das Gefühl, der Lärm, der durch seinen Kopf tobte, sei real und keinesfalls eine Begleiterscheinung seiner Schädelqualen. Es war eine abscheuliche Kakophonie, die geradewegs aus der Hölle in sein Schlafzimmer zu dringen schien.

Dann erkannte er, dass der Lärm echt war.

Und eine Quelle haben musste.

Oder mehrere.

Vorsichtig tastete er sich aus dem Bett und stieg in seine Hose.

Was war das? Ein elektrisches Dröhnen von unten? Ein

Donnern und Krachen von oben? Dazwischen kämpfte sich laut plärrende Musik zu ihm durch.

Er trat in den Flur hinaus und lauschte ins Haus. Das Dröhnen kam eindeutig von unten.

Er roch Kaffee. Das war nicht schlecht.

Mit zaghaften Schritten stieg er die Treppe hinunter.

Etwas war in seinem Wohnzimmer und machte Krach.

»Christa?«, rief er gegen den Radau an. Das war zwecklos.

Es roch chemisch, nach Putzmitteln. Der Kachelboden im Treppenhaus glänzte feucht.

Als er den Kopf ins Wohnzimmer steckte, sah er einen Staubsauger. Das war nicht sein eigener, das klobige, elfenbeinfarbene Ding mit dem dunkelgrünen Saugbeutel, der zuvor schon seinem Bruder und davor seinen Eltern gehört hatte. Das hier sah aus wie ein blinkender, vielleicht sogar sprechender Roboter aus *Star Wars*.

Er zog einfach den Stecker aus der Dose neben der Tür, und das nervtötende Geräusch verebbte. Zumindest das, was aus seinem Wohnzimmer kam. Hinter dem Sofa regte sich etwas.

»Ja, was soll denn ...?«

Eine Nasenspitze wurde sichtbar. Dann erschien der hochrote Kopf von Zilla Fischenich. Sie hatte sich ein Tuch um den Kopf gebunden, und ihre Hände steckten in rosafarbenen Gummihandschuhen. Sie wollte schon eine Schimpftirade loslassen, aber als sie Jo sah, hellte sich ihre Miene sogleich auf. »Der Herr Doktor ist wach!«, flötete sie, und ein Strahlen glitt über ihr Gesicht.

Sie kroch vollends hinter dem Sofa hervor und rappelte sich auf. »Ich habe Sie doch wohl hoffentlich nicht geweckt, denn das wäre mir sehr unangenehm, wo ich doch zum ersten Mal hier bin, aber der Schmutz verzieht sich natürlich nicht von selbst, da braucht man schon ein paar rabiate Mittelchen und gutes Gerät wie meinen Nass-Sauger hier, der dringt in jede Ritze, und dann haben wir auch in Nullkommanix einen vernünftigen Anfang, und nach drei, vier Wochen sieht das hier wieder picobello aus, Sie werden schon sehen, Herr Doktor.«

Kein Punkt, kein Komma. Jo betrachtete sie mit offenstehendem Mund. Er machte den zaghaften Versuch, die Situation zu klären: »Äh, Frau Fischenich, ich ...«

»Zilla, für Sie wie für alle anderen Zilla, und machen Sie sich keine Sorgen, da habe ich schon Schlimmeres gesehen, da ist das hier ein Kinderspiel, und ja, ja, ich weiß ja auch, dass Sie eigentlich Ruhe brauchen, weil das hier ja nur Ihr ... na, sagen wir mal Landsitz ist ... und ich will ja auch gar nicht stören, denn Sie werden sehen, wenn es nicht gerade der Staubsauger ist, dann bin ich leise wie ein Mäuschen, habe ich auch der Christa gesagt ...«

»Christa?«, fuhr Jo dazwischen.

Ohne auf seine Verwirrung einzugehen, plapperte sie munter weiter und schob unterdessen die Möbel wieder in die Position, die sie vor ihrem Angriff innegehabt hatten. »Ja, Christa, das ist eine patente Frau, die ist fleißig und immer gut gelaunt, und das war eine prima Idee von ihr, mich zu fragen, ob ich mal hier und da bei Ihnen nach dem Rechten sehen könnte, denn sie hat ja nun auch alle Hände voll zu tun, und dass ein Herr wie Sie sich natürlich nicht mit gewöhnlicher Hausarbeit aufhalten kann, das ist ja auch klar, denn Sie haben ja sicherlich jede Menge Geschäfte abzuwickeln, und der Pole da draußen im Stall, das aber nur mal unter uns, Herr Doktor, der macht ja mehr Arbeit, als dass er hilft, nicht wahr ...«

Jo hatte sich inzwischen lautlos aus dem Raum geschlichen. Christa konnte was erleben! Was fiel ihr ein, ihm die schwatzhafteste, neugierigste Person von ganz Schlehborn auf den Hals zu hetzen. Er griff nach dem Telefon.

Zilla hob ihre Stimme, damit sie ihm durch den Türspalt folgen konnte: »In der Küche habe ich einen frischen Kaffee aufgesetzt, und ein paar Brötchen habe ich auch mitgebracht. Der Kühlschrank ist ja auch leer, und ich fürchte, die Möhren dadrin waren auch nicht mehr zu brauchen, die habe ich mal rausgeholt. Trennen Sie eigentlich den Müll? Ich halte das für Quatsch, die kippen das ja doch alles wieder zusammen. Haben Sie einen Komposthaufen? Sicher doch, oder? Soll ich nachher noch mal in die Metzgerei Gilzem flitzen, um ein bisschen Wurst zu holen, was meinen Sie?«

Jo glitt in die Küche und schloss die Tür hinter sich. Zillas Stimme erstarb, und er hörte jetzt nur noch das unablässige, dumpfe Poltern, das er noch nicht zuordnen konnte. Der Kaffee war stark und tat gut. Immerhin. Er kaute ein trockenes Brötchen dazu. Und er erschrak über sich selbst, als er bemerkte, dass er Acht darauf gab, nicht den frisch geputzten Linoleumboden vollzukrümeln. Ja ging's noch?

Die Tasse in der Hand trottete er wenige Augenblicke später über den Flur und stieg in seine Gummistiefel.

Aus dem Wohnzimmer ertönte immer noch Zilla Fischenichs endloser Sermon. »… und deshalb bestelle ich das Zeug auch bei diesem Verkaufssender. Das ist ein bisschen teurer, aber das ist radikal, danach blitzt und blinkt alles wie neu, das dürfen die in Deutschland im Geschäft gar nicht verkaufen, denn da sind Stoffe drin, die …«

Jo trat ins Freie. Zuerst entdeckte er die zertrümmerten Dachziegel, die hier und da auf dem Pflaster lagen. Arkadis Rad war an die Mauer des Kuhstalls gelehnt, und ein weiteres Fahrzeug stand in der Einfahrt: der Pritschenwagen von Hommelsen. Jetzt wusste Jo auch, woher das unablässige Hämmern und Poltern kam.

Er wandte sich um und legte den Kopf in den Nacken. Rhythmische Schlagermusik brandete unbarmherzig durch die Morgenluft. Für die beiden Männer auf dem Dach war das kein Grund, im Takt zu hämmern. Im Gegenteil.

Als Hommelsen ihn sah, brüllte er fröhlich: »Wach jeworden? Wieder lang jearbeitet, wa? Wir haben extra später anjefangen. Morjen legen wir aber dann schon um sieben los. Jeht doch, oder?«

Arkadi trat an Jos Seite und verschränkte die Arme. »Machen mehr Krach als Kalaschnikow. Und drinnen Zilla kämpfen mit C-Waffen. Sie nicht zu beneiden, Doktor. Krieg an zwei Fronten.« Er schüttelte amüsiert den Kopf.

Jo schenkte ihm ein gequältes Lächeln.

»Wie lange werden Sie brauchen, Hommelsen?«, rief er zum Dach hinauf.

Während sein Arbeiter weiterhämmerte, hielt Hommelsen inne, setzte sich breitbeinig auf den First und entzündete in aller Seelenruhe eine Zigarre. »Heute noch, un morjen vielleicht noch ein paar Stündchen. Dat is im Rubbedidupp erledigt, Herr Doktor.« Er qualmte wie ein zusätzlicher Kamin.

Jo zeigte ihm den hochgereckten Daumen und trank seinen Kaffeebecher leer.

»Im Stall alles in Ordnung?«

»Besamer kommen heute an Nachmittag. Sind zwei Kühe soweit.«

Jo nickte knapp.

Die plärrende Musik war nervenzerfetzend. Es klang wie etwas, bei dem jemand die Songs von Helene Fischer, Andrea Berg und den Flippers übereinander gemischt hatte.

»Wird Milch schon sauer in Euter«, knurrte Arkadi.

»Nehmen wir es wie einen Gewittersturm. Geht alles vorbei.«

Jo wollte gerade ins Haus gehen, um sich seiner Morgentoilette zu widmen, als der Jeep des Tierarztes auf den Hof fuhr. Dr. Fechner kletterte heraus und ließ den Blick über die zertrümmerten Dachziegel hinauf zum Hausgiebel wandern. Er nickte anerkennend. »Na, da tut sich ja endlich was, Frings.«

Jo warf sich in die Brust und sagte: »Ja, ich muss langsam ein bisschen was in das alte Gemäuer investieren.«

Er ignorierte Arkadis herablassendes Grunzen und setzte hinzu: »Kommen Sie, wir gehen ins Haus. Meine Haushälterin hat schon einen Kaffee aufgesetzt.«

Bei dem Wort »Haushälterin« hob Dr. Fechner die struppigen, weißen Augenbrauen. »Kaffee? Da sag ich nicht nein.«

»Haben Sie Ihr Betäubungsgewehr im Auto?«, fragte Jo, während er wenig später Kaffee einschenkte.

»Leider nicht: Wieso? Kopfschmerzen?« Der Tierarzt grinste breit.

Jo nickte mit verkniffenem Mund und holte eine Schnapsflasche hervor.

»Und dann wollen Sie gleich wieder …?«

»Nein, das war anders. Gestern Abend. Ich hab mir den Kopf gestoßen«, log er.

»Ach, daher die Schramme.«

»Schramme?«

Der knochige Finger des alten Tierarztes wies auf Jos linke Schläfe. Jo ertastete eine verkrustete Wunde.

Als er zwei kleine Gläschen auf den Tisch stellte, murmelte er: »Das ist so gut wie ein Betäubungsgewehr.«

Dr. Fechner winkte ab. »Nein, für mich nicht, ich …«

»Einen Kleinen.«

»Na gut.«

Sie tranken, und der Doktor zog krächzend die Luft ein. »Meine Güte, wo haben Sie den her?«

»Tankstelle.«

»Welche Zapfsäule?«

Sie lachten. Dann wurde Fechner ernst.

»Ich war in Flesten, um mir ein Pferd anzugucken, und dachte, ich halte mal grade an. Morgen früh muss ich für ein paar Tage ins Krankenhaus. Ich gehe nach Mechernich. Das wird …« Er suchte nach den richtigen Worten; »… eine größere Sache.«

Jo runzelte die Stirn. »Will ich es genau wissen?«

Der Doktor schüttelte den Kopf. »Wenn alles gut geht, bin ich in ein paar Wochen wieder auf dem Damm.«

»Das wird schon.«

»Ja, sicher, das wird schon.«

Jo trat ans Fenster und schlürfte wieder an seinem Kaffee. Im Flur rumorte es. Zilla Fischenich flog die nächste Angriffswelle.

»Irgendwo da draußen läuft ein Streuner rum. Arkadi hat mir erzählt, dass er meine Mülltonne durchwühlt. Wissen Sie was darüber?«

»Ich hab ihn gesehen. Vor drei Tagen. Er sieht verdammt mager aus. Wer weiß, wo der abgehauen ist. Wenn er Pech hat, brennt ihm einer von den Jägern einen auf den Pelz. Die sind ja froh, wenn sie überhaupt mal auf was schießen dürfen.« Der Tierarzt war an seine Seite getreten. »War ein Scherz. Die meisten Jäger, mit denen ich zu tun habe, sind in Ordnung, die nehmen ihre Aufgabe ernst. Apropos Jäger, ich habe von Ihrem Fund gehört, Frings. Gestern, in der Hütte vom Dettenhoven. Schreckliche Sache.«

»Dettenhoven?«

»Der Papierfabrikant aus Düren. In seiner Jagdhütte haben Sie doch die Amerikanerin gefunden. Sie waren das doch, oder?«

»Ach so, ja. Grauenhaft. Sieht so aus, als hätte sie sich das Leben genommen.«

»Hm. Hab sie zwei, drei Mal gesehen. Hätte ich gar nicht gedacht. Die war so ... Na ja, auf jeden Fall bin ich überrascht.«

»Dettenhoven«, murmelte Jo. »Nie gehört. Hatte die irgendwas zu tun mit dem?«

Dr. Fechner zog die Schultern hoch. »Weiß man nicht. Der Dettenhoven lässt zwar nichts anbrennen, den Eindruck habe ich jedenfalls, aber ich meine, sie stand ja offenbar auf Frauen, nach allem, was man so hört.«

»Offenbar. Und was weiß man so über diesen Dettenhoven?«

»Schwer reich. Hat die Jagd zwischen Schlehborn, Wiesbaum und Dollendorf gepachtet. Und da muss ich nun mal sagen, dass es sich bei dem um ein ganz besonderes Exemplar handelt.«

»Ein besonders gutes?«

Fechner schüttelte den Kopf. »Ein Widerling. Heute Morgen war ich bei einem Kunden in Dollendorf ... das ist gewissermaßen meine Abschiedstour.« Er lachte bitter.

»Blödsinn. Sie kommen wieder. Sie werden doch schließlich gebraucht.«

»Wie dem auch sei. Ich war bei Püllens Berthold in Dollendorf, und da in der Nachbarschaft, mitten im Dorf, hat einer von Dettenhovens Freunden aus der Stadt zwei kleine Bauernhäuser gekauft.«

»Gleich zwei?«

»Ja, so kleine Höfchen in der Antoniusstraße. Da residieren die Herren mitten im Dorf, als würde ihnen die ganze Welt gehören.«

»Die haben die Waffen.«

»Und die grünen Röcke. Fast wie Uniformen. Verstehen Sie mich nicht falsch, Frings, ich hab nichts gegen Förster und Hege und Pflege. Dass wir uns da nicht missverstehen. Aber es gibt immer ein paar faule Äpfel im Korb, wenn Sie verstehen, was ich meine.«

»Brauchen Sie mir nicht zu erklären.«

»Seit in NRW das neue Jagdgesetz raus ist, sind die alle so krakeelig. Das schmeckt denen überhaupt nicht. Na, jedenfalls ist der Dettenhoven da bei seinem Geschäftsfreund aus Köln, und die verbringen da ein munteres Jungs-Wochenende mit ein bisschen Geknalle und Rehlein – Sie verstehen – und dem hier.« Er tippte grinsend gegen den Hals der Schnapsflasche. »Die sind wohl gestern Abend angereist und haben mir heute Morgen den Anschein gemacht, als wollten sie's gemütlich angehen.«

Er nahm seine kleine, randlose Brille ab und hielt sie gegen das Tageslicht, das durch das Küchenfenster hereinfiel. »So, jetzt werde ich mich mal aufmachen. Arkadi hat mir gestern gesagt, Metzens Helmut aus Kerpen hat einen Termin mit euch gemacht, um die Kühe zu besamen, da ist also alles in Ordnung. Und wenn alles gut läuft, kann ich die Geburten dann wieder selber vornehmen. Wenn in den nächsten Wochen was ist, rufen Sie meinen Kollegen Larscheid in Antweiler an.« Er stülpte sich seine Tweedkappe auf den fast kahlen Kopf.

Jenseits der Küchentür ertönte ein hohes, elektrisches Sirren, das beide Männer mit einem Zucken der Augenbrauen quittierten.

Jo klopfte ihm auf die Schulter und sagte: »Mach ich. Auch wenn mein räudiger Streuner irgendwann hier auftaucht. Oder die Phantomkuh Penelope vom Altrogge-Hof.«

»Fabiola!«, korrigierte ihn Dr. Fechner, indem er kichernd den Zeigefinger in die Luft streckte. Er wandte sich zur Tür. »Aber bei diesem Fabeltier habe ich den Verdacht, dass das in guter Behandlung ist. Wenn Sie mich fragen, stecken da diese beiden Lümmel hinter, Röggel und Pulli. Und deren Vetter ist Björn Kaulen, der auf diesem Gnadenhof in Rohr arbeitet. Der Junge hat's drauf. Hat gewissermaßen ein heilendes Händchen. Zu schade, dass der nicht Veterinär gelernt hat. Jedes Mal, wenn ich da bin, habe ich das Gefühl, überflüssig zu sein. Ach, übrigens …« Er drehte sich zu Jo um. »Das wäre was für den Streuner, wenn ihn mal einer eingefangen kriegt. Die päppeln ihn wieder auf, und da kriegt er sein Gnadenbrot. Wenn Sie ihn nicht selbst behalten wollen?«

»Ich? Einen Hund? Das können Sie vergessen.«

»Ja, stimmt wohl. Die viele Arbeit, was? Keine Zeit für das wirkliche Leben.« Er trat hinaus in den Flur.

»Guten Morgen, Dr. Fechner!«, flötete Zilla und bemühte sich auffällig zu verbergen, dass sie in ihren Feuerpausen durchaus den ein oder anderen Fetzen des Gesprächs durch die Küchentür hindurch hatte hören können.

»Ach, Morgen Zilla«, sagte der Alte amüsiert. »Da hat sich der Dr. Frings ja eine Fachkraft ins Haus geholt.«

Jo lächelte säuerlich.

Im Hof zersplitterten mit laut klirrenden Geräuschen weitere Ziegel. Und während Zilla zu einem ihrer Bandwurmsätze ansetzte, ohne ihr seltsames Gerät auszuschalten, mit dem sie die Fugen zwischen den Steinzeugfliesen bearbeitete, indem sie erklärte, wie gerne sie doch helfe, wenn irgendwo Not am Mann sei, und dass man sie scherzhaft die Mutter Theresa mit dem Schrubber nenne, schrillte zu allem Überfluss das Telefon.

Jo nahm den Hörer ab und hielt sich ein Ohr zu, um verstehen zu können, was am anderen Ende gesagt wurde.

»Frings, bist du das? Was ist das für ein Lärm bei dir? Hier ist Assenmacher.«

»Mein Haus wird abgerissen«, knurrte Jo. »Aber vorher wird es noch ordentlich blank poliert. Was willst du?« Er blickte dem Tierarzt nach, der zum Abschied winkend eine Hand erhoben hatte und die Stufen zum Hof hinabstieg. Er hatte ein mulmiges Gefühl bei diesem Anblick.

»Was ich will, sage ich dir gerne. Und zwar hier auf der Wache. Spätestens in einer Dreiviertelstunde.«

»Oh, ganz schlecht.«

»Die Alternative ist, ich schicke dir gleich zwei Kollegen, die von mir den Auftrag kriegen, dich auf der Flucht zu erschießen. Von hinten.«

»Witzbold.«

»Ich sage nur: Polizeisiegel. Entweder du kommst sofort her, oder ich buchte dich ein, Frings. Das ist kein Spaß!«

10. Kapitel

Assenmachers Büro sah so langweilig aus, wie ein solcher Raum nur aussehen konnte. Es war die Karikatur einer Amtsstube, mit hell furnierten Funktionsmöbeln, einem scheußlichen Kunstdruck, einem Lamellenvorhang und einer verkrüppelten Zimmerpflanze. Ein paar gerahmte Fotografien, die Assenmacher im Sportdress auf einem Rennrad zeigten, waren das einzig Persönliche, das zu entdecken war.

»Hätten wir uns nicht bei dir zu Hause treffen können?«, fragte Jo. »Nach Dreis-Brück wäre es nicht mal halb so weit gewesen.«

»Wie bitte?« Assenmacher stützte sich mit den Ellenbogen auf dem sauber aufgeräumten Schreibtisch ab und beugte sich breit grinsend vor. Das Licht der hereinfallenden Sonne malte einen glänzenden Kranz um seine Vollglatze.

»Ja, mit dem Geländewagen bis nach Wittlich zu gurken, ist kein Vergnügen. Vor allem, weil ich nicht über die Autobahn fahren kann. Du hättest ja auch bei mir in Schlehborn vorbeikommen können. Ihr seid doch im

Moment sowieso dauernd in unserer Gegend, oder irre ich mich?« Er rutschte auf seinem unbequemen Stuhl hin und her.

»Sag mal, ich glaub es hackt«, sagte Assenmacher, aus dessen Gesicht sich angesichts der Frechheiten langsam das Lächeln verabschiedete. »Tickst du noch ganz sauber?«

»Läuft ein Band mit? Nur damit dokumentiert wird, wie du mit mir umspringst.«

»Ich springe mit dir so um, wie du das herausforderst, Jo. Zuerst schnüffelst du im Wald rum, wo wir Lorna Weiler suchen ...«

»Du kannst ja nur nicht verkraften, dass ich sie zuerst gefunden habe.«

»Das hatten wir doch gestern schon.«

»Allerdings. In epischer Breite.«

Assenmacher erhob sich und machte hinter seinem Schreibtisch ein paar Schritte auf und ab. Jo sah, dass er sich zur Ruhe zwang, dass er versuchte, seinen Zorn zu unterdrücken.

»Kaffee?«, fragte er schließlich fast freundlich.

»Nein, danke, hatte ich schon.«

Assenmacher hob seine Tasse an den Mund, nahm einen Schluck, verzog angewidert das Gesicht und ließ den verbliebenen Rest ganz langsam in die Erde der struppigen Palme auf der Fensterbank tröpfeln.

Er bemerkte Jos überraschten Blick und sagte grinsend: »Ja, glaubst du denn, die sieht umsonst so aus? Es handelt sich um eine auf lange Dauer angelegte Versuchsreihe. Sie verträgt Cola und Red Bull, Kaffee, sogar den fiesen Ingwersud, den Patrizia mir immer mitgibt. Sagen wir mal, sie wird sich niemals zur richtigen Urwaldpflanze entwickeln, aber sie beißt sich durch. Zähes Luder, diese Palme, oder?« Er lächelte versonnen und legte den Kopf schief.

»Was willst du wirklich von mir, Herbert?«

Assenmacher holte weit aus. Auch mit den Armen. »Ich könnte dich zumindest vierundzwanzig Stunden festsetzen, Jo. Heute Morgen hat sich bei uns Pauline Gierden gemeldet, die ehemalige Lebensgefährtin von Lorna Weiler.«

»Sie hat sich bei dir gemeldet, weil ich ihr dazu geraten habe. Nichts zu danken«, sagte Jo mit Nachdruck.

»Sie hätte sich aber auch in der Nacht verdünnisieren können. Richtig wäre es gewesen, mich sofort zu informieren.«

»Ich wollte deinen Schönheitsschlaf nicht stören.«

»Lass die Sprüche, Jo. Sie gibt an, dich gestern Abend im Haus der Toten angetroffen zu haben.«

»*Ich* habe *sie* dort angetroffen!«

Assenmacher beugte sich im Stehen über eine aufgeschlagene Akte auf dem Schreibtisch. »Ihr wart beide in dem Haus, das mit einem Polizeisiegel verschlossen war.«

»Mach dich nicht lächerlich. So ein Fetzen Papier, der ...«

»Ein Polizeisiegel an einer Tür ist kein Kreidegekrakel von den Sternsingern, Jo.«

»Wir haben es beide nicht zerstört. Da war jemand, der ...«

»Ich weiß. Diese Pauline Gierden hat es mir erzählt. Mal völlig abgesehen davon, dass ich keine Ahnung habe, was du gestern Abend schon wieder in der Mühle verloren hast, frage ich mich natürlich auch, wer dieser Unbekannte ist, den ihr zwei aufgescheucht habt, als ihr – unerlaubt! – das Atelier durchsucht habt.« Er grinste Jo jetzt breit an. »Frau Gierden hat mir erzählt, dass du einen auf die Nuss gekriegt hast.«

Jo tastete wieder nach der Wunde. »Freut dich, was?«

»Würde ich so nicht sagen. Ich kann nur meine Tränen gut zurückhalten.«

»Ich habe jedenfalls keine Ahnung, wer das war. Und warum da jemand war. Auch nicht, womit ich niedergeschlagen worden bin.«

»Du weißt mal wieder nichts.«

»Du bist der Bulle.«

»Du bist der Schnüffler.« Assenmacher parkte seinen dürren Zwei-Meter-Körper auf der Ecke des Schreibtischs und lächelte milde. »Wenn wir davon ausgehen, dass es sich bei dem Tod von Lorna Weiler nicht um einen Suizid handelt ...«

»Es war also kein Selbstmord?« Jo schrak auf.

»*Wenn* wir davon ausgehen ...«

»Ich habe gewusst, dass es kein Selbstmord war. Warum sollte sie auch?«

»Liebeskummer. Ihre Freundin hat sie verlassen.«

»Ach, Quatsch! Warum dann nicht in ihrem eigenen Haus?«

»Vielleicht wollte sie nichts schmutzig machen.«

»Du bist doof, Assenmacher«, grunzte Jo. »Da war Blut. Und es gab Scherben. Sie ist niedergeschlagen worden, garantiert.«

Assenmacher presste die Lippen zusammen und nickte. »Ja, so wird es wohl gewesen sein. Hör zu, Jo, was ich versuche dir beizubringen, ist, dass da jemand ist, der keine Skrupel hat, ein Menschenleben auszulöschen. Man hat ihr Medikamente eingeflößt und sie in diese Hütte geschafft.«

»Warum?«

»Das wissen wir nicht.«

»Weil sie nicht so schnell gefunden werden sollte. Von Quirin Leitges oder mir beispielsweise!«

»Verdammt, Jo, wir wissen es nicht! Und dich geht es nichts an! Rede ich etwa Kisuaheli? Steck deine Nase da nicht länger rein!«

»Du bist ja rührend um mich besorgt.«

»Das täuscht.« Assenmacher stand wieder auf und richtete seinen Hemdkragen.

Sie hatten als Kinder Fußball gegeneinander gespielt. Jo beim SC Schlehborn und Assenmacher beim SV Brück-Dreis. Dieser lange Lulatsch hatte schon immer eine große Klappe gehabt, hatte schon früher keinen Zweifel daran entstehen lassen, dass die Dinge so zu laufen hatten, wie er das wollte.

Das Telefon auf Assenmachers Schreibtisch klingelte. Er hob ab und blaffte ein barsches »Ja?« in den Hörer. Es verging ein Moment, in dem Jo versuchte, die Aufschriften auf den Rücken der Aktenordner zu entziffern, die im Regal links von ihm standen. Assenmacher hatte eine Sauklaue.

»Ja klar, Dettenhoven ... aber irgendwo muss er ja sein. Seine Ehefrau muss doch wissen ... dann sag diesen Arschlöchern, sie sollen einen Übersetzer holen. Irgendwer wird doch thailändisch können ... Ja, und wenn er ins Ausland gereist ist, dann müssen sie ihn eben da ausfindig machen. Meine Fresse, was gehen mir diese NRW-Kollegen auf den Sack!« Er legte scheppernd auf und bemerkte Jos fragenden Blick. »Verkehrsdelikt«, log er. »Regt mich auf, wenn das über die Landesgrenze geht.«

Dettenhoven. Jo biss sich auf die Lippen, um nicht loszulachen.

Jetzt umrundete Assenmacher den Schreibtisch und baute sich direkt vor Jo auf.

»So, ich mache dir jetzt ein Angebot, Jo Frings: Ich weiß eine Menge über dich und all das, was du abgezogen hast, bevor du in die Eifel zurückgekehrt bist. Du glaubst, das ist alles Schnee von gestern, du glaubst, du bist hier sicher, aber das bist du nur so lange, wie ich das will, kapiert?«

Jo nickte stumm.

»Ich verlange nicht viel von dir. Nur, dass du aufhörst, Detektiv zu spielen. Natürlich wird in Schlehborn geredet, man tratscht und tuschelt, und du wirst unter Umständen das ein oder andere zugetragen kriegen, das für die Ermittlungen nicht ganz unwichtig sein könnte. In diesem Fall will ich, dass du es mir sofort sagst.«

Jo blickte zu Assenmacher auf. »Was? Hör ich richtig? Ich soll den Spitzel spielen?«

»Nein!«, herrschte Assenmacher ihn an. Nur um sich im nächsten Augenblick schon wieder zusammenzureißen, zu ihm hinunterzubeugen, mit den Händen auf den Stuhllehnen abzustützen und zu raunen: »Du hältst die Ohren offen, aber du fährst keine Extratouren. Dafür lasse ich dich in Ruhe. Sobald du auch nur den klitzekleinsten Hinweis auf irgendetwas hast, das mit dem Mord an Lorna Weiler zu tun hat, kommst du damit zu wem?«

»Zu … hm … etwa zu dir?«

»Deal?« Assenmacher streckte ihm die Hand hin.

Jo schlug ein. »Deal.«

Assenmacher zog sich wieder hinter seinen Schreibtisch zurück. »Ich hatte gehofft, dass du zur Vernunft kommst, Jo. Das ist doch jetzt mal eine Basis.«

Jo erhob sich seufzend und trottete zur Tür.

»Ich nehme an, es hat keinen Zweck, dich nach Lornas Handy oder Laptop zu fragen?«

»Wenn wir eins von beiden gefunden hätten, würde ich es dir als Letztem erzählen.«

»… gefunden hätten … soso.«

»Und wenn wir es gefunden hätten auch.«

»Schon klar: hätten.«

»Los, verzieh dich, Frings!«

Als Jo das Büro verließ, stand Herbert Assenmacher nachdenklich am Fenster und schnippte mit den Fingern gegen die verdorrten Blätter seiner Zimmerpalme.

Jo lächelte erst, als er die Tür hinter sich geschlossen hatte. Er wusste, wo er Dettenhoven finden würde. Auch ohne einen thailändischen Übersetzer.

11. Kapitel

Keine Minute, nachdem der alte Quirin Leitges mit Trecker und Anhänger durch das große Hoftor auf die Straße gefahren war, schlossen sich donnernd die beiden Torflügel. Quirin blickte über die Schulter zurück, bevor er rechts in Richtung Üxheim abbog. Er sah gerade noch einmal den wirren, weißen Schopf von Theo Kasparek. Die dunklen Augen, die, von dem Glas der altmodischen Hornbrille stark vergrößert, hektisch rechts und links die Straße absuchten. Dann verschwand der Kopf, vermutlich wieder für Wochen. Weder in Uedelhoven noch in der ganzen Umgebung gab es mehr als drei oder vier Leute, die Theo Kasparek öfter zu sehen bekamen, als man Finger an einer Hand hatte. Quirin wusste schon, wann er den Sonderling das nächste Mal zu sehen bekommen würde: Frühestens in einem Jahr, wenn das Brennholz wieder aufgebraucht war. Theo Kasparek heizte nur während der härtesten Wintertage, und die hatte man in der Eifel in den letzten Jahren sowieso nur sehr selten erlebt.

In den zurückliegenden zehn, fünfzehn Jahren war er immer eigenbrötlerischer geworden. Allein gelebt hatte er schon immer, aber es geschah so gut wie gar nicht mehr, dass jemand Zutritt zu seinem privaten Rückzugsort erlangte.

Auch mit Quirin hatte er nur die unbedingt nötigen Worte gewechselt. Er hatte ein bisschen gemeckert, dass das letzte Holz zu feucht und nicht genug abgelagert gewesen sei. Quirin hatte ihm ohne große Gegenwehr fünfzig Euro von der neuen Summe erlassen, und Kasparek hatte ihm das Geld in kleinen, abgegriffenen Scheinen in die Hand gezählt. Quirin hatte noch gefragt: »Und wie geht's dir sonst?« Kasparek hatte mit seiner leisen, vom vielen Schweigen ganz brüchigen Stimme geantwortet: »Wie soll's schon gehen?« Dann hatten sie einander noch einen guten Tag gewünscht, Quirin hatte wieder seinen Trecker bestiegen und war hinausgeknattert. So lief das immer.

Kasparek war gut und gerne zwanzig Jahre jünger als er, aber er sah aus wie ein gebrechliches, altes Tier. Ein Wiesel vielleicht, mit fahrigen Bewegungen, das sich nicht mehr aus seinem Bau heraustraut. Die alte Änni aus der Kreuzstraße, die genoss offenbar sein Vertrauen, denn seit Jahr und Tag kochte sie mittags etwas für ihn mit und trug dann seine Portion in einem schwarzen Kochkessel zu seinem Hof hinüber. Ob Kasparek für diesen Service bezahlte, wusste man nicht, denn alle im Dorf waren sich sicher, dass er seine enormen Reichtümer nur hatte ansparen können, weil sich ein kaum zu beschreibender Geiz zu seinem ausgeprägtesten Wesenszug entwickelt hatte. Kasparek besaß zahlreiche Immobilien im

Kirchspiel, aber auch jenseits der Ahr und nahe der belgischen Grenze. Häuser und Gehöfte, bei denen die Pflege und der Erhalt angeblich ausschließlich Sache der Mieter waren. Kam jemand seinen Verpflichtungen nicht nach oder zahlte jemand die Miete nicht pünktlich, wurde er sofort rausgeklagt. Entgegen seiner Veranlagung bezahlte Kasparek seine Anwälte gut und oft.

Quirin schaffte es, sich trotz des Fahrtwinds eine Zigarette zu entzünden und inhalierte tief. Er genoss diese Fahrten, die Böen auf seiner wettergegerbten Haut. Er liebte die Winde von Westen, die vom Atlantik herüberkamen und das Land seit ein paar Tagen verwöhnten. Hier in diesem Teil der Eifel kannte er jeden versteckten Winkel, hier war er aufgewachsen, und hier würde er sterben. Wenn er auf seinem Trecker saß, dann vergaß er seine schmerzenden Gelenke. Nur das Auf- und Absteigen bereitete ihm zusehends Mühe.

Auf der Höhe von Wacholderhof und Andreashof bog er rechts nach Schlehborn ab. Auf dieser Strecke war er lange nicht mehr unterwegs gewesen. Früher, als seine Therese noch gelebt hatte, da waren sie oft zu ihrer Schwester Else nach Uedelhoven gefahren. Heute wohnte Else im Katharinenstift in Hillesheim.

Wenn er ehrlich war, lieferte er Kasparek das Holz nur noch aus Neugier. Das, was er dafür bekam, stand schließlich in keinem Verhältnis zu der ganzen damit verbundenen Strapaze. Aber er wollte ab und zu sehen, ob es ihn überhaupt noch gab, diesen Einsiedler. Manche behaupteten, sie hätten ihn abends schon einmal nach Einbruch der Dunkelheit in seinem Auto, einem uralten, dunkelblauen Polo, durch die Gegend fahren sehen. Beim jährlichen Schlehborner Dorffest rief ab und zu mal einer: »Guck mal, da hinten, ist das nicht der Kasparek?« Und dann hatte er tatsächlich da mit seiner Karre gestanden und herübergestarrt, aber dann gab er auch schon wieder Gas und verschwand. In jungen Jahren war er ein Wilder gewesen, der Kasparek. Hatte die Gegend mit seinem Motorrad unsicher gemacht. Einer knallblauen 65er BMW. Die Maschine stand heute noch völlig verstaubt in einem von Kaspareks unzähligen Schuppen.

Quirin rollte nach Schlehborn hinein. Der Anhänger hüpfte auf und ab, und die Bracken klapperten laut. Die Straße war in einem wirklich erbärmlichen Zustand. Reinhold Nelles, der Ortsbürgermeister, hatte lange Zeit getönt, er werde schon dafür sorgen, dass Schlehborn demnächst einen richtigen *Broadway* bekam, mit neuen Straßenlaternen und allem Drum und Dran, aber seit der letzten Wahl vor drei Jahren erwähnte er das Thema nicht mehr.

Fröhling, der Lehrer, grüßte mit einem knappen Nicken. Auch so ein komischer Heiliger. War damals mit seiner Schwester aus Aachen hierhergezogen, in einen unattraktiven, seelenlosen Neubau, dessen Bauherr über die Fertigstellung pleitegegangen war. Als er langsam abbremste, beobachtete Quirin, wie Fröhling gerade einen klobigen Gegenstand, der in eine bunt gemusterte Decke gehüllt war, in den Kofferraum seines Wagens legte.

Quirin drosselte den Motor noch weiter, bis der Trecker zum Stillstand kam. »Tach, Herr Fröhling.« Er hob die grobe, rechte Hand zum jovialen Gruß.

Fröhling fuhr erschrocken herum und schlug den Kofferraum zu.

»Ach, hallo, Herr Leitges ...« Fröhling lachte nervös auf und rückte sich die Brille zurecht.

»Die Tannen da ...« Quirin hob die Stimme, um den Trecker zu übertönen, und wies auf eine unansehnliche Reihe von Nadelbäumen, die die eine Seite des Grundstücks säumten. Irgendwann hatte Fröhling ihre Spitzen gekappt, was noch verheerender aussah als vorher. Vor ein paar Wochen hatte ihn Fröhling gebeten, den Wall aus Holz und finsterem Grün endgültig abzuholzen. »Wir machen das nächste Woche, ja?«

»Was? Ach, so, ja ... keine Eile. Meinetwegen nächste Woche.« Fröhling drückte auf seinen Autoschlüssel, und mit einem klackenden Geräusch verriegelte sich der Wagen.

Quirin wünschte ihm noch einen guten Tag und tuckerte weiter. Warum hatten all diese Menschen solche Heimlichkeiten? Wo waren sie hin, die Zeiten, in denen man die Haustür nur abgeschlossen hatte, wenn man für einen ganzen Tag nach Trier oder Köln fuhr? Man hatte einander die Autos geliehen, bei der Ernte geholfen und den Nachbarn mit nach Daun genommen. Alles lange vorbei.

Der Tod hatte Einzug ins Dorf gehalten – nein, der Tod war schon immer da gewesen. Es war ein unerwünschter Verwandter des Todes. Sein skrupelloser Zuarbeiter, der Mord.

Unter der Oberfläche lauerte er. Er war teuflisch, er war abartig, er war jemand, der jegliches Vertrauen zwischen den Menschen auffraß, und der wahrscheinlich schon bald das ganze Dorf erschüttern würde, wenn er sich in all seiner Hässlichkeit zeigte.

Quirins Herz wurde schwer, wenn er an ihn dachte. Immerhin hatte er ihn gesehen.

* * *

Er hatte sich schon während der ganzen Fahrt Christas triumphierendes Grinsen vorgestellt. In ihren Augen leuchtete dann ein grünliches Feuer, herausfordernd, siegessicher, spöttisch.

So wie jetzt.

Sie brauchte nichts zu sagen, ihre Miene sprach Bände.

»Das mit Zilla Fischenich ist eine boshafte Gemeinheit, das weißt du.«

Der Friseursalon war leer. Sie war gerade dabei gewesen, die Lampen auszuschalten. Es war Mittagspause.

»Oh, komm doch rein«, flötete sie zuckersüß und schloss hinter ihm ab. »Schön, dass du noch mal was von dir hören lässt.«

»Zilla Fischenich«, wiederholte Jo brummig.

»Ach, die Zilla. Ja, was ist denn mit ihr?«

»Du hast mir die in den Pelz gesetzt, diese Laus.«

»Ich? Aber wie kommst du denn darauf?« Schlecht gespielte Empörung wie aus dem Ohnsorg-Theater. Sie legte sogar mit abgewinkelten Ellenbogen die gespreizten Finger auf die Brust.

»Auf Dauer werde ich mir die nicht leisten können.«

»Es gibt auf der ganzen Welt nichts, was du dir auf Dauer leisten kannst.« Sie griff sich den Besen und fegte ein paar Haarbüschel zusammen. Dann hantierte sie mit Handfeger und Kehrblech. »Du wirst es dir zum Beispiel auf keinen Fall leisten können, mich noch einmal zu versetzen, Jo Frings.« Das klang jetzt schon deutlich kühler.

»Es tut mir leid, Christa. Du kannst dir vielleicht vorstellen, wie mir gestern Abend zumute war, nachdem ich … na ja, das mit der Hütte … die Polizei …«

»Diese neumodischen, kleinen, viereckigen Dinger sind jetzt total in. Mit denen kann man fotografieren, Musik hören und – du glaubst es nicht, te-le-fo-nie-ren!«

Ihm blieb nichts als ein hilfloses Schnaufen. Er ließ sich auf einen Friseurstuhl sinken. »Es tut mir leid. Was willst du noch? Harakiri? Leihst du mir eine von deinen Scheren? Wo soll ich's machen? Hier?«

Sie legte den Kopf schief und sah ihn forschend an. Es gab keinen Mann auf der ganzen Welt, der so zerknirscht gucken konnte. Vom einen Moment auf den nächsten. Es war die totale Unterwerfung, er war die Reue in Person.

Das Dumme war nur, dass sie nie wusste, wann Jo es ernst meinte und wann nicht. Er konnte stundenlang reden, ohne ein einziges wahres Wort zu sagen, wenn es nötig war. Er hatte die Lüge für sich zur glänzenden Tugend erkoren. Manchmal – ganz selten – da spürte sie, dass sie zu seinem Kern vorgedrungen war, dass er aufrichtig zu ihr war. Dafür, dass er das bei ihr zuließ, liebte sie ihn.

Sie stellte sich vor ihn und legte zärtlich die Hände auf seine Schultern. »War es sehr schlimm, das mit der Amerikanerin?«

Jo schmiegte seinen Kopf an ihren Bauch und murmelte: »Ich denke nicht viel darüber nach, weil da so viele Fragen in meinem Kopf herumschwirren. Ich bin ganz durcheinander. Aber: Ja, du hast recht. Es war fürchterlich. Die Tote in dieser erbärmlichen kleinen, verkommenen Hütte ... das viele Blut. Ich habe schon viel Blut in meinem Leben gesehen, Christa, aber ich kann nicht sagen, dass ich für so was gemacht bin. Sicher nicht.«

Da war er wieder, der Blick in sein Innerstes. Bei dem Gedanken daran, dass sie der einzige Mensch auf der Welt war, dem er diesen Blick erlaubte, durchströmte sie wärmendes Glück.

»Wann verbringen wir noch mal einen Abend zusammen, Jo?«, flüsterte sie und hauchte ihm einen sanften Kuss auf den Kopf.

»Heute«, raunte er dumpf in ihren Friseurkittel. »Heute Abend. Das wünsche ich mir genauso sehr wie du, glaub mir.«

Als er den Kopf hob, fasste sie ihn mit beiden Händen und presste ihre Lippen auf die seinen.

»Ich könnte etwas kochen«, sagte er. »Nichts Großartiges ...«

»Nein«, unterbrach sie ihn. »Wir treffen uns hier bei mir.« Sie wollte es nicht schon wieder aus der Hand geben. »Um acht. Nur wir beide. Ricky geht auf eine Fete in Oberbettingen.«

»Ist gut.« Dann grinste er. »Wäre mir auch nicht recht, wenn bei mir zu Hause schon wieder alles dreckig gemacht würde.«

Sie stieß sich brüsk von ihm ab. »Du verdammter Mistkerl!« Sie zog den Kittel aus und fragte: »Kommst du mit rauf? Ich muss noch die Bestellung für den Lieferanten abschicken.«

»Nein, ich habe noch etwas vor. Ein Besuch in Dollendorf.«

»Will ich wissen, bei wem?«

»Nicht unbedingt. Keine große Sache, keine Angst. Ach, äh …«

»Ja?«

»Du könntest mir noch mit ein paar Dingen aushelfen.«

»Mit ein paar … Dingen?«

»Ich bräuchte eine Umhängetasche. Vielleicht aus Leder. Mit möglichst vielen Taschen. Braun am liebsten.«

Sie stemmte die Hände in die Seiten. »Wozu das denn?«

»Wenn du nicht wissen willst, wen ich besuche, sollte es dich auch nicht interessieren, wozu ich diese Tasche brauche. Hast du eine? Frauen haben doch immer drei Dutzend Taschen.«

»Komm mit, ich zeige dir meine Kollektion.«

Sie verließen den Laden durch die Tür und stiegen im Treppenhaus die Stufen zu Christas Wohnung hinauf.

»Und einen Fotoapparat brauche ich.«

»Du hast doch dein Handy.«

»Es muss aber ein Fotoapparat sein. Hast du einen?«

»Ja, irgend so ein altes Ding von meinem Mann. Aber keinen Film.«

»Wunderbar.«

»Ich glaube, die ist sogar kaputt.«

»Nehm ich. Sieht ja keiner.«

Während sie die Tür zu ihrer Wohnung aufschloss seufzte sie: »Jo Frings, irgendwann werde ich das mit dir bitterlich bereuen.«

»Schon möglich. Aber warte damit noch ein bisschen.«

12. Kapitel

Der Antoniusstraße in Dollendorf merkte man noch deutlich an, wie sie in früheren Zeiten einmal ausgesehen haben mochte. Schnurgerade führte sie vom Neubaugebiet am südlichen Ende des Dorfes über den Bergrücken hinab zur Kirche St. Johann Baptist. Auf beiden Seiten säumten zahlreiche kleine, fast gleichförmige Giebel die Straße, allesamt ehemalige, kleinbäuerliche Betriebe. Anstelle der zurückliegenden alten Scheunen dieser Winkelhöfe waren Anbauten errichtet worden oder ganz neue Wohngebäude. Nur noch wenige Häuser waren unverändert geblieben. Die zwei von ihnen, die Dr. Fechner beschrieben hatte, fand Jo auf Anhieb etwa in der Mitte der Straße, unmittelbar einander gegenüber.

Und tatsächlich sah er schon von Weitem einen kleinen, untersetzten Mann in Kniebundhosen und olivfarbenem Hemd, der die Straße überquerte.

Jo wendete den Munga und parkte ihn am Straßenrand. Ein alter Instinkt: den Fluchtweg immer offen halten.

Als er wenige Momente später um die Ecke des heruntergekommen wirkenden Fachwerkhauses in den Hof guckte, sah er zwei Männer, die sich auf ein paar wackligen Gartenmöbeln fläzten, die sie auf dem alten Kopfsteinpflaster in die Sonne gestellt hatten. Einer von ihnen war der Mann, den er gerade auf der Straße gesehen hatte. Auf einem verwitterten Tisch standen die Reste eines Frühstücks. Zwei schwarz-weiß gefleckte Münsterländer scharwenzelten um die Männer herum, ein dritter Hund blickte sehnsuchtsvoll durch die Gitterstäbe seiner Box aus der geöffneten Kofferraumklappe eines Jeeps, der in der Scheune geparkt stand.

»Morgen«, knurrte der eine Mann und wischte sich Brötchenkrümel vom bärtigen Kinn. Er war ein bulliger Typ mit dichtem, grauem Haar.

Der kleine Dicke drehte den Kopf und warf Jo über die Schulter einen Blick zu. Sein Schnurrbart war für sein Alter ungewöhnlich schwarz und dünn zurechtgestutzt. Er trug eine getönte Brille mit breiter, goldglänzender Einfassung. Auch er grüßte knapp.

Jo erwiderte den Gruß und dachte an sein Drehbuch. Es war immer wichtig, einen groben Ablauf im Kopf zu haben, auch wenn die anderen Mitspieler noch nicht in ihre Rollen eingeweiht waren.

Er war jetzt also der, der Hilfe suchte. Ratlos gucken, aber nicht zu doof. Ein bisschen stammeln, den anderen Gelegenheit geben, ihre gehobene Position auszuspielen.

»Das Kloster?«, fragte Jo und ruckelte den Tragegurt der Umhängetasche zurecht, die er mit allerlei unnützem Kram gefüllt hatte. »Ich suche das ehemalige Kloster.«

»Wollen Sie es kaufen?«, fragte der Bebrillte amüsiert.

»Franzen, *Kölner Stadt-Anzeiger*. Ich soll Fotos machen und was schreiben.«

Das ehemalige Kloster kannte jeder in der Umgegend. Die Immobilie war ein Klotz am Bein des Bistums Aachen, denn seit über zwanzig Jahren versuchte man die Gebäude, die laut Erbvertrag ausschließlich zu sozialen Zwecken genutzt werden durften, an den Mann zu bringen. Immer mal wieder tauchte es in der Berichterstattung in den Zeitungen auf.

Die Sache mit dem Kloster war ihm auf dem Weg hierher eingefallen. Dieser Vorwand war völlig unverfänglich.

»Das kriegen die nie verkauft«, sagte der Bärtige amüsiert. Caritas, Rotes Kreuz ... alle haben sich das Ding angeguckt, aber keiner will den Kasten haben.«

»Muss ja unbedingt sozial sein«, bestätigte sein Kumpel.

»Sozial, ja, genau. Da sind so viele Zimmer drin, da wüsst ich schon was Soziales. Könnte man vielen Leuten was Gutes drin tun.« Sein Lachen klang nach zwei Litern Schmieröl.

Wie aufs Stichwort erschien in der Haustür eine schlanke, junge Frau, die ihr langes, blondes Haar zum einem Zopf geknüpft hatte. »Seid ihr noch nicht weg?«, zwitscherte sie. Sie war nicht viel älter als zwanzig.

»Wären wir ja schon längst, aber der Lou, der macht einfach nicht voran!«, rief der mit der Goldbrille und wies mit dem Daumen über die Schulter auf die gegenüberliegende Straßenseite. »Das muss ja unbedingt heute sein, das mit seinem Scheiß Cherokee. Ich will in den Wald, Mann. Der soll seine Karre nächste Woche in Köln reparieren lassen!«

Jo blickte in die Richtung, in die er gezeigt hatte. In einer offenen Garage war das Heck eines Geländewagens zu sehen. Dahinter war ein Pick-up geparkt, auf dessen Ladefläche Werkzeugkisten und Ersatzteile lagen. Undeutlich waren Stimmen zu hören und metallenes Geklapper.

Jo bummelte zu den beiden Männern hin. Die Blondine hatte inzwischen auf dem Knie des Bärtigen Platz genommen und untersuchte nun intensiv die Haarspitzen ihres Zopfs. Ihre schlanke Figur steckte in einer blassgelben Bluse und äußerst knappen Shorts.

»Geht's heute auf die Jagd?«, fragte Jo unverfänglich. Irgendwie musste er das Gespräch jetzt in die richtige Richtung lenken.

»Nee, zum Krabbenpulen«, grunzte der mit der Brille. Sein Kollege und die Frau kicherten albern.

Jo lachte pflichtschuldig mit.

»Wird auch alles nicht leichter. Mit dem Jagdgesetz, meine ich.« Er kramte in seiner Tasche, ließ kurz den Fotoapparat sehen und zog einen Notizblock hervor.

Einer der Hunde schnüffelte an Jos linker Hand. Der scharfe Pfiff des Bärtigen ließ ihn herumfahren und sich mit eingeklemmtem Schwanz zu dessen Füßen ducken.

Die beiden Männer fixierten Jo mit prüfendem Blick. Auf wessen Seite stand der Presseheini? Presse war selten gut. Meistens voreingenommen. Theoretiker, die froh waren, wenn sie einem an den Karren pinkeln konnten. War er eher ein Sympathisant von diesen

Umweltchaoten oder auf Seiten der Jäger? Er sah passabel aus, ordentlich frisiert, akzeptabel gekleidet ... obwohl, das hieß ja heute auch nichts mehr.

»Wie meinen Sie das?«, fragte der Bebrillte lauernd.

»Was?« Wie gesagt, ratlos gucken, aber nicht zu doof.

»Das mit dem Jagdgesetz.«

»Ach so, das. Wir haben nächste Woche einen Bericht im Blatt, aber die Einzigen, die sich bisher zu Wort gemeldet haben, sind diese Spaßbremsen, diese Tierschützer.«

Das passte. Die Gesichter entspannten sich, die Mundwinkel gingen nach oben.

Jo kam jetzt mutig näher. »Im Ernst, ich brauche ein paar Stimmen von der Gegenseite, ein paar Kommentare, von denen, die's wirklich angeht, von den Jägern.«

»Also, was dieses Drecksgesetz angeht, da ist noch nicht das letzte Wort gesprochen«, dröhnte der Bärtige. Er rückte Jo einen leeren Gartenstuhl einladend zurecht.

Funktionierte bis hierher alles ganz gut. Jo setze sich.

»Was zu trinken?«, fragte der Bebrillte. »Kaffee? Bierchen?«

Jo guckte auf die Uhr und wiegte den Kopf hin und her. »Gerade Mittag«, sagte er zögernd. »Wenn Sie drauf bestehen, würde ich eine Ausnahme machen und noch einen Kaffee trinken, aber normalerweise gibt es ab jetzt nur noch Bier.«

Das gefiel den Männern. Sie lachten laut.

»Perlchen, lauf mal!« Der Bärtige scheuchte das Mädchen auf und versetzte ihr einen Klaps auf den zierlichen Hintern. »Meine ... Tochter«, sagte er zwinkernd, als Jo dem Mädchen hinterhersah, das ins Haus verschwand.

Sein Kumpel kicherte heiser und beugte sich zu Jo vor. »Man sollte denen in Düsseldorf mal deutlich sagen, was man von dieser verdammten Novellierung hält. Die knicken doch ein, sobald einer von diesen Ökochaoten nur einen Furz loslässt.«

»Zitieren Sie uns mit Namen?«, fragte der Bärtige mit skeptischem Unterton.

Jo hob die Schultern. »Ich könnte es natürlich alles ein bisschen allgemein halten, aber dann ...«

»Nee, lass mal!«, sagte der Mann mit der Goldbrille mit Nachdruck. »Können Sie ruhig schreiben. Ich stehe dazu. Ich bin Lorenz Dettenhoven aus Düren, und ich lasse hier seit mehr als zwanzig Jahren jede Menge viereckiges Geld in der Eifel. Ich ... *wir* haben eine Verantwortung für den Wald und alles, was da drin so unterwegs ist, verstehen Sie?«

Jo presste die Lippen aufeinander, um nicht breit zu grinsen. Dettenhoven – das ging ja schnell.

»Verantwortung!«, echote der Bärtige. »Schreiben Sie das ruhig!«

Und Jo schrieb. Der Mann winkte lässig einer vorbeiwackelnden, alten Frau und fuhr fort: »Wir zahlen fette Jagdpacht, wir kommen für die fetten Wildschäden auf, weil die Sausäcke von Bauern das direkt mit einkalkulieren und uns mitten zwischen die Waldstücke den Mais hinpflanzen, jeder von uns hat Leute, die das ganze Jahr nach unseren Häusern gucken, wir stiften die Weckmänner für den Martinszug, den Kuchen beim Altentag, bei jedem Scheiß kommen die Spendensammler als Erstes zu uns ... die haben hier doch alle nichts mehr auf der Naht, die Eifeler! Zum Kotzen! Mein Name ist übrigens Grobelny, aus Mönchengladbach.« Er reichte Jo die Hand. »Wir dürfen jetzt neuerdings nicht mal mehr streunende Katzen abschießen. Ist das zu glauben? Da frage ich Sie: Was soll denn das? Die paar Viecher!«

»Genau!« Dettenhoven warf sich in die Brust. »Wissen Sie überhaupt, dass Katzen *nach-weis-lich* manche Vogelarten total ausrotten! Karnickel töten! Da sollen wir tatenlos zugucken? Ich sage noch mal: Verantwortung!«

»Ist das wahr?«, fragte Jo und kritzelte seinen Block voll. »Vogelarten ausgerottet? Durch streunende Katzen?«

»Ja klar!«, rief Dettenhoven aufgebracht. »Dieser Dingens ... na, wie heißt der noch? Der war mal Vogel des Jahres ...«

»Ist ja egal«, knurrte Grobelny. »Was die da mit uns vorhaben, das ist jedenfalls eine Kampfansage! Die Jagdsteuer wollen die hier in Nordhein-Westfalen wieder einführen! Ja, geht's noch? Dann sollen die uns demnächst noch mal rufen, wenn mal wieder einem ein Reh vor den Kühler gesprungen ist! Das können die dann auch vergessen!«

Das Mädchen kehrte mit drei geöffneten Bierflaschen zurück, und die beiden Männer stießen mit Jo an. Aber das frische Getränk konnte ihren Zorn nicht kühlen. Sie redeten sich mehr und mehr in Rage.

»Was die sich da für eine Liste zusammengekratzt haben, was wir demnächst nicht mehr abschießen dürfen!« Dettenhoven schlug mit der Faust auf den wackligen Tisch. »Und keine Lebendfallen mehr! Wenn ich das schon höre! Lebendfallen ... Lebendfallen!«

»Aber der allergrößte Kracher ist ...« Grobelny beugte sich vor. »Demnächst sollen wir jedes Jahr unsere Treffsicherheit nachweisen müssen! Das ist eine Frechheit. Die glauben, wie könnten es nicht mehr, diese Scheißer!«

»Du triffst doch immer«, meldete sich das Mädchen mit seiner Piepsstimme zu Wort. Über ihren schlechten Witz lachte keiner. Die Männer hatten sich zu sehr in Rage geredet.

»Sind das Ihre Häuser?« Jo wies mit dem Kinn zuerst zu dem einen Haus, dann zu dem auf der anderen Straßenseite.

»Die gehören unserem Freund aus Köln. Der hat die Jagd bei Ripsdorf gepachtet. Zwei, drei Mal im Jahr lädt er uns ein. Dann tauchen wir einfach mal für ein Wochenende ab«, erklärte Dettenhoven. »Muss ab und zu mal sein.«

Grobelny stellte seine bereits geleerte Bierflasche ab und erhob sich. »Früher sind wir immer nach Ungarn, aber was die da heutzutage für Abschussprämien haben wollen ... nee danke.« Er ging zum Haus. »Ich muss mal pissen. Und wenn ich wiederkomme, will ich endlich los. Ich will jetzt endlich schießen!«

Jo hielt inne und sah von seinen sinnlosen Notizen auf. Ratlos gucken, aber nicht zu doof. »Sagen Sie mal ... Dettenhoven ... Dettenhoven ... Haben Sie nicht hier in der Nähe eine Jagd gepachtet?«

Der Angesprochene strich sich über den dünnen Schnurrbart. »Ja, bei Schlehborn, hinter der Landesgrenze. Wieso?«

»Da haben Sie eine Hütte im Wald, nicht wahr?«

»Aber nur so 'ne kleine. Deswegen treffen wir uns ja auch hier bei unserem Freund Lou. Wieso fragen Sie?«

Überraschung, Bestürzung, Unsicherheit ... das alles jetzt in einem Gesichtsausdruck, sorgfältig austariert. »Ja, wissen Sie es denn noch gar nicht?«

»Was?« Der kleine, dicke Mann rückte auf die Kante des Gartenstuhls.

»Kennen Sie die Amerikanerin, die in Schlehborn wohnt? In der alten Holzmühle? Lorna Weiler?«

Sein Gegenüber zog die Stirn kraus. »Amerikanerin? Aus Schlehborn? Nee.«

»So eine kleine, mit rotem Haar, einer richtigen Mähne. Die sammelt im Wald lauter ...«

»Ach, *die*! Klar, die hab ich schon mal da rumeiern sehen. Die ist uns mal mitten in die Treibjagd reingestolpert! Was ist mit der?«

»Kennen Sie die näher?«

»Ach was! Ich hab der damals nur unmissverständlich klargemacht, dass sie mit ihrem Leben spielt, wenn sie da rumschleicht. Das geht ja auch nicht, die schreckt ja das Wild auf, wenn sie da unterwegs ist. Der Wald ist doch nicht für Hinz und Kunz da!«

»Sonst sind Sie einander noch nie begegnet?«

»Nein! Ich wusste ja bis gerade nicht mal, wo die wohnt. Was ist denn mit der? Was soll die komische Fragerei überhaupt?«

Jo druckste herum. »Ja, wenn Sie es noch nicht wissen ... Hat man noch nicht versucht, Sie anzurufen?«

»Nein, Mann. Ich habe das Handy ausgeschaltet! Glauben Sie denn, ich will, dass mich hier andauernd meine blöde Alte stört, oder meine blöden Angestellten, oder sonst irgendwelche blöden Leute? Was ist denn los? Jetzt sagen Sie doch schon!« Seine Stimme wurde lauter und lauter.

Die junge Frau war aufgestanden, trat unsicher von einem Fuß auf den anderen und hielt sich an ihrem Zopf fest. Die Hunde erhoben ihre Köpfe. In der Metallbox im Auto war ein leises, unsicheres »Wuff« zu hören.

»Also, diese Frau Weiler, die ist ... tot.«

»Ja, und?«

»Sie ist im Wald aufgefunden worden.«

»Ach, und das sollen jetzt die Jäger gewesen sein, was?« Dettenhoven sprang auf. »Sagen Sie mal, sind Sie etwa hier, um mich auszuhorchen, oder was?«

»Sie ist in Ihrer Hütte gefunden worden. Gestern Morgen.«

»Wie bitte? In meiner Hütte? In der Hütte drin? In meiner Hütte drin?« Er kramte unter großer Anstrengung ein Handy aus seiner Kniebundhose. »Ich glaube es nicht! Wie kommt die da rein? Wie ist die an den Schlüssel rangekommen? Den findet man doch gar nicht, der ist doch so gut versteckt! Was hat die denn da verloren?« Er tippte auf dem kleinen Gerät herum und presste es sich schließlich ans Ohr.

»Ja, ich bin's«, blaffte er nach einem kurzen Moment des Wartens. »Hast du versucht, mich zu erreichen? ... Was? Wer? ... Polizei?«

Grobelny erschien in der Tür des alten Bauernhauses und zurrte sich den Gürtel zurecht. »Was ist denn los?«

»Aber ich hab doch keine Ahnung«, polterte Dettenhoven. »Ich war doch im Wald ... nein, nicht da! Bei

Ripsdorf … du, spricht gefälligst deutsch mit mir, verdammte Scheiße noch mal!«

»Was hat er denn?«, fragte Grobelny das Mädchen. »Los, sag schon, was ist passiert?«

»Irgendwer ist tot. Im Wald«, piepste sie ängstlich.

Der erste Hund bellte jetzt laut.

Jo hatte ein ungutes Gefühl. Das lief nicht mehr nach Drehbuch.

»Tot? Wer?« Grobelny machte einen Schritt auf Jo zu. »Und was hat das mit uns zu tun? Wir haben gejagt. Da ist nix passiert. Ich kann Ihnen genau sagen, was wir geschossen haben, hören Sie? Ja, da waren auch zwei Katzen dabei! Na und?«

Im Hintergrund brüllte Dettenhoven auf seine thailändische Ehefrau ein. Bei dem war nichts zu holen. Dieser dicke, gelackte Heini war nicht imstande, dermaßen gekonnt zu lügen, da war er sich ganz sicher. Ein Lügner erkennt den anderen auf hundert Meter.

Von der Straße her war das Geräusch eines startenden Fahrzeugs zu hören. Grobelny blickte über Jos Schulter und warf die Arme in die Luft. »Mann, Lou, das ist ein beschissenes Wochenende.« Er sagte das in einer Lautstärke, an der Jo erahnen konnte, dass sein Kumpel von der anderen Straßenseite sich ihnen näherte.

»Was ist denn los, Leute?« Die Stimme war ganz nahe.

»Zuerst deine kaputte Karre, Lou, und jetzt ist irgendwer erschossen worden … Hier, Sie, von der Presse, fragen Sie unseren Gastgeber, den Herrn …«

In dem Moment, in dem Jo sich umdrehte, fiel ihm ein, woher er die Stimme kannte. Der Name des Mannes fiel ihm im selben Augenblick ein, in dem Grobelny ihn aussprach: »... Ludwig Vauen.«

Sie standen einander Auge in Auge gegenüber. Vauens Pupillen glitzerten in der hellen Sonne wie Kieselsteine im eisigen Bachwasser.

»Guck an, Sie waren beim Friseur«, sagte Vauen leise. »Und wo ist Ihr Pflaster hin? Alles so schnell wieder verheilt?«

Jetzt geriet alles aus der Spur. Damit hatte er nicht rechnen können. Jo tastete sich Schritt für Schritt zurück, doch Vauen ließ keine Distanz zwischen ihnen entstehen.

»Ich habe gewusst, dass wir uns irgendwann einmal wieder begegnen.« Es klang triumphierend, so, als wäre Jo ein Tier, auf das er den Lauf seines Jagdgewehrs gerichtet hatte.

»Okay«, sagte Jo mit trockenem Mund. »Sie sind doch ein Sportsmann, Vauen. Die erste Runde ging an mich, und jetzt kriegen Sie einen Punkt. Das Geld ... Ich kann es Ihnen besorgen, ich ...«

Vauen grinste bösartig. »Scheiß auf das Geld.« Er kam näher und näher.

Aus den Augenwinkeln beobachtete Jo, wie Dettenhoven das Telefonat beendete und sich ihnen zuwandte. Grobelny hatte den Mund weit offenstehen. Er begriff nichts von dem, was hier geschah. Das Mädchen zog sich ängstlich in den Hauseingang zurück. Die Hunde knurrten jetzt laut.

Jo stieß mit dem Rücken gegen den rechten Seitenpfosten des Scheunentors. Sie hatten ihn in die Enge manövriert. Es gab keine Fluchtmöglichkeit.

Vauens Kumpels kamen nun auch näher.

»Wer ist das, Lou?«, rief Dettenhoven. »Der Kerl erzählt mir was von einer Leiche in meiner Hütte!«

»Der Kerl erzählt gerne Märchen«, knurrte Vauen. »Der lügt, wenn er das Maul aufmacht. Ich kann so was nicht leiden. Ich kann so was auf den Tod nicht ausstehen. Da muss man doch mal was machen, dass dieser Typ endlich mit seinen dreckigen Lügengeschichten aufhört, oder, was meint ihr, Jungs?«

Jo konnte sich nicht erinnern, wann er zuletzt in einer solchen Situation gesteckt hatte. Drei Männer, die Adern randvoll mit Adrenalin, bewaffnet und voller Jagdlust, dazu die Hunde, die die Lefzen hochzogen und ein tiefes Grollen hören ließen.

Er musste um Hilfe rufen. Würde ihn jemand hören? Die Straße lag verlassen in der Mittagssonne.

»Ich erklär's euch später, Jungs.« Vauen breitete die Arme aus, als wollte er ein Huhn einfangen. »Helft ihr mir, dem Kerl eine kleine Lektion zu erteilen?«

»Klar«, rief Grobelny. »Was sollen wir tun?«

»Lass Ursus aus der Box. Wir brauchen ein bisschen Platz da drin, um mit dem Kerl einen kleinen Ausflug zu machen!« Seine Hand schoss nach vorne und versetzte Jo eine laut klatschende Ohrfeige. Reflexartig riss Jo den Arm hoch, aber der dicke Dettenhoven sprang auf ihn zu und kriegte ihn beim Handgelenk zu fassen. Ursus gebärdete sich unterdessen in seiner Box wie wild. Sein Gebell war ohrenbetäubend. Jo war nur einen halben Meter von dem eingesperrten, geifernden Tier entfernt. Er warf rasch einen Blick zur Seite.

Und erkannte seine einzige Chance.

»So, Leute, man soll ja aufhören, wenn's am schönsten ist!«

Es war nur ein kurzer, schneller Schritt nach rechts, dann eine halbe Drehung, und er hatte sich aus Dettenhovens Griff befreit.

Beherzt fasste er in den Laderaum des Geländewagens und riss den leuchtend roten Gegenstand heraus, der neben Reservekanister und Klappspaten am Radkasten befestigt war.

Er zog den weißen Sicherungssplint heraus und richtete die Düse des Feuerlöschers auf Vauen. Augenblicklich schoss zischend ein weißer Strahl durch die Luft. Vauen kreischte auf und taumelte in der gewaltigen Wolke zurück. Jo schwenkte das Gerät nach rechts und links. Die fette, goldene Brille flog durch die Luft, und Dettenhoven stürzte hustend und keuchend zu Boden, Grobelny duckte sich und versuchte zu fliehen. Das salzige Pulver füllte in riesigen Schwaden die ganze Luft. Die Hunde heulten gepeinigt auf, pressten die Köpfe auf den Boden und bearbeiteten hektisch und winselnd die Schnauzen mit ihren Vorderpfoten. Nur Ursus bellte dröhnend und kehlig in seinem metallenen Gefängnis hinter Jos Rücken.

Aus dem Haus hörte Jo die schrillen Schreie des Mädchens, während er zur Straße lief. Er hatte noch Geistesgegenwart genug, den Schreibblock und die abgestellte Umhängetasche zu greifen. Auf keinen Fall durfte er irgendetwas zurücklassen. Der Fotoapparat rutschte durch den geöffneten Reißverschluss heraus und fiel klappernd auf das Hofpflaster. Jo bückte sich und sammelte ihn auf.

Und dann war da plötzlich wieder Vauen. Er röchelte und brüllte wie ein verwundetes Tier, und Jo riss ein weiteres Mal den Feuerlöscher hoch. Ein letzter Pulverstrahl schoss hervor, es gab ein spuckendes, hustendes Geräusch, dann war das Gerät leer. Jo holte aus, warf es in die formlose, weiße Wolke hinein und hörte, wie es jemanden traf und hohl auf das Pflaster kollerte. Dann erreichte er die Straße und stolperte atemlos auf den Munga zu.

Wie immer bei solchen Gelegenheiten, brauchte der Wagen ein paar Anläufe, um endlich anzuspringen, und Jo erfand laut fluchend mehrere neue Schimpfwörter für sein Gefährt.

Dann machte er endlich einen Satz nach vorne und fuhr dröhnend die Straße hinauf.

Im Rückspiegel erkannte Jo undeutlich ein paar zappelnde Gestalten im sich langsam verflüchtigenden Nebel. Er fischte sein Handy aus der Jackentasche und tippte Assenmachers Nummer ein.

»Ich bin's. Jo. Ich sag's schon mal vorweg: Du brauchst dich nicht zu bedanken. Ich hab diesen Dettenhoven für dich gefunden.«

13. Kapitel

Elfi kramte im Regal hinter der Theke herum und blies sich immer wieder eine Haarsträhne aus der geröteten Stirn. »Un, wie war Ihr Tach, Doktor?«

Jo wiegte den Kopf hin und her. »Oh, da war schon jede Menge Musik drin. Konzert in a-moll für Feuerlöscher und drei Flachpfeifen.« Er grunzte amüsiert über seinen eigenen Witz.

Elfi guckte ratlos.

Nach und nach kamen die Arbeiter im *Gasthaus zur Post* an, um ihr Feierabendbier zu trinken.

Eigentlich war er nur hier, um einen Wein für das Abendessen mit Christa zu besorgen. Elfi hatte ihn auf den Tod Lornas angesprochen und die Hütte im Wald erwähnt. Sie hatten nur wenige Sätze über dieses Thema gewechselt, und dann war das Gespräch auch schon zu der neuerlichen Sichtung der Kuh Fabiola auf dem Tennisplatz am Ufer des Kerpener Stausees übergegangen. Die Spitzenposition auf der Eifeler Neuigkeitenskala wechselte an manchen Tagen im Stundentakt.

»Rot?«, fragte Elfi. »Lieblich oder trocken?« Ihr draller Busen lag fast auf der Theke, als sie sich vorbeugte und Jo beseelt anlächelte.

»Rot und staubtrocken, bitte.«

Sie reichte ihm eine Flasche über den Tresen, und er prüfte mit Kennermiene das Etikett. Er hatte keine Ahnung, ob der Wein gut war oder nicht, aber es war immer gut so zu tun, als hätte man Ahnung. Wenn man das konnte.

»Is nix Dolles«, erklärte Elfi. »Trinkt ja hier kaum einer. Die haben ja alle keinen Jeschmack, die Typen.« Ihr Finger wies in eine Ecke des Schankraums, in dem ein paar Männer aus dem Dorf sicher schon seit dem Nachmittag saßen und tranken.

Jo erkannte Bürgermeister Nelles, mit dem er seit dem Tag seiner Rückkehr auf Kriegsfuß stand.

Er tippte auf das Weinetikett und nickte. »Geht schon. Ich hab's nicht mehr geschafft, einkaufen zu gehen.«

Er holte das gerollte Geldbündel aus der Tasche und achtete darauf, dass sie die Fünfhunderter sah, damit sie die enorme Summe abschätzen konnte. Ihre Blicke folgten tatsächlich den Bewegungen seiner Finger. Wenn er schon mal was zu zeigen hatte, war es immer wichtig, dass alle im Glauben waren, er habe genug Kohle. Dann hatte man Kredit, wenn es wieder enger wurde.

Er legte ihr einen Zehner hin.

»Noch'n Bierchen dabei?«

Er sah auf die Uhr. Er hatte noch ein bisschen Zeit. Nach dem Intermezzo mit Vauen und seinen Kollegen war er nach Hause gefahren, hatte geduscht und frische Klamotten angezogen. Zilla Fischenich hatte sich sogar mit der Spitze seines Wäschebergs beschäftigt. Im Flur neben dem Telefon hatte ein Zettel gelegen: *Das war schon mal der Anfang. Komme dieser Tage wieder. Gruß, C.F.* Er hatte lange an dem C herumgerätselt, bis ihm einfiel, dass Zilla die Kurzform von Cäcilie war.

Als könnte sie seine Gedanken lesen, sagte Elfi: »Ich habe gehört, Zilla putzt bei Ihnen?«

»So, ist das schon rund?«

Sie kicherte. »Na ja, ich bitte Sie ... Zilla ...« Mehr musste man offenbar dazu nicht sagen.

Matthes mit der krumm geschlagenen Nase gesellte sich zu Jo. Wo Matthes war, war sein Saufkumpan, der bebrillte Frührentner Hansdieter nicht weit. Die beiden verbrachten mehr als die Hälfte ihrer Lebenszeit in Christas Kneipe. Und die beiden waren die größten Fans von Jos Taschenspielertricks.

»Na, Herr Doktor«, begann Matthes heiser, »wie wär's mit 'nem kleinen Spielchen? Der Verlierer zahlt 'ne Lokalrunde.«

Hansdieter zählte mit dem ausgestreckten Finger die anwesenden Gäste ab. »Sechs Leute, wenn ich mich nicht verzählt hab. Das kommt Sie billiger zu stehen als nachher, wenn hier Sparkästchenleerung ist.«

»Na?« Matthes schob herausfordernd das Kinn vor.

»Ihr glaubt, ich verliere?«

Hansdieter nickte eifrig. »Diesmal garantiert!«

»Wär ja dat erste Mal«, kicherte Elfi und stellte Jo ein frisches Pils hin.

»Okay. Ich hätte da ein Spielchen.«

»Super!«

»Klasse, dann mal los!«

Die beiden rieben sich aufgeregt die Hände. Aus der Musikbox schallte ein Helene-Fischer-Hit durch den Raum.

»Also los.« Jo ließ die Finger knacken und tat, als müsste er sich besonders konzentrieren. »Denkt euch eine Zahl aus.«

»Irgendeine?« Hansdieter schlug auf die Theke. »Achtzehn!« Er strahlte, als hätte er damit bereits eine Höchstleistung vollbracht.

»Mann, heimlich!« Sein Kumpel Matthes stieß ihn rüde in die Seite.

»Und es soll eine Ziffer sein.«

»'ne Ziffer?«

»Eine Zahl von eins bis neun«, erklärte Jo geduldig.

Die beiden tuschelten und blickten ihn schließlich erwartungsvoll an. »Haben wir.«

Jo trank seelenruhig an seinem Bier. »Ihr habt eine Zahl, gut. Ich glaube, ich habe eine Ahnung, welche es sein könnte. Aber weiter …« Er rutschte auf seinem Barhocker hin und her, bis er eine besonders bequeme Position gefunden hatte. Extrem lässig lehnte er mit dem linken Ellenbogen auf dem Tresen. »Diese Zahl multipliziert ihr jetzt mit neun.«

Augenblicklich wurden ihre Gesichtsausdrücke unsicher. »Mal neun?«

Er nickte. »Mal neun.«

Wieder tuschelten sie, und wieder lautete nach einer Weile die Meldung: »Haben wir.«

Ein paar der anderen Männer waren inzwischen zu ihnen getreten und verfolgten mit interessierten Mienen das Spiel.

»Ihr wisst, was eine Quersumme ist?«

Die beiden sahen einander an. Hansdieter zuckte mit den Schultern, Matthes sagte gedehnt: »Jaaa ... ungefähr.«

»Eure Zahl besteht aus zwei Ziffern. Die zählt ihr zusammen.«

»Boah, Zahlenspiele find ich doof«, maulte Hansdieter.

Matthes stieß ihn wieder an und flüsterte ihm etwas ins Ohr.

»Haben wir.

»Gleich ist Schluss mit den Zahlen«, versprach Jo. »Nur noch fünf abziehen.«

»Haben wir.«

Jo nickte und deutete mit einem wissenden Lächeln an, dass er bereits ahnte, auf welche Zahl das hinauslief. »Gut, dann zählt jetzt das Alphabet durch. Den Buchstaben, zu dem die Zahl gehört, merkt ihr euch.«

Sie wandten sich ein wenig ab und benutzten heimlich ihre Finger.

»Haben wir.«

»Okay, jetzt wollen wir mal sehen, wie es um euer Allgemeinwissen steht.«

Wieder erntete er erschrockene Gesichter.

»Zu diesem Buchstaben hätte ich jetzt gerne zwei Dinge!« Jo erhob die Hände wie ein Zauberkünstler. »Zum einen ein europäisches Land außer Deutschland ... und zum anderen den Namen einer Frucht!«

Er lehnte sich zurück und holte seine Schnupftabaksdose hervor. Nachdem er genüsslich eine Prise genommen hatte, trank er sein Bier leer und lehnte sich mit dem Rücken gegen die Theke.

»Na?«

»Die Frucht ist schwer. Da gibt's nix.«

»Es gibt zu jedem Buchstaben eine Frucht!«, rief einer der anderen Männer. »Strengt euch mal an, ihr Tröten!«

»Ich hab eine!«, jubilierte Matthes. Er flüsterte Hansdieter etwas zu, und dieser strahlte nun ebenfalls.

»Haben wir!«

»Okay, schreibt es auf einen Bierdeckel.«

Hansdieter nahm von Elfi einen Kugelschreiber und einen Deckel entgegen und kritzelte etwas darauf.

Jo rutschte jetzt von seinem Hocker und rieb sich mit der Hand über den Mund. Er blickte immer wieder zu den beiden hinüber und kniff kalkulierend die Augen zusammen. An dieser Stelle des Tricks war es besonders wichtig, seinen Triumph nicht zu früh herauszuposaunen.

»Das ist schwierig«, murmelte er. »Echt schwierig.«

Seine beiden Kontrahenten traten aufgeregt von einem Fuß auf den anderen. Sie grinsten wie die Honigkuchenpferde und knufften einander immer wieder in die Seite.

»Und?«, fragte Matthes ungeduldig. »Geben Sie sich geschlagen?«

»Sie finden's nicht raus, oder? Zu schwer, was?« Hansdieter kaute aufgeregt an seinem Daumennagel.

»Es passt einfach nicht zusammen«, sagte Jo zerknirscht. »Am schönsten ist es immer, wenn die Frucht und das Land zusammenpassen. Aber diesmal ...« Er drehte sich langsam zu ihnen um und breitete die Arme aus. »In Dänemark wachsen einfach keine Datteln.«

Matthes klappte die Kinnlade herunter, und Hansdieter riss hinter den dicken Brillengläsern die Augen weit auf.

Elfi riss ihm den Bierdeckel weg und krähte fröhlich: »Lokalrunde! Matthes und Hansdieter jeben einen aus!«

Die einen klatschten Beifall, die anderen johlten. Einer pfiff auf zwei Fingern. Die Stimmung war mit einem Mal riesengroß.

Während Elfi die Biere verteilte, beratschlagten die beiden Verlierer immer noch, wie Jo die beiden Begriffe hatte raten können.

Sie stießen schließlich säuerlich lächelnd mit Jo an.

»Revanche?«, fragte Matthes zaghaft.

»Ein andermal.« Jo klopfte ihm auf die Schulter. Dieser Trick funktionierte nur einmal. Es kam immer der Buchstabe D heraus. Und solange man auch suchte, man würde immer nur auf Datteln und Dänemark stoßen.

»Nein, danke« tönte Bürgermeister Nelles lauthals, als Elfi ihm das Bier hinstellen wollte. Er lehnte es jedes Mal demonstrativ ab, an einer Runde teilzunehmen, die durch Jos Gaunereien zustande gekommen war. Wegen Jo hatte er vor nicht allzu langer Zeit mächtig Federn lassen müssen.

»Der da kriegt auch nix«, sagte Hansdieter zu Elfi und deutete auf einen einzelnen Mann, der neben der Toilettentür über ein halb leeres Kölschglas gebeugt saß und pausenlos mit den Fingern an den Fransen der kleinen, ockerfarbenen Tischdecke herumspielte. Er hatte einen unförmigen, gebeugten Körper, ein aufgedunsenes, fleckiges Gesicht und strähniges Haar. Ab und zu zuckte er unkontrolliert.

»Och, sei doch net so.« Auch dieser Gast kriegte von Elfi ein Bier hingestellt.

»Wer ist das?«, fragte Jo.

»Marathon«, sagte Hansdieter. »So nennen den alle.«

»Normen Zingel aus Berndorf«, erläuterte Matthes. »Eigentlich kriegt der nie was. Der verschüttet sowieso die Hälfte.« Und dann lauter: »Ne, Marathon? Du verschüttest sowieso die Hälfte.«

Der Mann blickte für einen kurzen Moment mit teilnahmsloser Miene zu ihnen herüber und widmete sich dann wieder dem Kneipentisch. Im Gegensatz zu seinem Körper waren seine Hände ungewöhnlich klein, fast winzig.

»War früher mal Busfahrer«, erklärte Christa. »Totales Wrack, der Typ.«

In diesem Moment wurde die Eingangstür aufgerissen und die kleine, magere Gestalt von Hommelsen erschien. »Da isser ja!«, rief er gut gelaunt. »Hab Ihren Wagen da draußen stehen sehen. Unverkennbar, die Schüssel!« Er steuerte auf Jo zu und schlug ihm auf die Schulter.

»Hier ist Rauchverbot, Alwis!«, protestierte Elfi.

Hommelsen war wie immer umgeben von einer Wolke von Zigarrenqualm.

»Die is gerade am Ausgehen«, erklärte er. »Bin auch gleich wieder weg. Tu dem Doktor Frings noch en Bier von mir, Elfi, hörste. Der hat bei mir noch wat jut!«

Jo hob abwehrend die Hände. »Ist gut, Herr Hommelsen, ist gut.«

»Alwis!« Hommelsen drückte unerwartet kräftig seine Hand. »Ab heut bin ich für dich der Alwis, okay?« Seine Bronchien pfiffen wie Mittelwellensender.

»Okay.«

»Hör mal, Doktor ...«

»Jo.«

»Doktor Jo, ich ...«

»Nur Jo, bitte.«

»Ja jut. Also, hör mal, Jo. Notfall. Ich hab da 'ne Kleinichkeit zu erledigen, da müsst ich morjen mal kurz hin. Ich hab drei Leute krank, da muss ich en bissjen umdisponieren.«

»Wenn's nicht reinregnet.« Jo nahm das Bier von Elfi entgegen. Das musste das letzte sein. Diesen Abend mit Christa durfte er nicht verpatzen. Das würde sie ihm nie verzeihen.

»Klasse, Jo, klasse!« Hommelsen schlug ihm wieder auf die Schulter. »Keine Sorge, diese Woche bleibt dat hier so trocken wie im Senegal, Jo! Danke für dein Verständnis!« Er blies mehr Qualm in die Luft als eine Dampflok.

»Mann, Hommelsen!«, brüllte einer der anderen Männer herüber. »Die Fliegen fallen ja schon von der Wand!«

»Jo, jo, recht euch ab. So, ich muss dann mal wieder«, sagte Hommelsen und hustete rasselnd. »Tschö Leute! Tschö Doktor ... äh ... Jo!«

Hinter ihm verließ auch Normen Zingel mit seltsam federnden Schritten die Gaststätte. Keiner schickte ihm einen Gruß hinterher.

»Noch'n Bierchen?«, fragte Elfi.

Jo guckte auf die Uhr. »Nein, danke. Ich muss auch los.«

»Halt, warte!« Matthes hatte unterdessen auf der Theke ein absonderliches Gebilde aus einer Gabel, drei zur Pyramide aufgetürmten Biergläsern und einem Zehn-Euro-Schein aufgebaut.

Hansdieter hüpfte aufgeregt um das Monument herum. »Wetten, dass Sie es nicht schaffen ...«

»Ich weiß, ich weiß.« Jo hob abwehrend die Hände. »Ihr glaubt, ich schaffe es nicht, die Gläser mit Wasser zu füllen und dabei den Geldschein aus den Zinken der Gabel zu nehmen, die dann ins obere Glas soll, ohne dass ich sie berühren darf, wobei allerdings der Zehner nicht nass werden darf ... Jungs, ich muss weg!«

So geschickt zu einem Satz verknappt hätte das keiner von beiden je formulieren können.

Matthes reckte ihm unwirsch die krumme Nase entgegen. »Nie kriegen wir 'ne Revanche! Das ist voll unfair!«

»Genau!« Hansdieter knetete aufgeregt seine Finger.

Mit einem tiefen Seufzer ging Jo zurück zur Theke und ließ sich von Elfi einen Bierstiefel voll Wasser geben. Alles um ihn herum verstummte augenblicklich.

Sie konnten den gewandten Bewegungen seiner Hände kaum folgen. Das Wasser schoss in die Gläser, die Gabel klirrte, der Schein flatterte durch die Luft – und nur Sekunden später präsentierte Jo mit effektvoll unterdrücktem Stolz den trockenen Zehner, während die Gabel mit den Zinken nach oben tanzend im oberen der drei vollen Gläser zur Ruhe kam.

»Hier«, sagte Jo mit einem milden Lächeln und legte das Geld auf die Theke. »Für dich, Elfi.«

Während er hinausging, folgte ihm das anschwellende Gemurmel der fassungslosen Männer, die darüber diskutierten, wie ihm das hatte gelingen können.

Trick sechsundachtzig. Keine Chance. Er kannte sie alle.

14. Kapitel

Er hatte noch eine Viertelstunde Zeit, um die Umhängetasche und den Fotoapparat zu holen. Eigentlich eine überflüssige Kleinigkeit, aber er hatte das Bedürfnis, Christa zu beweisen, dass er durchaus Ordnung in sein Leben bekommen konnte, wenn er sich Mühe gab.

Der Munga rollte im Hof aus, und Jos Hand griff zum Beifahrersitz, damit die Weinflasche nicht in den Fußraum kullerte und zersprang. Eigentlich hatte er schon zu viel getrunken um zu fahren, aber diese Bedenken hatte er für den kurzen Weg von der Kneipe bis hierher beiseitegeschoben. Jetzt würde er den Wagen stehen lassen und zu Fuß zu Christa gehen.

Die abendlichen Schatten hatten sich schon über den Hof gelegt. Ein gelblich-grauer Streifen hing am Himmel über dem nahen Wald. Es war ungewöhnlich schwül geworden. Im Zwielicht der schwachen Außenbeleuchtung brauchte er einen Moment, bis er den Haustürschlüssel ins Schloss kriegte. Er betätigte den Lichtschalter im Flur. Vor der Garderobe stand die

Umhängetasche auf dem Boden, dessen alte, im Schachbrettmuster gelegte Fliesen sicher seit Jahrzehnten nicht mehr so geglänzt hatten wie heute. Er griff danach und hörte, wie plötzlich ein Laut die Geräuschlosigkeit des Hauses durchdrang. Woher er kam, konnte er zunächst nicht ausmachen. Ein Rascheln, ein dumpfes, unterdrücktes Poltern. Dann war es wieder still.

Vauen.

Es hatte ja nicht allzu lange dauern können, bis er ausfindig gemacht hatte, wo Jo lebte. Vauen hatte vielleicht den Munga gesehen und sich das Kennzeichen merken können. Oder über seinen Job, den Immobilienhandel, recherchieren können. Der Mann war offenbar nicht nur in Köln unterwegs, wie Jo jetzt wusste. Für einen, der drei Dörfer weiter zwei alte Häuser besaß, konnte es nicht allzu schwer sein, ihm auf die Spur zu kommen.

Jo horchte angestrengt in die Stille. Da, wieder! Ein paar schnelle Schritte, kein Zweifel. Jemand gab sich Mühe, nicht gehört zu werden.

Es kam aus dem Wohnzimmer.

Die Küchentür war Gott sei Dank offen. Jo hätte sie nie öffnen können, ohne dass sie elend laut gequietscht hätte. Er machte kein Licht, fand leise und mit zitternden Fingern tastend die Besteckschublade. Ein Messer. Das größte, das er hatte.

Er hasste Messer, aber es war das Erste, was ihm einfiel.

Als er zurück in den Flur schlich, sah er, wie sich die Klinke der Wohnzimmertür in Zeitlupe nach unten bewegte.

Es kam darauf an, zuerst zuzuschlagen. Jo sprang auf die Tür zu und warf sich mit aller Kraft dagegen. Dahinter wurde jemand vom Zusammenprall zu Boden geworfen. Ein Aufstöhnen war zu hören. Dann ein schriller Schrei.

Flackerndes Kerzenlicht warf tanzende Schatten an Decke und Wände. Am Boden krümmte sich ächzend ein junger Mann in Unterhose und hielt sich den Kopf.

Auf dem zerschlissenen, alten Sofa erkannte Jo undeutlich einen Wust von Decken und Kissen – und Ricky, die sich ein T-Shirt vor die Brust hielt und laut kreischte.

Jo schaltete das Deckenlicht an und stand schwer atmend im Türrahmen.

»Verdammte Scheiße, was soll das!«, schrie Ricky. »Hast du sie noch alle?« Und in die Dunkelheit am Boden hinein kreischte sie: »Toby, bist du okay?«

Als Antwort kam nur ein undeutliches Nuscheln.

»Raus, Jo, verzieh dich!«

Er wich zurück, als Ricky Anstalten machte, sich aus den Decken zu schälen, die sie verhüllten, um ihrem Freund zu Hilfe zu eilen.

Als er in die Küche zurücktaumelte, drehte sich alles.

Er warf das Messer auf den Küchentisch und stützte sich schwer atmend auf der Fensterbank ab. Irgendwas lief hier schief. Gehörig schief. Um ihn herum wurde Staub gesaugt, wurden Dachziegel zerdeppert, trieb man im Wohnzimmer das, wozu er selbst kaum kam in letzter Zeit. Man hatte sein Haus okkupiert. Man ging ein und aus. Man scherte sich einen Dreck um ihn und darum, dass er einfach von Zeit zu Zeit einmal gern alleine war.

Nebenan hörte er unterdrückt die Stimmen von Ricky und ihrem Galan. Wahrscheinlich hatte er ihm mit der Tür das Nasenbein zertrümmert oder so was. Das konnte ja heiter werden.

In diesem Moment nahm er im Hof vor dem Küchenfenster einen Schatten wahr. Ein unförmiges Etwas, das sich an die hohe, alte Ziegelmauer duckte, die den Hof von dem höher gelegenen Garten abgrenzte. Er beugte sich vor, um im schwindenden Tageslicht besser erkennen zu können, was da lag.

Ein grauer, magerer Körper, regungslos. Es war der Hund.

Sofort trat der ungebetene Besuch in seinem Wohnzimmer in den Hintergrund. Das Tier hatte sich ganz nah an das Haus herangetraut, so wie Arkadi ihm das schon erzählt hatte. Jetzt lag es da, ruhte sich vermutlich von seinem Beutezug aus, schlief.

Er klopfte an die Scheibe, aber das Tier regte sich nicht.

War es krank? Gab es noch Tollwut hier in der Gegend? Er klopfte lauter, aber nichts geschah.

In seiner Hilflosigkeit griff er erneut nach dem Messer und ging durch den Flur zum Hinterausgang.

»Zieht eure Klamotten an und macht, dass ihr wegkommt!«, rief er wütend und hämmerte im Vorbeigehen an die Wohnzimmertür.

Er schloss auf und trat hinaus. Vom Wald her pfiffen ein paar Abendvögel durch die warme, schwarzblaue Luft.

»He!« Der Hund reagierte immer noch nicht. »He, du!« Jo schnalzte mit der Zunge und beobachtete, wie einer der Hinterläufe unmerklich zuckte.

Langsam ging er auf den Hund zu. Je näher er kam, desto mehr konnte er von der Gestalt des Tieres erkennen. Er war groß und grau, hatte halblanges, verfilztes Fell und einen struppigen Schwanz. Jo sah die Zunge, die aus dem Maul hing. Er hörte ein Hecheln. Als er sich vorsichtig hinunterbeugte, sah er die Augen. Sie waren offen und glasig. Die Augäpfel bewegten sich träge, die Pupillen richteten sich auf Jo. Es sah aus, als bettelte das Tier um Hilfe.

Oder um Erlösung.

Den Gedanken an die Tollwut schob er beiseite. Sachte legte er die Hand auf den Hals und spürte, wie schwach das Blut pulsierte. Der Hund gab jetzt leise, winselnde Laute von sich.

Man konnte deutlich die Rippen erkennen.

Hinter ihm stolperte Ricky in den Abend hinaus. »Wir wollten nur ein bisschen allein sein!«, schnatterte sie. »Nirgendwo sind wir mal für uns. Dauernd ist einer drum herum!«

»Das kenn ich«, knurrte Jo grimmig und betrachtete wieder den reglosen Hund am Boden.

»Jo, das konnten wir doch nicht ahnen. Du wolltest doch heute Abend zu Mama.«

»Und du wolltest zu einer Fete in Oberbettingen!«

»Wollten wir ja auch später noch. Aber zuerst haben wir gedacht ... oh, Scheiße, was ist das denn?«

Vorsichtig kam sie näher und ging neben Jo in die Hocke.

Hinter ihr versuchte der junge Mann ein zaghaftes Lächeln, während er sich einen feuchten Lappen auf die Stirn presste. Er war ein schlaksiger, kurz geschorener Blondkopf mit einem Ring am rechten Ohr. »Hi, ich bin Toby.«

»Hab ich dir den Schädel eingeschlagen?«, fragte Jo kurz.

»Geht schon. Ist der tot?« Der Junge deutete auf den Hund.

»Dem geht's schlecht«, hauchte Ricky und streichelte über die Schnauze des Hundes. »Verdammt übel geht's dem. Trockene Nase. Der glüht ja. Soll ich Dr. Fechner anrufen?«

»Der ist heute in die Klinik gegangen. Der nächste Arzt ist in …«

Rickys Finger tasteten den Körper des Hundes ab. »Angeschossen?«, murmelte sie. »Irgendwie verletzt … was gebrochen … Nee, der ist einfach nur zusammengebrochen. Guck dir an, wie dürr der ist. Scheiße, ist der dürr.«

»Und den soll ich jetzt wieder aufpäppeln, oder wie?« Der Gedanke gefiel Jo gar nicht.

»Björn!«, sagte Ricky bestimmt. »Der kann das. Der hat das drauf.« Sie warf einen kurzen Blick zu ihrem Freund. »Björn Kaulen.«

Toby nickte nachdenklich.

Jo erinnerte sich an die Worte von Dr. Fechner. Der hatte sich so ähnlich ausgedrückt, was Björn anging.

»Wir bringen ihn zum Munga, und dann fahren wir zum Kamerhof.«

Jo sah sie fragend an.

»Das ist der Gnadenhof, auf dem Björn arbeitet. In Rohr.«

»Ich fürchte, ich kann nicht mehr fahren. Und der

Munga ist auch nicht gerade das richtige Gefährt für einen Krankentransport, ich meine ...«

Ricky schnupperte an seinem Atem und verzog säuerlich das Gesicht. »Musstest du dir Mut antrinken für meine Mutter?« Sie fuhr herum zu ihrem Freund. »Toby, sei so lieb, hol dein Auto. Wir müssen ihn zum Kamerhof bringen!«

Zaghaft setzte sich Toby in Bewegung. Erst rückwärts, und als Ricky ihn sanft lächelnd mit einer Bewegung ihres Kopfes antrieb, lief er los.

So zärtlich hatte Jo sie noch nie gesehen. Sie erinnerte ihn in diesem Moment sehr an ihre Mutter.

»Wo hat er sein Auto?«

»In der Einmündung vom Waldweg. Braucht ja nicht jeder zu sehen, dass wir hier sind.« Sie streichelte wieder sanft über den Kopf des Hundes.

Wenig später kam Toby wieder um die Hausecke, und Jo und er schafften es, den Hund auf eine Decke zu rollen, die Ricky aus dem Haus geholt hatte. Gemeinsam trugen sie ihn zu dem kleinen Seat, der mit laufendem Motor vor dem Haus stand. Die Rückbank hatte Toby bereits vorsorglich umgeklappt.

Jo setzte sich auf den Beifahrersitz, und Ricky bestand darauf, sich neben den Hund zu hocken. Jo holte das Handy raus und betrachtete stirnrunzelnd das Display. Natürlich kein Netz. Das hier würde zweifellos länger dauern, und er musste dringend Christa anrufen, wenn er wieder Empfang hatte.

Sie fuhren über Uedelhoven ins Ahrtal und bogen bei Ahrhütte in Richtung Autobahn ab. Auf der Höhe ging es dort, wo zu dieser Stunde die Liebesdamen noch ihre Dienste in zwei Wohnmobilen verrichteten, rechts hinunter ins Tal nach Rohr. Normalerweise war das eine Strecke von einer Viertelstunde. Jetzt aber jammerte Ricky jedes Mal laut los, wenn Toby mit dem Wagen ein bisschen zu schnell in die Kurve ging.

Jo betrachtete den jungen Mann von der Seite und sah, dass seine Wangenmuskeln angestrengt zuckten.

Sie durchfuhren Rohr, und die Straße verlief ein Stück parallel zum Armutsbach, der das enge Tal tief in den Eifelfels hineingegraben hatte. Kurz vor dem Ortsausgang kündigte an einer Einmündung auf der linken Seite ein kleines Schild den Kamerhof an. Sie bogen von der Straße ab und folgten dem kleinen, asphaltierten Weg, der sich zwischen den letzten Häusern hindurch am Waldrand entlang in die Höhe wand.

Sie passierten ein paar rechter Hand liegende Fischteiche, und hinter der nächsten Wegkehre tauchte der große, alte Hof auf. Ein massives Haupthaus aus Stein mit zahlreichen kleineren Nebengebäuden. Alles war umzäunt, und im Schein der Hofbeleuchtung erkannten sie ein paar Leute, die stehend miteinander ins Gespräch vertieft waren.

Als Toby hupte, löste sich einer aus der Gruppe und kam zu dem vergitterten Tor, um es zu öffnen.

Wenige Minuten später rollte der Wagen auf den Hof, und augenblicklich kamen ein paar Hunde und Katzen über das Pflaster heran, um die Neuankömmlinge zu begutachten.

»Das ist ja riesig«, sagte Jo beim Aussteigen.

»Sind ja auch 'ne Menge Tiere, die die Leute so wegwerfen«, kam Rickys Kommentar vom Rücksitz.

Als Toby den Kofferraum geöffnet hatte, kletterte sie ins Freie, und Jo murmelte: »Dass du so eine Tierliebhaberin bist ...«

»Man muss ja helfen.« Sie deutete auf den Hund. »Bei mir zu Hause hätte er es gut gehabt. Bei dir wäre er sowieso verhungert.«

»Na, was haben wir denn da?« Die Frau, die mit weit ausholenden Schritten auf sie zugestapft kam, war klein und breitschultrig. Eine kräftige Sechzigerin mit grauem, schulterlangem Haar und einer rauen Stimme. Sie bückte sich durch die geöffnete Seitentür zu dem Hund hinunter. »Angefahren?«

Auch die anderen beiden und der, der ihnen das Tor geöffnet hatte, umrundeten jetzt das Auto und guckten hinein. Einer von ihnen war Björn Kaulen.

»Hi Björn«, sagte Toby. Zum ersten Mal war es kein leises Gemurmel, was Toby verlauten ließ.

Björn beugte sich vor und tastete den Hund ab.

»Dr. Fechner ist im Krankenhaus«, sagte Ricky. »Vielleicht kannst du mal nach ihm gucken.«

»Hat er einen Namen?«, fragte Björn.

»Franklin.«

Jo starrte Ricky überrascht an.

Mit Nachdruck wiederholte sie: »Ab jetzt heißt er Franklin.« Man hörte, dass sie keinen Widerspruch duldete.

Björn wiederholte den Namen ein paar Mal leise, während er seine Hände über den Hundekörper gleiten ließ.

Er summte dabei eine leise, traurige Melodie.

»Franklin, alles gut. Alles gut, Franklin.« Es klang wie eine Beschwörung.

Die schwüle Abendluft hatte ein deutliches Aroma von unterschiedlichen Tierexkrementen. Irgendwo schnatterte etwas. Überhaupt waren von überallher leise Geräusche zu hören. Zwei Katzen rieben sich an Jos Hosenbeinen.

»Also, dann mal los«, sagte die Frau und gab den beiden anderen Männern einen Wink, »wir bringen ihn in den Wellnessraum. Da sehen wir uns den Herrn Franklin mal genauer an.«

»Wellnessraum.« Jo grunzte amüsiert.

»Klingt doch netter als Behandlungszimmer, oder?« Die Frau stapfte vorweg. »Wir haben uns hier allerlei hübsche Namen einfallen lassen.«

Jo zog sein Handy heraus. Auch hier hatte er keinen Empfang. Er gab einen ärgerlichen Laut von sich.

»Komm schon«, zischte Ricky. »Das hat Zeit.«

* * *

Eine Dreiviertelstunde später saßen sie im Büro des Hofes und tranken einen Tee. Björn hatte mit geübten, sanften Handgriffen den Hund versorgt, und sie hatten ihn im Wellnessraum zurückgelassen, bei dem es sich um ein offenbar gut ausgestattetes Behandlungszimmer mit allem Drum und Dran handelte.

Die Chefin hatte ihm eine humpelnde Labrador-Hündin zur Seite gelegt, um ihn nicht gänzlich allein zu lassen.

Die Frau hieß Rita Otten. Der Weg vorbei an den Gebäuden der Anlage war unwillkürlich zu einer kleinen Führung geworden. Beiläufig hatte Rita die Funktionen der einzelnen Räume erklärt. Sie hatten die Hundezwinger gesehen, die hier *Suiten* hießen. In einer Blockhütte war unter der Bezeichnung *Ballroom* eine Art Katzenspielparadies eingerichtet. Überall von den wild verzweigten Kratzbäumen und aus dem Gebälk des offenen Dachstuhls herunter hatten sie funkelnde Augenpaare angeblitzt. In einem Pferdestall mit dem wohlklingenden Namen *Hofburg* schnaubte und knisterte es aus mehreren Boxen, und über einem großen Gehege auf dem zum Waldrand hin ansteigenden Gelände prangte ein Schild *Al Fresco*. Im Halbdunkel erkannte Jo ein paar Kaninchen und andere kleine Lebewesen, die scheu hin und her huschten.

Zwischenzeitlich waren sie von einem altersschwachen, stinkenden Ziegenbock, einer reichlich zerrupft aussehenden Gans und einer einäugigen Katze begleitet worden. Letztere hatte sich jetzt auf Ritas Schoß zusammengerollt und schlief.

»Wir behalten ihn erst mal hier«, sagte Rita. »Oder, Björn?«

Der junge Mann nickte langsam. »Den kriegen wir wieder hin. Vitamine, Ruhe ... das wird schon. Er scheint nicht verletzt zu sein, das ist schon mal gut.«

»Ganz schön luxuriös, euer Hof.« Jo pustete in seinen Tee.

»Die Tiere haben es sich verdient«, sagte Rita und rollte mit ihrem Bürostuhl zu einem Aktenschrank, ohne dass die Katze sich rührte. Nicht einmal als der Motorradhelm, der auf dem Schrank gelegen hatte, herunterfiel und mit lautem Gepolter über den Boden kullerte, reagierte sie. »Na ja, die sind alle alt und krank und haben einen würdigen Lebensabend verdient, finden Sie nicht?«

»Genau.« Ricky nickte energisch. »Alle wollen immer gleich die Spritze setzen, wenn's mal nicht mehr richtig läuft. So was ist doch Scheiße.«

»Hilflos«, murmelte Björn. »Hilflos und schwach sind die. Menschen sind schlimmer als Tiere.«

Jo musste in diesem Moment wieder an Vauen und seine Kumpane denken.

Rita begann, sich Notizen zu machen. »Franklin also. Und Ihr Name?«

Jo sah sie überrascht an. »Mein Name? Äh … Johannes Frings.«

»Hm, gut.« Sie schrieb. »Adresse und Telefonnummer.«

»Der Hund ist mir zugelaufen. Der gehört mir nicht.«

»*Noch* nicht.« Ricky sah ihn nicht an, als sie das sagte.

»Nur für meine Notizen. Ich schreibe mir immer alles auf. Damit ich Sie anrufen kann … damit sich die Besitzer bei Ihnen bedanken können … was weiß ich, alles Mögliche.«

Jo nannte die Adresse des Fringshofs.

»Aha, Schlehborn.« Sie zog die Augenbrauen hoch und schrieb weiter. Halblaut murmelte sie: »Schlimme Sache, das mit der Amerikanerin.«

»Kannten Sie sie?«

»Nein, aber die Mühle. Von früher.«

»Sie kennen Kalleinz?«

Sie sah grinsend auf. »Ja, King Kalleinz. Irrer Typ, oder? Ist jetzt auch schon bald fünf Jahre tot. Lungenkrebs.« Sie wies auf eine Wand, an der mehrere Fotos in verschieden großen Rahmen hingen. Bilder von Hunden, Katzen, Wellensittichen und Motorrädern. »Da oben ist er drauf.

Man sah drei Leute neben ihren abgestellten Motorrädern vor einer Grillhütte. Jo erkannte den jungen Kalleinz. Daneben hockten Rita und ein anderer Mann mit langen Haaren und Brille. Die drei reckten ihre Bierflaschen der Kamera entgegen.

Nachdem sie das Papier gelocht und abgeheftet hatte, verstaute Rita den Ordner wieder im Schrank. Die Katze rührte sich trotz ihrer Bewegungen immer noch nicht.

Als Rita Jos amüsierten Blick sah, sagte sie: »Meine Else ist 23 Jahre alt. Wir zwei sind eigentlich so was wie Schwestern.« Erst jetzt sah Jo, dass eine feine Narbe Ritas rechte Augenbraue spaltete. Das darunter liegende Auge war aus Glas.

Sie lachte laut auf, als sie merkte, dass es ihm erst jetzt auffiel.

»Sag ich doch, wir sind Schwestern.«

Es klopfte von draußen gegen die Fensterscheibe, und die beiden Männer von vorhin signalisierten, dass sie jetzt Feierabend machen wollten.

»Zieht ab, Jungs. Bis morgen!« Rita winkte. Dann wandte sie sich wieder ihren Gästen zu. »So, jetzt habe ich alles. So wie's aussieht, würde es mich wundern, wenn es dem Patienten nicht schon in ein, zwei Tagen wieder besser ginge. Zähe Viecher, diese Mischlinge.«

Sie erhoben sich, und Jo reichte Rita die Hand. Sie konnte kräftig zupacken.

»Können wir Franklin noch mal sehen?«, fragte Ricky.

Franklin. Was für ein Name, dachte Jo.

Björn deutete ein Kopfschütteln an. »Wir lassen ihn besser in Ruhe. Der hat jetzt alles, was er braucht.«

Während sie zum Auto zurückkehrten, zählte Björn ein paar der besonderen Bewohner des Hofes auf. »Eine Schildkröte, an deren Panzer irgendein Arsch seinen Akkuschrauber ausprobiert hat ... ein Beagle ohne Hinterläufe ... Wir haben alles hier. «

»Wie du das aushältst, hier bei dem Elend«, sagte Ricky. »Könnt ich nicht. «

»Die brauchen uns doch«, erwiderte Björn leise. »Wenn du das manchmal siehst ... Nach diesem Keinohrhasen-Scheiß gab es Typen, die haben den Karnickeln die Löffel abgeschnitten und fanden das cool.«

»Krass. «

Björn nickte bitter und fasste dem Ziegenbock, der jetzt wieder neben ihnen hertrottete, an eins der krummen Hörner. »Menschen können total Scheiße sein. In der ganzen Zeit als Zivi bei der Caritas oder in meiner Ausbildung beim Roten Kreuz hab ich mich zusammengenommen nicht so wichtig gefühlt wie hier an einem einzigen Tag.«

»Hast du von der Kuh gehört, die abgehauen ist? Mal ehrlich, da stecken doch deine Cousins hinter.««

»Röggel und Pulli?« Björn schmunzelte und sagte ausweichend: »Na ja, den zwei Hohlköpfen ist ja irgendwie alles zuzutrauen, oder? Wisst ihr noch, die Nummer mit der Haschplantage mitten im Maisfeld?«

»Oder das Tontaubenschießen an der Leudersdorfer Grillhütte!«

Offenbar hatte jeder eine Anekdote über die Altrogge-Brüder zu erzählen.

Jo ließ den Finger durch die Luft kreisen. »Und wie finanziert sich das alles hier?«

»Durch Spenden.« Rita lachte bitter. »Mehr schlecht als recht. Die Menschen bevorzugen es, Geld für Tiere auszugeben, die man in der Tiefkühltruhe unterbringen kann.«

Jo drehte sich einmal um die eigene Achse. Eine wirklich imposante Hofanlage, bestens in Schuss, wie es schien. »Ist das Ihr Besitz?«

»Nein, nur gemietet. Der Besitzer ist ... na, sagen wir mal, er ist uns sehr, sehr wohlgesonnen, sonst könnten wir uns das nicht leisten. Es gab Zeiten, da hätte ich mir was Eigenes leisten können, aber das Geld und ich sind nie besonders dicke Freunde gewesen.«

»Der Satz hätte von mir sein können.« Jo schmunzelte.

Jetzt entdeckte er mehrere Paletten mit Dachziegeln, die in der Ecke des Hofes standen. Daneben war ein Lastenaufzug mit einem aufgedruckten Dachdecker-Emblem abgestellt worden. Den Firmenschriftzug darunter kannte er.

»Hommelsen.«

»Der Erker da oben ist undicht«, erklärte Rita. »Hat uns versprochen, das schnellstens zu erledigen. Im Moment ist er aber drei, vier Tage bei einem Anwalt in Blankenheim zugange, der ihm echte Schwierigkeiten macht, wenn er das nicht durchzieht, sagt er.«

»Handwerker.« Jo zog die Stirn kraus.

»Hommelsen ist aber auch ein windiger Vogel«, sagte Rita mit Nachdruck. »Dauernd hat der Schwierigkeiten mit irgendwem.«

Jo wusste nicht, ob ihm gefiel, was er da hörte.

»Der Fröhling hat den mal angezeigt, weil er alte Dachziegel in den Wald gekippt hatte, weißt du noch, Björn?«, sagte Ricky. »Ich will nicht wissen, was der schon so alles verbuddelt hat. Und verbrannt.« Sie rollte bedeutungsvoll mit den Augen.

»Fröhling, der Penner«, maulte Toby grimmig. »Wenn der mich durchs Abi rasseln lässt, hau ich dem aufs Maul.«

Jo lächelte amüsiert. Dieses Bübchen würde sicherlich niemandem aufs Maul hauen.

»Der ist der totale Klemmi« kicherte Ricky »Wisst ihr noch, wie der immer um die Künstlerin rumgetitscht ist, als die voriges Jahr bei uns in der Schule den Workshop gemacht hat?«

»Kein Wunder, Mann«, sagte Toby. »Der lebt mit seiner Schwester zusammen! Na, hör mal!«

Jo horchte auf. Fröhling und Lorna kannten sich?

Als sie wenig später ins Ahrtal hinunterfuhren, bauten sich endlich die Balken in seinem Display auf. Er tippte erneut Christas Nummer und lauschte dem Freizeichen. Und mit einem Ruck reichte er das Handy zu Ricky hinüber. »Du! Mach du das. Mir wird sie nicht glauben.«

Mit einem tiefen Seufzer nahm Ricky das Telefon ans Ohr und sagte nach einem kurzen Moment: »Ja, ich bin's. Ich sag's nicht gerne, aber diesmal kann er wirklich nix dafür, Mama.«

15. Kapitel

Als er, ohne die Augen zu öffnen, seine Hand zu Christas Seite des Bettes hinüberschob, merkte er, dass sie schon aufgestanden war. Das Laken verströmte noch ihre Wärme. Es war ein wohlig vertrautes Gefühl, das zu spüren.

Er hörte das Klappern der Kleiderbügel im Schrank.

»Dein Fotoapparat ist kaputt«, brummte er.

»Sag ich doch.«

»Jetzt aber richtig.«

Ihr Flüstern war plötzlich ganz nah an seinem Ohr: »Schlaf noch ein bisschen. Ruh dich aus. Es ist grässliches Wetter draußen.«

Dann hörte er, wie der Regen gegen die Scheiben trommelte.

Das war wirklich ein Wetter zum Liegenbleiben.

Regen?

Mit einem Satz war Jo aus dem Bett. Im selben Augenblick zuckte ein Blitz durch das Grau vor dem Fenster.

»Das ist nur ein Sommergewitter. Das geht schnell wieder vorbei«, sagte Christa sanft.

Er streifte sich hastig das Hemd über und sprang in seine Hose. »Verdammt, das regnet ja wie aus Eimern. Verdammt, verdammt, verdammt!«

»Ich habe Frühstück gemacht.«

»Verdammt, verdammt, verdammt!«

Während er sich die Schuhe band, rief er hektisch: »Hommelsen hat gesagt, es wird nicht regnen!«

»Hommelsen?« Christa lachte auf. »Na und?«

»Er hat das Dach aufgerissen, und jetzt habe ich wahrscheinlich fließend Wasser in allen Räumen!«

Die letzten Worte rief er bereits aus dem Treppenhaus. Eine Minute später stand er wieder schwer atmend im Türrahmen. »Kannst du mich hochfahren?«

»Das geht nicht, Jo! Ich muss den Laden aufschließen.« Sie sah auf die Uhr und seufzte. »Na meinetwegen. Geht so grade noch. Los, beeil dich!«

Sie brachte ihn zum Hof, wendete mit einem rasanten Schlenker und winkte ihm zum Abschied aufmunternd zu.

Als er nur wenige Sekunden später seine Haustür aufstieß, hörte er Zillas schrille Stimme, die das Tropfen und Plätschern übertönte.

Sie schimpfte wie ein Rohrspatz und verfluchte Hommelsen auf alle Zeiten. Der Boden des Flurs war nass, über die Treppenstufen sickerte beständig weiteres Wasser ins Erdgeschoss.

Er fand Zilla im alten Büro seines Bruders im ersten Stock, wo sie lauter Gefäße an strategisch wichtigen Stellen auf dem Boden verteilt hatte.

»Im Schlafzimmer nebenan sieht es genauso aus!«, rief sie und wrang das Wasser aus einem Putzlappen in eine Plastikwanne. »Ich habe alles, was ich an Töpfen und Eimern habe auftreiben können, verteilt. Keine Sorge, Herr Doktor, ich habe alles im Griff.«

Jo, der sich dem ganzen Chaos gegenüber als völlig hilflos empfand, fuchtelte mit den Armen. »Was soll ich tun? Was brauchen Sie noch?«

»Trinken Sie einen Kaffee. Es steht ganz frisch aufgebrüht in der Küche.«

Sie war augenscheinlich in ihrem Element. Putzeimer, Schrubber, Staubsauger, das waren Zilla Fischenichs Waffen, mit denen sie ihre Umgebung in Schach hielt. Sie war die einsame Kämpferin mit dem Fensterleder, die Retterin mit dem Wischmopp, die in ihrer kleinen Welt für Ordnung und Sauberkeit sorgte. Und sie war in dieser Welt ihr eigener Geheimdienst. Zilla Fischenich war ein Phänomen, wie Jo achselzuckend zugeben musste.

»Ich versuche schon die ganze Zeit, Hommelsen zu erreichen«, sagte er.

»Wenn Sie den Halunken an den Apparat bekommen, sagen Sie ihm, dass ich zum allerletzten Mal bei der Versicherung für ihn gelogen habe!«

»Was?«

»Ach, das war letztes Jahr, als er sich beinahe den Hals gebrochen hatte, als er wieder mal nachts drissvoll besoffen versucht hat, bei sich zu Hause durchs Badezimmerfenster zu klettern, weil er den Schlüssel nicht mehr gefunden hat. Ich habe ihm dann für seine Versicherung bestätigt, es wär passiert, als er bei mir den Kamin verschiefert hat. Aber pssst …« Sie hob den gummibehandschuhten Finger vor die Lippen.

»Ich habe unten in der Scheune noch zwei alte Metallwannen. Helfen die?«

»Oh ja, kann ich gebrauchen. Aber dann trinken Sie einen Kaffee!«

Jo makste über den klatschnassen Teppichboden ins Treppenhaus zurück und besorgte die Wannen. Das Gewitter war bereits wieder im Abzug begriffen.

Hommelsen, dieser Gauner. Jos Groll gegen den Dachdecker hatte sich ebenfalls fast schon wieder verzogen. Er hatte eine Schwäche für solche Schlitzohren.

Eine Viertelstunde später saß er in der Küche, betrachtete nachdenklich durch die offenstehende Tür die feucht glänzenden Fliesen und trank Kaffee. Sein Leben hier im Dorf war doch irgendwie fast so turbulent wie das, das er früher auf den Straßen der Welt geführt hatte.

Es dauerte nicht lange, bis Zilla im Türrahmen erschien. Auf ihren zerknitterten Wangen zeigte sich der Anflug einer gesunde Röte.

»Das Gröbste wäre geschafft.« Die stolze Siegerin. Sie zog die Gummihandschuhe aus, strich sich ein paar lose Haarsträhnen zurück und steckte sie mit einer Klammer fest.

Jo winkte mit der Kaffeekanne. »Auch einen?«

Sie lächelte mit gespielter Zurückhaltung. »Na ja, einen halben.«

Dann setzte sie sich auf die Küchenbank gegenüber von Jo und zupfte sich die Kittelschürze zurecht, als wäre sie gerade zum Empfang bei der Kanzlerin eingeladen.

»Was für ein Glück, dass Sie schon hier waren.«

»Ich hab so was geahnt, nach den Dacharbeiten gestern.«

»Auf dem Dachboden sieht es wahrscheinlich schrecklich aus, was?«

Zilla nickte betroffen.

»Und den Teppichboden im ersten Stock werden wir wohl rausreißen müssen«, sagte er mit einem Seufzen, während er ihr Kaffee einschenkte.

»Der ist aber ja auch schon sehr, sehr alt. In Ihrem anderen Haus ist wahrscheinlich alles moderner eingerichtet«, sagte sie betont beiläufig.

Das *andere* Haus. Die Schlehborner zerbrachen sich offenbar immer noch oft und gerne den Kopf über seinen angeblichen Hauptwohnsitz in Frankreich.

»Moderner, ja, schon.« Jo lächelte in sich hinein.

»Und größer sicher auch.«

»Das auch, ja.«

Er hatte eine diebische Freude daran zu sehen, wie sie ihre Neugier zu kaschieren versuchte.

»Hach, Paris …« Sie seufzte, und ihr knochiger Zeigefinger strich ein wenig nervös über den Henkel der Kaffeetasse. »Die große, weite Welt.«

»Nun ja.«

»Das war doch in Paris, oder?« Sie rutschte unruhig auf der Bank hin und her.

»Hm?«

»Ihr anderes Haus …«

Jo beschloss, dass er sie lange genug hatte zappeln lassen. Noch fünf Minuten länger, und sie würde kollabieren.

»Paris ist großartig. Hektisch, laut, voll, es stinkt, man kann manchmal kaum atmen, es gibt die fantastischsten Restaurants und die schönsten Frauen, aber was ist das alles gegen die Eifel? Gegen Schlehborn?« Er lächelte sie treuherzig an und holte seine Schnupftabaksdose heraus.

Sie gab einen begeisterten Laut von sich. »Schnupftabak! In meinem ganzen Leben habe ich so was noch nicht probiert!«

Er hielt ihr die kleine Dose hin. »Wollen Sie?«

Sie wand sich verlegen. »Ach, ich weiß nicht ...«

Er nahm ihre faltige Hand und streute ihr ein wenig von dem braunen Pulver in die Daumenbeuge. Dann tat er bei sich dasselbe. »Jetzt die Nasenlöcher darüber und einatmen.« Er machte es ihr vor, und fast ängstlich kopierte Zilla seine Bewegungen.

Dann begann sie zu niesen.

Und nieste weiter.

Und wollte nicht wieder aufhören.

Irgendwann endete der Anfall, und sie nahm Jos Taschentuch dankbar entgegen und schnäuzte sich ausgiebig.

Dann nahm sie die Brille ab und wischte sich die Tränen aus den Augen.

»Du meine Güte«, sagte sie schließlich, als sie wieder zu Atem gekommen war, »das werd ich aber auch nicht noch mal machen. Ich habe ja auch noch nie gehascht oder so was und nur ganz, ganz früher mal ab und zu an einer Zigarette gezogen, und Alkohol trinke ich auch so gut wie nie, höchstens mal ein Gläschen Moselwein oder ein klitzekleines Likörchen.«

Da waren sie wieder, die Bandwurmsätze.

»Mein Mann hat geraucht und getrunken, aber gestorben ist er dann bei einem Arbeitsunfall im Steinbruch.

Der hat beim Wotan geschafft, wie so viele hier. Ja ja, jetzt bin ich alleine, und mich kriegt auch keiner mehr verkuppelt, obwohl da sicher der ein oder andere wäre, wissen Sie, Herr Doktor, aber in meinem Alter, da fängt man nicht mehr von vorne an, aber bei Ihnen ist das ja ganz was anderes, Sie stehen ja noch in der Blüte Ihres Lebens, wenn ich das mal so sagen darf, und die Christa, die ist ja auch eine patente Frau.« Sie zwinkerte ihm zu. Vom Verhörmodus war Zilla unversehens zur Dampfplauderei übergegangen. Sie beherrschte beide Disziplinen meisterhaft. »Wie die das seit dem Tod vom Gerd gemeistert hat. Tja, der arme Gerd. Ist damals mit dem Auto verunglückt und hat dann noch zwei Tage im Koma gelegen. Ach nein, es ist nicht schön, wenn man dann irgendwann alleine lebt, das habe ich letztens auch noch zu Quirin gesagt, der ja seine Frau bei diesem schrecklichen Busunglück verloren hat. Wissen Sie, der Quirin ist auch so einer, der heimlich davon träumt, mit mir ... na, Sie wissen schon ... da bin ich jedenfalls fest von überzeugt, auch wenn er es mir nie sagt. Er lässt mir das Brennholz immer ein bisschen billiger und schenkt mir immer Blumenzwiebeln und Ableger und so was, und ab und zu auch schon mal einen leckeren Wildschweinbraten oder Rehrücken ...«

»Was war das eigentlich für ein Busunglück?« Jo konnte es selbst kaum fassen, dass es ihm gelungen war, ihren Redeschwall zu unterbrechen.

»Schrecklich war das, ganz, ganz furchtbar. Ein ganzer Reisebus mit Alten ist da kurz vor Tondorf auf der Autobahn von der Fahrbahn abgekommen und die Böschung runtergestürzt. Da sind drei Leute totgeblieben. Und verletzt waren fast alle. Die kamen von einem Ausflug zu diesem Bauernhof im Münsterland, wo man diese Schnitzel zu essen kriegt, die über den Teller hängen, und wo hinterher jeder mit einem Kilo Wurst nach Hause fährt, ganz günstig alles. Jedenfalls wäre ich da fast auch mitgefahren, aber ich hatte den eingewachsenen Zehennagel und bin mit meinem Hubert zu Hause geblieben. Gott sei Dank!«

»War der Fahrer betrunken?«

»Übermüdet wohl. Sonst hat man nichts gefunden bei dem, der ist wohl eingeschlafen. Wohnt in Berndorf, so ein hibbeliger Kerl, der ist, glaube ich, in Frührente gegangen und tut den ganzen Tag nichts, der Normen – komischer Name, oder? Früher hießen die Männer schöner.«

»Marathon?«

»Ja, so nennen die den. Weil der Kilometer um Kilometer läuft, seit sie ihm den Führerschein abgenommen haben. Der Arnold Blaumeiser aus der Leudersdorfer Straße ist auch bei dem Unfall gestorben, und die Usch, die Schwester von Kiewels Tünn vom Aussiedlerhof, und eben Quirins Therese, wie gesagt. Aber die war ja auch schon sehr, sehr krank. Seit die im Rollstuhl saß und sich so gut wie gar nicht mehr bewegen konnte, war die ja wie ausgewechselt.«

Jo trank seinen Kaffee aus und sah heimlich auf die Uhr. Das konnte jetzt stundenlang so weitergehen. Und er hatte keinen Zweifel daran, dass Zilla ihm am Ende jede einzelne Minute berechnen würde.

»Die war am Ende richtig, richtig böse. Hat ihren Mann so schlimm gepiesackt, das können Sie sich nicht vorstellen, Herr Doktor. Alle hier haben den armen Quirin bedauert, weil das so ein Martyrium war mit der Therese. Schrecklich, was so eine Krankheit aus einem machen kann, oder? Ob ich doch noch einen halben Kaffee trinken soll, was meinen Sie?«

Jo setzte gerade an, um sie mit irgendeiner Ausflucht loszuwerden, da klingelte das Telefon. Er stand auf und ging in den Flur.

Als er den Hörer des alten Apparats abhob, drang augenblicklich Hommelsens heisere Stimme an sein Ohr. »Hier ist der Alwis! Mensch, Jo, ich versuch schon die janze Zeit, dich zu kriegen!«

»Dass Sie ... dass du dich traust, hier anzurufen!«, sagte Jo barsch.

Und Zilla krähte aus der Küche: »Sagen Sie dem, wenn er nicht sofort herkommt und das Dach wieder zumacht, erzähle ich allen, was er mit den alten Ziegeln macht, die er angeblich immer so teuer entsorgen muss!«

Hommelsen beteuerte wortreich, dass er das mit dem Regen nicht hatte voraussehen können. »Ein Sommergewitter, Jo, hömma, dat kommt so plötzlich wie ein ... wie ein ...«

»... wie ein Sommergewitter«, vervollständigte Jo grimmig. »Aber es kommt eben. Und wie! Mein halbes Haus steht unter Wasser, und ich ...«

»Tut mir leid, Jo, tut mir wirklich leid, dat musste mir glauben. Ich hab hier einen Bau in Oberbettingen, da ist morgen Bauabnahme, und bis dahin müssen die Dachfenster drin sein.«

»Nicht das Dach in Blankenheim bei dem Anwalt?«

»Was? Wie? ... Nee, der is doch erst nächste Woche dran.«

»Oder auf dem Kamerhof in Rohr?«

»Wo? Äh ... ich ...«

»Hör mal zu, Alwis, für den Schaden kommst du auf, kapiert? Du bist doch gegen so was versichert.«

Er hörte Zillas verächtliches Prusten.

»Jo? Hallo? Oh, oh, oh, ich glaub, die Verbindung wird schlechter, Jo ... ich meld mich später wieder, okay?« Dann tutete es.

Jo warf den Hörer auf den Apparat und ließ sich wieder am Küchentisch nieder.

»Der lügt, wenn er nur den Mund aufmacht.« Zilla rümpfte verdrossen die spitze Nase. »Aber er findet immer wieder einen Dummen, der auf ihn reinfällt.« Erst nachdem sie den Satz ausgesprochen hatte, merkte Zilla, was sie da gerade gesagt hatte. »Damit meine ich natürlich nicht Sie, Herr Doktor. Sie kennen sich ja nicht aus mit diesen kleinen Krautern vom Dorf, Sie können ja nichts dafür! Jedenfalls wird der Alwis irgendwann mal an den Richtigen geraten, da vergeht ihm dann schon das Lachen!«

»Fröhling hat ihn mal angezeigt, habe ich gehört.«

»Ach, der ...« Zilla machte eine wegwerfende Handbewegung. »Ein komischer Vogel ist das. Der war übrigens auch dauernd bei der Amerikanerin unten in der Mühle.«

»Fröhling? Der Lehrer?«

»Jaaa.« Zilla verschränkte die Arme vor der Brust und nickte langsam, um ihrer Information Nachdruck zu verleihen.

Jo beugte sich vor, was Zilla mit sichtbarer Genugtuung als wachsendes Interesse an ihrem Bericht wertete. »Jeden Dienstagabend. Ich will ja nichts sagen, aber das war immer der Abend, an dem ihre ... ähm ... Freundin mit dem kleinen, roten Auto zu ihren Kursen nach Euskirchen fuhr. Man konnte die Uhr danach stellen.«

Jo war sich sicher, dass Zilla genau das getan hatte. »Jeden Dienstag?«

»Jaaa.« Wieder das selbstzufriedene Zeitlupen-Nicken. »Und vorgestern Abend kam der auch wieder von da. Der hatte sein Auto am Waldrand geparkt, an einer Stelle, wo er geglaubt hat, man würde es nicht sehen.« Der Gedanke, dass jemand aus Schlehborn allen Ernstes glauben konnte, er könnte auf Dauer etwas vor ihr verbergen, schien sie zu amüsieren.

»Vorgestern Abend?«

»Jaaa.« Wieder das Nicken. »Es war schon dunkel.«

Fröhling also! Von dem, was er schemenhaft von dem Unbekannten in der Mühle hatte erkennen können, haute es hin. Unwillkürlich tastete Jo nach der verheilenden Wunde an seiner Schläfe. Er stand entschlossen auf und sagte: »Ich werde Arkadi anrufen, der soll rasch herkommen und Ihnen helfen.«

Zilla Fischenich erschrak. »Der Pole? Nein, nein, das können Sie sich sparen.«

In diesem Moment öffnete sich die Haustür und Arkadi trat mit schwerem Schritt ein. Er schmunzelte vergnügt, als er die Bescherung begutachtete, die Hommelsen und das Gewitter in sorgfältiger Zusammenarbeit angerichtet hatten. Mit seinem rauen polnischen

Akzent sagte er: »Hat Frau Zilla mal schnell gewischt feucht durch?«, und lachte leise.

Zilla versuchte nur halbherzig, den Knecht nicht hören zu lassen, was sie Jo zuzischte: »Von dem lasse ich mir nun wirklich nicht helfen. Der steht mir nur in den Füßen rum.« Sie hatte sich ebenfalls erhoben und war an Jos Seite getreten. Dann legte sie mit einer Vertrauen heischenden Geste ihre Hand auf seinen Arm und reckte die spitze Nase zu ihm empor. »Auf mich können Sie sich voll und ganz verlassen, Herr Doktor!«

16. Kapitel

Fröhling meldete sich nicht mit seinem Namen, sondern nur mit einem zögerlichen »Hallo?«

Jo hatte das Bild des großen, plumpen Mannes mit dem verstörten Blick vor Augen. Er war sich sicher, dass er es war, der ihn in der Mühle niedergeschlagen hatte.

»Hier ist Jo Frings.«

Da war nur ein kurzes, erschrockenes Einatmen zu hören, dann wurde aufgelegt.

Wenn es noch einen Zweifel gegeben hatte, dann war dieser jetzt ausgeräumt.

»Na warte, Kollege, dich werde ich mir mal zur Brust nehmen.«

Fröhling und seine Schwester wohnten am anderen Ende des Dorfes. Die Sonne schien schon wieder, als hätte es nie ein Gewitter gegeben, und vom Asphalt stiegen Dampfschwaden auf. Für einen kurzen Moment überlegte Jo, die Plane vom Munga abzunehmen, aber er hatte das Gefühl, dass Eile geboten war. Also fuhr er mit Verdeck.

Auf sein Klingeln wurde die Haustür geöffnet, und Ruth Fröhling erschien im Türrahmen. »Oh, hallo, Doktor Frings.« Ihr Lächeln war freundlich und wirkte kein bisschen aufgesetzt. »Mein Bruder? Den haben Sie gerade mal um zwei, drei Minütchen verpasst. Er musste noch einmal rasch in die Schule, weil er dort irgendwas vergessen hat. Manchmal kann er ein richtiger Schussel sein. Ich sage noch: Mach doch jetzt endlich mal Ferien.«

Jo bedankte sich und ging zurück zum Wagen.

»Soll ich ihm was ausrichten?«, rief sie ihm hinterher.

»Nicht nötig. Ich komme später noch mal vorbei!«

Das würde er natürlich nicht tun, denn er startete den Wagen, und fuhr in Richtung Gerolstein, um Fröhling noch zu erwischen. Das hatte er ihr nicht sagen wollen, damit sie nicht auf die Idee kam, ihrem Bruder möglicherweise telefonisch sein Kommen anzukündigen.

Er trat das Gaspedal des Munga durch. Die Plane machte mit ihrem Geflatter einen infernalischen Lärm.

Ein dunkelblauer Volvo war das einzige Fahrzeug auf dem Schulparkplatz. Jo erkannte gerade noch Fröhlings große, plumpe Gestalt, die auf den Eingang des Gebäudes zueilte.

»Warten Sie mal!«, rief er, während er aus dem Wagen sprang.

Fröhling warf einen hektischen Blick über die Schulter und beschleunigte seinen Schritt. Jo rannte los.

Die Schlüssel klimperten laut. Mit fahrigen Bewegungen versuchte Fröhling, die Glastür zu öffnen, bevor Jo ihn erreichte. Es gelang ihm, er sprang hinein und zog hinter sich zu, aber die Hydraulik bremste die Bewegung.

Jo glaubte, Fröhling wimmern zu hören, als er in letzter Sekunde seinen Fuß in den kleiner werdenden Spalt stemmte.

Fröhling taumelte zurück und riss die Arme hoch, um Jos Schläge abzuwehren. »Nicht!«, stieß er hervor. »Bitte nicht!«

Aber Jo blieb nur schwer atmend bei der Tür stehen und brüllte: »Jetzt habe ich aber die Schnauze voll, Sie Irrer!« Er ballte die Fäuste. »Ich höre!«

»Lassen Sie mich in Ruhe! Das ist Hausfriedensbruch! Ich muss Ihnen überhaupt nichts erzählen!«

»Mir nicht. Der Polizei schon!« Jo holte sein Handy heraus. »Die hören aus Ihrem Mund sicherlich sehr gerne etwas zum Thema Hausfriedensbruch!«

»Warten Sie!«

Jo ließ die Hand mit dem Handy sinken. »Was ist eigentlich Ihr Problem, Fröhling?«

Der große Mann beugte kraftlos Kopf und Schultern nach vorne und starrte vor sich auf den grauen Steinfußboden. »Welches von den vielen meinen Sie?« Seine Stimme zitterte.

»Okay, fangen wir mit dem an, das Sie veranlasst, nachts in Häuser einzusteigen und den Leuten schwere Gegenstände über die Rübe zu ziehen.«

Jetzt hob Fröhling den Kopf und sah Jo unverwandt an. Seine Augenbrauen krümmten sich wie zwei quer liegende Fragezeichen. »Sie werden das nicht verstehen«, sagte er leise.

»Vertun Sie sich da mal bloß nicht.«

»Ich schäme mich aber.«

»Ist schon mal ein Anfang. Warum sind Sie hierher gefahren? Wollten Sie sich vor mir verstecken?«

»Das auch, aber ...«

»Aber?«

»Kommen Sie mit.«

Fröhling wandte sich um und trottete voraus.

Ihre Schritte schallten durch das leere Schulgebäude. Sechs Wochen lang würde hier eine staubige Stille über den Fluren und Klassenzimmern liegen. Ein graues Zwielicht hatte sich der Räume bemächtigt und vermittelte ein Gefühl der Trostlosigkeit. Eine Schule ohne Schüler war wie eine Grabkammer. Alles war tot.

Fröhlings Stimme hallte von den kahlen Wänden wider. »Wissen Sie, alles hat mit diesem Workshop angefangen. Irgendjemand sagte zu meiner Schwester und mir: ›Da ist doch diese Künstlerin in eurem Dorf. Könnte man die nicht mal für ein Projekt gewinnen?‹ Projekt ... Projekt ...« Er schnaufte verächtlich. »Dauernd muss man was bieten, sich was einfallen lassen. Ganz ehrlich, zuerst war ich nicht besonders daran interessiert. Mein Thema ist Geschichte. Und Latein. Mit Kunst habe ich nicht viel am Hut. Meine Schwester war dagegen gleich angetan von der Idee. Sie hat das dann organisiert.«

Er öffnete Glastüren und stieg Treppen hinauf.

Jo folgte ihm, immer einen Schritt hinterher. Er hatte nicht vor, ihn auch nur eine Sekunde aus den Augen zu lassen.

»Und so haben wir Lorna Weiler kennengelernt. Eine nette Frau. Nett ...« Er blieb stehen, drehte sich zu Jo um und spielte mit seinem Schlüsselbund. »Ja, nett war sie. Nicht mehr. Ich meine ... für mich war sie nicht mehr. Das sage ich nur, damit Sie verstehen, was ich Ihnen gleich zeige.«

Auf dem Schild neben der Tür stand *Lehrerzimmer*. Mit diesem Begriff verband Jo nicht unbedingt gute Erinnerungen. In seiner Schulzeit war er fast ausnahmslos mit Zurechtweisungen verbunden gewesen, mit Strafarbeiten, Nachsitzen und Klassenbucheinträgen. Er war ein miserabler Schüler gewesen. Einer, auf den man zeigte. Einer, der gerade noch so als schlechtes Beispiel hatte dienen können. Dass er mit ein wenig Anstrengung etwas mit auf den Lebensweg hätte nehmen können, das hatte er nie kapiert.

Im Lehrerzimmer waren die Tische und Stühle zu kleinen Arbeitsinseln gruppiert, die im ganzen Raum verteilt standen. Zimmerhohe Regale säumten die eine Wand, eine riesige Fensterfläche die andere.

Zielstrebig ging Fröhling mit seinem unablässig klimpernden Schlüsselbund auf eine Reihe von Schließfächern zu und öffnete eine der kleinen Türen.

Er holte einen klobigen, etwa fünfzig Zentimeter hohen Gegenstand hervor, der in ein fleckiges Leinentuch eingewickelt war, und stellte ihn auf den am nächsten stehenden Tisch. Das Ding schien nicht gerade leicht zu sein, beim Aufsetzen machte es ein dumpfes Geräusch.

* * *

Christa wollte nur einen kurzen Blick riskieren, um das Ausmaß der Flutkatastrophe abzuschätzen. Sie verbot sich, an so etwas wie Mitleid zu denken. Den ein oder anderen kleinen Dämpfer hatte Jo sich schließlich redlich verdient. Und ein wenig Neugier gestand sie sich auch zu. Man durfte doch mal neugierig gucken ...

Obwohl, ein bisschen leid tat er ihr ... Nein! Tat er ihr nicht. Basta!

Klinkhammers Heidrun saß mit der Dauerwelle, einer Tasse Kaffee und einem Stapel Klatschblättchen unter der Haube. Das Telefon hatte Christa ihr in erreichbare Nähe gestellt. In einem Friseurladen in Schlehborn konnte man so was schon mal machen, wenn es nötig war. Fünf Minuten den Berg hinauf, umgucken, fünf Minuten zurück zum Laden. Kein Problem.

Sie spähte durch den Hauseingang und hörte Zilla und Arkadi laut streiten.

»Brauchen nicht so tun, als wenn jeder Mann will dir an Wäsche!«, kam die Stimme des Polen aus dem ersten Stock.

»Bei euch bin ich jedenfalls vorsichtig!«, krähte Zilla Fischenich aus der Küche. »Ihr Südländer seid doch hinter jedem Rock her! In euren pisseligen kleinen Ländern müsst ihr euch doch dauernd vermehren, damit ihr nicht aussterbt.«

»Polen liegen in Osten, haben über dreihunderttausend Quadratkilometer und seien sechstgrößte Land in Europa!«

Es folgte eine längere Pause, dann maulte Zilla halblaut: »Und da bildest du dir jetzt noch was drauf ein, was?«

Als Christa zu ihr ins Bad kam, wo sie mit Eimern und Lappen hantierte, verwandelte sich Zillas Gesicht von einer grimmigen Maske schlagartig in ein vor Wonne strahlendes Antlitz.

»Fast schon so, als wäre gar nichts gewesen!« Ein Hohn angesichts der Lachen und Pfützen überall auf dem Boden.

»Daran habe ich gar nicht gezweifelt. Ich wollte nur mal gucken, ob ich in der Mittagspause noch helfen kommen soll.«

Zilla lachte erheitert. »Bis heute Mittag ist hier längst wieder klar Schiff.«

»Wo ist Jo?« In der Eile hatte sie gar nicht bemerkt, dass der Munga nicht an seinem Platz stand.

»Der musste geschäftlich weg. Ganz dringend!«

Das war doch nicht zu fassen! Die Drecksarbeit überließ der Kerl natürlich wieder anderen! Nun, eigentlich war sie ja selber schuld. Immerhin hatte sie ihm Zilla ins Haus geschickt.

Als hätte sie ihre Gedanken gelesen, zog Zilla ihre Gummihandschuhe aus, legte ihr die Hand auf den Arm und sagte in feierlichem Tonfall: »Das war eine sehr, sehr gute Idee, Christa, dass ich hier oben mal ein bisschen nach dem Rechten sehen soll. Der Doktor kommt ja vor lauter Arbeit überhaupt nicht dazu, sich hier um alles zu kümmern.« Dann beugte sie sich vor, zog die Badezimmertür zu, als müsste sie Arkadi am Lauschen hindern, und senkte die Stimme zu einem bedeutungsvollen Flüstern. »Und wenn du mal denkst, dass es das Beste wäre, dass das mit den zwei Haushalten irgendwann mal langsam aufhört ... also, dass ihr zwei endlich zusammenzieht, dann wendest du dich vertrauensvoll an mich, Mädchen, verstehst du? Da kann ich schon was machen.«

Christa unterdrückte ein Lachen. »Keine Sorge, Zilla. Du bist die Erste, an die ich dann denke!«

Ihr Blick fiel durch das kleine Fenster auf die Wiese unterhalb des Hauses. »Wer schleicht denn da rum?«

Zwei Männer huschten um den kleinen, halb verrotteten Stall am Waldrand herum. Der eine gestikulierte wild mit den Armen, der andere telefonierte offenbar.

»Das sind die Altrogge-Brüder«, sagte Zilla missbilligend.

»Röggel und Pulli. Tatsächlich.«

»Faulenzer sind das. Was hantieren die denn da rum?« Im nächsten Moment hatte sie schon das Fenster aufgerissen und rief schrill: »He, ihr zwei! Was lungert ihr denn da rum?«

»Nur so!«, rief Pulli zurück.

»Geht mal zu Hause was Ordentliches schaffen!«

»Wir suchen was!«, rief Röggel.

»Was denn, hä?«

Christa, die längst ahnte, was den Beiden abhandengekommen war, kicherte leise. »Lass mal, Zilla. Die stellen schon nichts an.«

»Tagediebe!«, murrte Zilla. »Und nachher steht wieder der Schuppen in Flammen. Kennt man doch von denen.«

Sie wrang energisch einen Lappen aus.

»Also, ich bin dann mal wieder weg. Sonst brennt mir noch Klinkhammers Heidrun an.«

Beim Hinausgehen rief sie Arkadi einen Gruß hinauf. »Hol dir keine Spülhände!«

»Muss nur noch mit Föhn machen schöne Locken in Teppichfransen!«, kam es gut gelaunt zurück.

Sie stieg ins Auto und setzte schwungvoll rückwärts aus der Einfahrt auf die Straße.

Kaum zu glauben, dass Jo schon wieder in der Weltgeschichte herumkurvte, während seine Knechte das Haus trockenlegten.

Als sie den Berg hinunterrollte, nahm sie undeutlich linker Hand einen Schatten wahr. Zuerst dachte sie an die Kuh, die die beiden Pappnasen vom Altrogge-Hof mit Sicherheit suchten. Aber es war ein Mann. Einer von den beiden? Sie war zu schnell vorbei, um ihn zu erkennen. Und er hatte sich zu schnell hinter einen Strauch geduckt.

Der Zirkus mit der Kuh war einfach lächerlich. Die Journalisten, die überall im Dorf auftauchten, hatten längst das Interesse an dem Rindvieh verloren, seit die Leiche von Lorna Weiler gefunden worden war.

Vielleicht war es auch einer von diesen Pressefritzen gewesen, den sie gesehen hatte. Ja, wahrscheinlich einer von denen.

* * *

Fröhling zögerte. Sein Blick wanderte unsicher zwischen Jo und dem Gegenstand hin und her.

»Ja, ja, ich weiß, ich weiß, Sie schämen sich«, sagte Jo ungeduldig. »Los, nun machen Sie schon.«

Während Fröhling den Stoff entfernte, murmelte er leise. »Ich glaube, die Idee kam mir zum ersten Mal, als ich Frau Weilers frühe Skizzen sah. Gegenständliche, ästhetische Sachen. Damit konnte ich etwas anfangen. Mehr jedenfalls als mit ihren seltsamen, abstrakten Hölzchen-und-Stöckchen-Plastiken, wissen Sie?«

Als er die Figur vollends enthüllt hatte, trat er zwei Schritte zurück und kniff die Lippen zusammen. Er traute sich nicht, Jo anzusehen.

Jo spürte, wie sich ein Lachen die Kehle emporkämpfte. Seine Mundwinkel zuckten. Das durfte jetzt nicht passieren! Nicht lachen! Er durfte Fröhling jetzt auf keinen Fall auslachen.

Die Skulptur war von frappierender Ähnlichkeit und zeigte schonungslos ehrlich Ludger Fröhling, wie er war – im Adamskostüm. Die nackten Schultern hingen kraftlos herab, der Bauch trat prall und rund hervor, und darunter war ein nicht gerade groß geratenes Geschlechtsteil abgebildet, das durch die sitzende Position der Figur fast zwischen den schlaffen Oberschenkeln verschwand.

Auch das Gesicht hatte die Künstlerin sehr gekonnt modelliert. Die große Nase, der grüblerische Ausdruck in den Zügen ...

»Den Kopf musste ich wieder festkleben, nachdem er abgebrochen war.«

»Ich habe so eine Ahnung, wie das passiert ist.«

Fröhling nickte nur. Dann wandte er sich um, ging zum Fenster und richtete starr den Blick nach unten auf den Schulhof. »Seit meiner Kindheit lebe ich mit meiner Schwester zusammen. Das hat sich einfach so ergeben. Ich will nicht jammern. Eigentlich ist alles gut so, wie es ist. Wir haben keine finanziellen Nöte, wir sind gesund, wir teilen viele Interessen. Ruth ist ein guter Mensch. Sie kümmert sich sehr um mich, aber ...«

»... da fehlt was«, vervollständigte Jo nach einem Moment des Schweigens.

Fröhling seufzte tief. »Für mich war das endlich einmal die Chance, als geschlechtliches Wesen wahrgenommen zu werden. Als Mensch mit einem Körper wie alle anderen auch.«

Jo dachte an eine Art kontrollierten Exhibitionismus, schwieg aber. Vor ihm zeichnete sich gegen das helle Sommerlicht die Silhouette eines traurigen Mannes ab, der viele der schönen und wichtigen Dinge im Leben nie hatte genießen dürfen. Was für ein bitteres Schicksal.

»Hatten Sie nie Kontakt zu einer Frau. Ich meine … außer zu Ihrer Schwester?«

»Das könnte ich nicht.« Und dann noch einmal bestimmter: »Nein, das könnte ich nicht.«

»Und hier verstecken Sie das Ding jetzt so lange, bis Sie einen anderen Platz gefunden haben?«

Fröhling warf die Arme in die Luft. »Das war doch alles ein großes Geheimnis! Keiner weiß davon. Meine Schwester auch nicht. Gerade meine Schwester nicht! Ich bin immer dann zur Mühle hinuntergegangen, wenn Frau Weilers Freundin in der Volkshochschule war.«

»Sie haben Lorna gesiezt?«

Fröhling schickte ihm einen verstörten Blick herüber. »Warum hätte ich sie denn duzen sollen? Nur weil ich ihr nackt Modell gesessen habe?«

Wieder verkniff sich Jo ein Grinsen. »Stimmt natürlich.«

»Die Skulptur musste verschwinden, nachdem Frau Weiler … also, jetzt wo sie … nun, da wird ja jetzt alles durchsucht werden. Und ich wusste, wie man durch diese Gartenklappe in die Mühle kam, aber da waren plötzlich Sie und Frau Gierden, und da musste ich was tun.«

»Herzlichen Dank für den dicken Schädel.«

»Entschuldigen Sie bitte. Sie können sich nicht vorstellen, wie leid mir das alles ...«

Jo winkte ab. »Geschenkt. Sagen Sie, gibt es hier irgendwo was zu trinken?«

»Die Schüler hätten gerne einen Getränkeautomaten, aber das wird und wird nichts. Die Cafeteria ist in den Ferien natürlich zu.« Er ging zurück zu der Plastik und verhüllte sie wieder, nachdem er sie zuvor noch einmal intensiv betrachtet hatte. Jo glaubte, den Anflug eines Lächelns auf seinem Gesicht erkennen zu können.

Nachdem Fröhling die Statue wieder in ihrem Versteck untergebracht hatte, sagte er: »Soll ich einen Kaffee machen?«

»Ach, lassen Sie mal gut sein. Ich denke, ich war jetzt auch für eine ganze Weile wieder lange genug in der Schule.« Er sah auf die Uhr. »Außerdem steht mein Haus unter Wasser. Dachschaden.«

»Wenn ich Ihnen einen Rat geben darf, holen Sie nicht Hommelsen, um das reparieren zu lassen.«

»Zu spät.«

»Das habe ich auch Frau Weiler gesagt, als es bei ihr durchregnete. Die Mühle war ja in einem erbärmlichen Zustand, als sie sie gekauft hat. Sie hat dann einen Dachdecker aus Hillesheim damit beauftragt. Hommelsen ist eine Katastrophe.«

Sie verließen das Lehrerzimmer und gingen den Weg zurück, den sie gekommen waren.

»Die Mühle scheint jetzt gut in Schuss zu sein.«

»Hat sie auch viel Mühe gekostet. Sie hatte überall Löcher im Dach und Risse in der Fassade. Dauernd sind ihr die Katzen weggelaufen.«

»Katzen? Habe ich keine gesehen.«

»Die gibt es jetzt auch nicht mehr. Eine ist in eine Falle im Wald geraten und eine andere hat irgendeinen Giftköder gefressen und ist elend krepiert, über Tage lang.«

»Wie kommt es denn, dass Karl-Heinz Koehnen das Gebäude so hat verkommen lassen?«

Langsam stiegen sie die Treppenstufen hinunter.

»Koehnen? Nein, der hat das Haus ganz gut gepflegt, bis er nach Ibiza ausgewandert ist.«

»Ibiza?«

»Ein Lottogewinn. Da war er ganz schnell aus der Eifel weggezogen, in die Sonne. An seiner neuen Heimat hat er aber wohl nicht lange Freude gehabt, wie ich hörte. Er ist vor ein paar Jahren an Lungenkrebs gestorben.«

»Und wem gehörte die Mühle zwischenzeitlich?«

Fröhlings Finger fummelten unablässig am Schlüsselbund herum.

»Sagen Sie mal, können Sie das nicht mal sein lassen!«

»Entschuldigung.« Über dem Rand der Brille krümmten sich wieder in tiefer Zerknirschung die Augenbrauen. Fröhling ließ die Arme sinken und ging weiter die Treppe hinunter. »Das Haus hat nach Koehnens Tod ein Herr Kasparek besessen. Aus Uedelhoven. Wohl ein Bekannter von Koehnen. Der hat alles komplett leer räumen lassen und hat sich dann aber nicht mehr um die Mühle gekümmert. Was wirklich ein Jammer ist, denn dieses Gebäude ist ein hochinteressantes Objekt. Ich meine, unter historischen Gesichtspunkten. Diese Sägemühle ist über fünfhundert Jahre alt, eine der letzten ihrer Art. Und fast noch im ursprünglichen Zustand! Da gibt es nur noch die Mühle in Meisburg, die das übertrifft.«

»Kasparek.« Jo murmelte den Namen nachdenklich vor sich hin.

»Dem gehören auch die beiden hässlichen Mehrfamilienkästen am Fuhrweg.«

Die waren Jo bestens bekannt. Eine der Wohnungen hatte Arkadi gemietet. Jeder Mensch mit einem halbwegs ästhetischen Empfinden musste die beiden ungepflegten Betonklötze als Schandfleck bezeichnen.

Fröhling blieb plötzlich stehen. »Wissen Sie, was seltsam ist? All diese Fragen hat mir Frau Weiler auch gestellt.«

»Welche?«

»Die, die Sie mir jetzt stellen. Wem die Mühle früher gehört hat, und so weiter.«

»Na, wer so einen alten Kasten kauft, der ...«

Fröhling räusperte sich ungehalten.

»Entschuldigung. Wer so ein altes Schätzchen besitzt, der will doch auch was über die Geschichte des Hauses in Erfahrung bringen, oder?«

Fröhling wiegte den Kopf hin und her. »Das war anders. All die historischen Fakten hatte ich ihr ja bereits zusammengestellt. Das war zwischen uns abgemacht. Ich forsche ein bisschen in den vergangenen

Jahrhunderten und berate sie auch ein wenig beim Umgang mit den Behörden, beim Denkmalschutz, und auch dabei, dass ja eine Nutzungsänderung herbeigeführt werden muss. Und sie hat dann im Gegenzug ... na, Sie wissen es ja jetzt.«

Sie hatten unterdessen wieder die Eingangstür erreicht.

»Nutzungsänderung? Was habe ich denn darunter zu verstehen?«

»Es gibt da diesen Außenbereichserlass. Der würde übrigens auch für Sie und den Fringshof gelten, wenn Sie sich entschließen sollten, die Viehhaltung aufzugeben ... also die Landwirtschaft an den Nagel zu hängen.«

»... was sicher nicht mehr lange dauern wird«, knurrte Jo.

Fröhling hob langsam den Schlüsselbund und schloss die Tür auf, sorgsam darauf achtend, dass es nicht zu sehr klimperte.

»In diesem Fall haben Sie sieben Jahre Zeit, die Nutzungsänderung herbeizuführen, um den Hof in eine reine Wohnimmobilie umzuwandeln.«

»Nie davon gehört.«

Fröhling setzte eine geradezu triumphierende Miene auf. Bei diesen Themen hatte er Oberwasser. »Koehnen hat den Betrieb der Mühle eingestellt, als er nach Ibiza ging, und Frau Weiler hatte jetzt ihre liebe Mühe damit, weil dieser Kasparek offenbar keinerlei Interesse daran hatte, die Änderung herbeizuführen. Ehrlich gesagt, je mehr ich darüber nachdenke, weiß ich gar nicht, warum er das Objekt überhaupt gekauft hatte. Er hat sich nie darum gekümmert. Wie schon gesagt: Ratzekahl ausgeräumt, und dann all die Jahre leerstehen lassen. Das fand auch Lorna Weiler sehr seltsam.«

»Klingt irgendwie bedeutungsvoll.«

Fröhlings Finger schoss nach vorne. »Genau das Wort, das ich gesucht habe. So klang es, als Frau Weiler von Kasparek sprach. *Bedeutungsvoll*.«

Draußen umfing sie drückende Schwüle. Die Feuchtigkeit der vergangenen Nacht hing noch satt in der Sommerluft.

Sie standen einen Moment lang schweigend bei den Autos, und Fröhling betrachtete intensiv seine Schuhspitzen.

»Hören Sie, Herr Doktor Frings ... ich ... nun, ich weiß nicht, wie ich es sagen soll ...«

Jo dachte an die Beule, die ihm dieser verklemmte Idiot verpasst hatte, und machte keine Anstalten, ihm zu helfen.

»Denken Sie, Sie könnten diese Sache für sich behalten?«

Jo musterte ihn von Kopf bis Fuß und schürzte die Lippen. »Zuerst mal wünsche ich Ihnen noch einen guten Tag.« Und während er in den Munga stieg, sagte er: »Dann sehen wir mal weiter.«

17. Kapitel

Als Jo zum Hof zurückkehrte, herrschte augenscheinlich wieder Frieden. Die Luft im Wohnhaus war zwar immer noch satt vor Nässe, es roch dumpfig, obwohl alle Fenster offenstanden, aber er war allein.

Er ging in den Stall, um Arkadi zu suchen, aber der Pole war nirgends zu sehen. Auf der Weide unterhalb der Scheune bewegten sich die Kühe träge in der Mittagssonne hin und her und kauten gemächlich vor sich hin. Jo streckte die Hand aus und strich einer von ihnen über die Stirn.

»Habt ihr schon mal was von Außenbereichssatzung gehört, Mädels?«

Die Kuh schnaubte und schüttelte den Kopf, um die Fliegen abzuwehren.

»Siehst du, ich auch nicht. Wenn ich euch nicht hätte, hätte ich wahrscheinlich ein Problem. Dann müsste ich mir vielleicht mal wieder ein neues Zuhause suchen.«

Mal wieder. Gerade, als er sich daran zu gewöhnen schien, Tag für Tag denselben Ausblick aus dem Fenster zu genießen.

Sein Handy klingelte.

»Was stellst du gerade an?«, fragte Assenmacher ohne lange Vorrede.

»Ich bin hier beim Picknick im Grünen mit ein paar scharfen Weibern. Es ist so heiß, dass sie keine Klamotten anhaben, und ...«

»Keine Sau hat irgendwas gesehen, als du mit der Kleinen in der Mühle warst. Ich meine, was deinen großen Unbekannten angeht, der versucht hat, dir den Schädel einzuschlagen. Bist du dir sicher, dass du das nicht geträumt hast?«

»Diese Pauline war mit im Raum, das vergisst du wohl, Assenmacher. Und die Beule? Wo kommt die her?«

»Vielleicht hast du deine Finger nicht bei dir halten können, und hast ...«

»Mensch, Assenmacher, verschon mich mit deinen fiesen Altmännerfantasien.«

Für einen kurzen Moment dachte er daran, Fröhling in die Pfanne zu hauen. Was konnte schon passieren? Dieses greinende Weichei von Oberstudienrat würde für einen kurzen Moment ins Zentrum der Ermittlungen rücken. So lange, bis man herausfand, dass er es nicht gewesen war. Aber würde man das überhaupt herausfinden? War Fröhling wirklich so unschuldig, wie er tat?

»Bist du noch dran, Jo?«

»Bitte?«

»Ich habe gefragt, ob dir noch was eingefallen ist. Pauline Gierden spricht von einem großen, kräftigen Mann. Und du sagst, du hättest überhaupt nichts erkennen können. Das reicht nicht für ordentliche Ermittlungen.«

»Dann lass es eben«, sagte Jo lahm, lehnte sich an einen Zaunpfosten und streckte wieder den Arm nach der Kuh aus. »Irgendwas über die Medikamente, mit denen Lorna betäubt wurde?«

»Nichts, was dich was anginge.«

»Ich hab dir Dettenhoven geliefert.«

»Geliefert ... geliefert ... Wenn ich das schon höre!«

Jo konnte förmlich sehen, wie Assenmachers kahle Birne rot anlief.

»Also was? Du hast mir gesagt, dass sie zuerst betäubt wurde. Was ist denn schon dabei, wenn ich frage, womit?«

»Diazepam.« Die Stimme am anderen Ende klang gepresst. Assenmacher musste die Worte offenbar regelrecht aus sich herauszwingen. »Ein Benzodiazepin-Derivat, wenn du's genau wissen willst. Starkes Beruhigungsmittel. Früher kannte man das schlicht und ergreifend als Valium. Tabletten, Tropfen ... gibt's in allen Varianten.«

»Und die Schnitte an den Arterien?«

»Wohl ein kleines Messer. Kurze, sehr scharfe Klinge.«

»Schon gefunden?«

»Nerv mich nicht! Nein, wir haben noch nichts gefunden!«

»Also scheidet Suizid endgültig aus.«

»Ich werde den Teufel tun und dir mehr erzählen. Also, wenn dir dein geheimnisvoller Unbekannter über den Weg läuft, oder falls dir eine kleine gepflegte Klin-

ge mit Resten von Metallpflegeöl und trockenen Spuren von menschlichem Blut begegnet, kannst du dich melden. Dann kriegst du ein Fleißkärtchen«, schnarrte Assenmacher ätzend. »Schönen Tag noch.«
»Du mich auch.«
Er unterbrach die Verbindung.
Metallpflegeöl? Er musste unwillkürlich an den Geruch der Plastiktüte denken. Von einem Messer womöglich? Aber da waren Rostspuren gewesen, das hatte nicht nach einem sorgfältig gepflegten Messer ausgesehen. Er verwarf den Gedanken.

Während er zurück zum Hof ging, versuchte er, sich selbst auszureden, dass es der sportliche Gedanke war, der ihn antrieb. Sicher, Assenmachers Unmut stachelte ihn zusätzlich an. So was hatte er noch nie vertragen können. Aber da war etwas anderes, das ihn motivierte: Das Rätsel, mit dem Lorna ihn in das Geschehen hineingezogen hatte. So langsam kamen ihm allerdings Zweifel. War es vielleicht möglich, dass, was immer sie da auch in ihrem Unterholz gefunden haben mochte, am Ende etwas völlig Belangloses gewesen war? Ein Pilz, ein Blümchen, ein totes Eichhörnchen … Oder auch etwas, das nicht in den Wald hineingehörte: ein Kondom, ein Schuh, eine Colabüchse … jedenfalls nichts Aufsehenerregendes.

Aber was sie damit ausgelöst hatte, war enorm. Sie hatte ihn neugierig gemacht.

Wer hatte sie getötet?

Wem war es wichtig gewesen, dass sie nicht am Leben blieb?

Das wollte er herausfinden!

Er schloss das Haus ab, entfernte mit ein paar geübten Handgriffen die Plane vom Munga, stieg ein und fuhr los.

Als ihm wenige Minuten später mit elektrischem Summen die Tür eines der beiden Mehrfamilienhäuser geöffnet wurde, dachte er daran, dass er so gut wie nichts über Arkadi Wójcik wusste. Der maulfaule Pole hatte schon für seinen Bruder gearbeitet und hatte sich zu Beginn schwer getan, ihn als Nachfolger zu akzeptieren.

Im Laufe der Zeit hatte sich fast unmerklich eine gewisse Vertrautheit zwischen ihnen entwickelt, die sie beide nach Kräften mit Ironie und markigen Sprüchen zu verwischen versuchten. Wenn es hart auf hart kam, vermutete Jo, würde Arkadi ihm zur Seite stehen. Und umgekehrt war es genauso.

Eine dunkelhaarige, junge Frau streckte den Kopf aus der Tür der Erdgeschosswohnung.

»Guten Tag«, sagte Jo. »Ich bin Jo Frings.«

Ein vieldeutiges Lächeln huschte über ihr schlankes Gesicht. Sie hatte wache Augen, klar wie blaues Eis. »Suchen Arkadi?«

»Ja, ich müsste ihn was fragen. Er macht wohl gerade Mittagspause …«

»Nix Mittag. Nix Pause.« Sie lachte. »Arkadi immer arbeiten. Ist hinter die Haus und mähen Rasen. Danach wieder Kühe. Immer Kühe, Kühe …« Sie lachte silberhell.

Jo war auf der Stelle bezaubert. An der Seite von Arkadi hatte er sich, wenn überhaupt, eine mürrische, hohlwangige Osteuropäerin vorgestellt, die bescheiden und fügsam die Hausarbeit erledigte. Die Wahrheit sah anders aus.

»Ich gehe mal zu ihm«, sagte Jo und nickte ihr freundlich zu.

»Schön Sie gelernt kennen«, sagte die junge Frau freudig. »Arkadi viel Gutes von Ihnen erzählen.«

»Da muss eine Verwechslung vorliegen«, entgegnete Jo grinsend.

Sie streckte ihm die Hand entgegen. »Ich bin Marieta.«

Er schüttelte sie vorsichtig, als könnte er sie zerbrechen. »Ich bin Jo.«

Wieder lachte sie. »Nein, sein Dr. Frings. Sagen Arkadi immer, sagen ich auch. Gehen zu Arkadi hinter Haus.«

Er nickte ihr zu und öffnete die Haustür, während sie ihm nachsah.

Als sich die Tür schloss, hörte er noch ihr munteres »Auf Wiedersehen«.

Hinter dem Haus befand sich eine schmucklose Grünanlage mit einer ungepflegten Wiese, die von mannshohen, halb verwilderten Hecken begrenzt wurde.

Arkadi tuckerte auf einem kleinen Rasentraktor über die bucklige Grasfläche. Als Jo mit dem Arm winkte, hielt er das Gefährt an und schaltete den Motor aus.

»Ohne Trecker geht's wohl nicht bei dir, was?«

Arkadi lächelte verhalten. »Muss einer machen. Alle hier im Haus faule Schweine, also machen ich in Mittagspause.«

Jo, der zu ihm hinübergeschlendert war, wandte sich um und blickte an der fleckigen Hausfassade empor. »Bisschen Farbe könnte auch nicht schaden. Na ja, geht nicht alles auf einmal, was?«

»Faule Schweine«, wiederholte Arkadi. »Gehen nicht arbeiten. Liegen den ganzen Tag rum und gucken RTL. Zum Kotzen.«

Jo holte den Schnupftabak hervor und spendierte Arkadi auch eine Prise. Sie streckten beide die Gesichter der prallen Sonne entgegen und genossen das Prickeln des braunen Pulvers.

»Ist das nicht eigentlich Vermietersache?«, fragte Jo nach einem Moment der Stille. »Rasenmähen und so Zeug.«

Arkadi hatte die Augen immer noch geschlossen und genoss den Sonnenschein. »Für was wollen Sie wissen?«

»Nur so.«

»Nie nur so. Wenn Sie fragen, Sie wollen was wissen.«

»Dein Vermieter ...«

»Kasparek.« Arkadi öffnete die Augen und blickte ihn jetzt auffordernd an. »Wohnt in Uedelhoven.«

»Ich weiß. Dem gehören ziemlich viele Häuser in der Umgebung, habe ich gehört.«

»Und? Weiter?«

»Ich bin ihm noch nie begegnet.«

»Geht nie aus Haus.«

»Ich habe seinen Namen ein paar Mal gehört, jetzt wo ich mich ein bisschen umhöre, weil mich der Tod von Lorna Weiler nicht in Ruhe lässt.«

Arkadi hob überrascht die Augenbrauen und schwieg.

»Lorna und Kasparek? Fällt dir da was ein?«, fragte Jo. »Hat man die beiden mal zusammen gesehen?«

Arkadi schüttelte lachend den Kopf. »Nein, nie. Ganz sicher nein. Kasparek immer alleine. Wohnen in seinem Haus in Uedelhoven und gehen so gut wie nie vor die Tür. Lässt Häuser verkommen, sammelt nur Geld, Geld, Geld.«

Jo rieb sich das Kinn. »Macht mich schon neugierig der Kerl. Ob ich ihn wohl mal besuchen soll, was meinst du?«

»Keine Chance. Lässt Sie nicht rein. Kasparek niemals lässt Leute rein, verstehen?« Er rutschte auf seinem Rasentraktor wieder in die richtige Position.

»Ich zahle dir zu viel Geld, Arkadi, wenn sich einer wie du einen Rasentraktor leisten kann.«

»Ist von Vetter aus Walsdorf. Haben zusammengebaut aus Schrott. Gehen rum in ganze Familie.«

Jo fischte einen Zwanziger aus der Hosentasche. »Hier, für die schnelle Hilfe heute Morgen bei der Springflut.«

Arkadi grinste ihn breit an. »Machen so weiter, Dr. Frings. Am Ende ich irgendwann noch glauben, Sie guter Mann.« Er startete den Traktor.

Jo klopfte ihm auf die Schulter und ging davon. Er hatte gerade die Hausecke erreicht, als Arkadi den Motor noch einmal drosselte und zu ihm herüberrief: »Fragen in Uedelhoven alte Änni!«

»Wer soll das sein?«

»Änni Trierscheid. Alte Frau, die kochen jeden Tag für Kasparek und manchmal waschen Wäsche.«

Jo winkte zum Dank mit der Hand.

* * *

Er steuerte Uedelhoven an und atmete tief die würzige Sommerluft ein. Sie roch wie früher, sie schmeckte wie früher, sie war wundervoll.

In der Ferne thronte der mächtige Kegel des Arembergs in der flirrenden Mittagshitze.

Jo fuhr in den Ort hinein und wollte einen Mann nach Ännis Haus fragen, der an sein Auto gelehnt stand und in sein Handy plärrte: »So geht es, jetzt höre ich dich! Ich darf mich nur keine zwei Schritte weit wegbewegen.«

Mobilfunknetze in der Eifel – sagenumwoben und geheimnisumwittert, seltener zu finden als das Monster von Loch Ness. Das Auto hatte ein Frankfurter Kennzeichen. Jo fuhr langsam weiter.

An der nächsten Straßenecke erwischte er eine Frau, die gerade mit zwei voll beladenen Einkaufstüten ins Innere ihres Hauses verschwinden wollte.

»Das Haus von Änni? Sie stehen direkt davor.« Sie wies auf sein Auto und ging ins Haus.

Änni Trierscheid bewohnte ein geradezu winziges Häuschen unterhalb der Kirche, mit bröckelndem, grauem Putz und verbeulter Regenrinne.

Als er sich näherte, nahm er den Geruch von frisch zubereitetem Essen wahr, und er spürte plötzlich, dass er Hunger hatte. Von der Eifelluft alleine wurde man eben nicht satt. Gerade als er auf die Uhr gucken wollte, schlug es von der Kirche her eins.

Je näher er der hässlichen Tür aus Aluminium und Milchglas kam, desto intensiver wurde der Duft. Jetzt konnte er ihn auch identifizieren. Es war Speck ... mit ... mit dicken Bohnen! Nahezu augenblicklich wurde ihm schwindelig vor Hunger. Das hatte er seit seiner Jugend nicht mehr gegessen!

Er drückte den Klingelknopf, aber kein Geräusch ertönte. Die Tür stand einen Spalt offen, und Jo schob sie mit der Linken leicht an, sodass sie langsam aufschwang.

»Hallo?«, rief er in die Stille. Es duftete so köstlich, dass er spürte, wie ihm das Wasser im Munde zusammenlief. »Hallo? Ist jemand zu Hause?«

Keine Antwort. Dann musste er eben den direkten Weg gehen. Wo wohnte aber dieser Kasparek? Er beschloss, bei der Frau von gegenüber zu fragen und wollte die Haustür wieder hinter sich zuziehen, als er plötzlich ein leises Geräusch hörte.

Ein Schluchzen.

Langsam wagte er sich in den Hausflur vor. Alles war in ein mulmiges Halbdunkel getaucht. Die Tapete war alt und vergilbt, mit einem blassen Streifenmuster. Die Möbel stammten aus den Siebzigern. Das Sideboard im Flur, das Telefon, das Kruzifix mit dem verdorrten Palmzweig, der Apothekenkalender ...

Die Küchentür stand halb offen, und als er einen Blick hineinwarf, erkannte er eine kleine Frau in blauer Kittelschürze, die am Küchentisch saß und bitterlich weinte.

»Frau Trierscheid?«, fragte er leise. »Kann ich Ihnen helfen?«

Sie schrak zusammen und riss die rot geweinten Augen auf. Dann wies sie mit zitternden Fingern auf einen riesigen Pappkarton auf dem Tisch, in dem zahlreiche Töpfe verstaut waren.

»Ich hab jedacht, ich hätt da wat janz Tolles jekauft«, sagte sie mit brüchiger Stimme. Dann verzog sich ihr runzliges Gesicht wieder in tiefem Seelenschmerz. »Aber dat is alles janz billijes Zeuch!«

Jo nahm eine Pfanne aus dem Karton. Er war kein Kenner, aber er kochte selber gerne und gut genug, um auf einen Blick erkennen zu können, dass es sich bei dem Deluxe-Topfset, das die Kartonbeschriftung versprach, um minderwertigen Schrott handelte.

»Woher haben Sie das?«

»Er hat jesacht, er käm von irjendeiner Messe und hätt noch Ausstellungsstücke, die er janz, janz billich abjeben kann!«

»Wie viel?«

»Dreihundert Euro.«

»Oh, Scheiße«, knurrte Jo. Die Topfset-Nummer. Trick hundertvierzehn. Einer von den ganz miesen.

»Er hat jesacht, normalerweise würden die Töpfe über tausend Euro kosten, un er würd sie mir für vierhundert lassen. Als ich jesacht hab, ich hätt aber nur dreihundert im Haus, hat er jesacht, et wär schon jut.« Wieder begann die alte Frau herzerweichend zu schluchzen. »Meine janze Rente für den Monat!«

Jo schoss plötzlich ein Gedanke durch den Kopf. »War das ein Mann im hellgrauen Leinenanzug? So einer mit Schnäuzer und Frankfurter Kennzeichen?«

»Dat Auto hab ich jar net jesehen«, jammerte Änni. »Aber Schnäuzer un Anzuch ... ja, stimmt.«

Er wog die Bratpfanne in der Hand. »Ich bin in ein paar Minuten zurück!«

Jo rannte aus dem Haus, musste sich einen kurzen

Moment lang orientieren und lief dann zurück zur nächsten Kreuzung. Der Wagen stand noch da. Ein Mazda Kombi in Metallicblau. Jo sah, wie die Fahrertür zuschlug, legte einen schnellen Sprint hin und umrundete den Wagen, dessen Motor gerade angelassen wurde. Breitbeinig stellte er sich vor den Kühler.

Als der Mann hinter dem Steuer den Mund öffnete, um zu protestieren, sah er die Bratpfanne und verriegelte mit einem raschen Handgriff sein Auto.

»Komm da raus, du Kanaille!«, rief Jo. Mit der Pfanne in der Hand fühlte er sich in der Mittagshitze ein bisschen wie Gary Cooper in *High Noon*.

Die Seitenscheibe wurde ein paar Zentimeter heruntergefahren, und der Typ rief mit unnatürlich quäkender Stimme: »Geh da weg, Mann, oder ich fahr dich platt!«

»Ich zähle bis drei, dann habe ich die Kohle!«

»Verpiss dich!«

»Eins!«

»Ich mach ernst, Mann! Ich fahr über dich drüber!«

»Zwei!«

Der Schnurrbart jagte den Motor hoch.

»Drei!« Jo holte weit aus und zerschmetterte mit einer fast schon eleganten Rückhand den linken Scheinwerfer. Es klirrte laut durch die mittägliche Stille.

»Scheiße, du Penner! Bist du bescheuert? Scheiße, Scheiße, Scheiße!«, quäkte der Mann im Auto.

»Und noch mal: Drei!«, rief Jo und schlug mit der Bratpfanne auch den anderen Scheinwerfer kaputt, dass die Glassplitter nur so durch die Gegend schossen.

»He, du Wichser hast Eins und Zwei übersprungen!« Das Kreischen wurde immer schriller.

»Ich wusste, dass du es drauf ankommen lässt! So, Freundchen, und jetzt die Frontscheibe!«

»Hilfeee!«

Die Frau von vorhin trat auf die Straße. Im Glauben, dem bedrohten Autofahrer helfen zu müssen, fragte sie laut:»Soll ich die Polizei rufen?«

»Nein, bloß nicht!«, kam es aus dem Fensterspalt. »Keine Polizei, keine Polizei!«

Gerade als Jo ausholte, um die Frontscheibe zu zertrümmern, öffnete sich die Fahrertür, und der Mann im hellen Leinenanzug kletterte zitternd ins Freie. Er zog langsam sein Portemonnaie aus der Gesäßtasche. Unter seinen Achseln hatten sich große, dunkle Schweißflecken gebildet.

»Hier«, wimmerte er. »Hier, zweihundertfünfzig hat mir die Alte gegeben.«

Jo hob drohend die Pfanne.

»Okay, dreihundert! Dreihundert hab ich gekriegt. Hier sind die verdammten dreihundert!«

»Und noch hundert obendrauf!«

»Was? Wie? Ey, Scheiße, Mann, wieso ...«

Eine einzige Bewegung mit der Pfanne genügte. »Okay, okay, schon gut. Vier! Hier sind vier, okay?«

Jo nahm das Geld entgegen und ließ es in seine Hosentasche verschwinden. »Und jetzt verzieh dich und trau dich nie wieder hierher.« Der Mann wollte noch etwas erwidern, aber Jo hielt ihm den ausgestreckten Zeigefinger vor die Nase. »Eifelverbot, kapiert?«

Er ging zurück zur Straßenkreuzung, und als halblaut ein empörtes »Und mein Deluxe-Topfset?« hinter seinem Rücken ertönte, fuhr er noch einmal herum und schleuderte die Pfanne los, die mit ein paar turbulenten Hüpfern und lautem Geschepper über den heißen Asphalt auf den Mann zusprang, der gerade noch ausweichen konnte.

»Deluxe«, knurrte Jo verächtlich.

Mit ein paar unverständlichen Flüchen sprang der Kerl zurück in seinen Kombi und raste mit aufheulendem Motor davon. Die Frau im Türrahmen blickte ihm fassungslos hinterher.

18. Kapitel

Änni Trierscheid konnte ihr Glück immer noch nicht fassen. »Dreihundertfünfzich Euro! Aber ich hab dem doch nur dreihundert jejeben!«

Jo wischte sich zufrieden über den Mund. Er hatte das Gefühl, schon seit Monaten nicht mehr so gut gegessen zu haben. Die kleine, schrumpelige Änni hatte ihm einen Berg dicker Bohnen in heller Soße mit glänzenden Speckschwarten auf den Teller geladen. Während er aß, hatte sie immer wieder die Geldscheine auf dem Küchentisch auseinandergefächert und gezählt. Und erneut gezählt.

»Sie sin en Engel, wissen se dat?«, hauchte sie jetzt ergriffen.

»Und Sie eine wunderbare Köchin.«

Eine fast mädchenhafte Röte ließ ihre Bäckchen glänzen. »Ich koche so jern. Früher hab ich für die janze Familie jekocht. Und auf der Kommunion un den Jeburtstagen von den Leuten haben se mich immer jeholt. Dat hat immer allen jut jeschmeckt.« Sie wackelte zu dem alten Küchenschrank und kramte darin herum. Dann brachte sie ein Flasche mit blutroter Flüssigkeit zum Vorschein. »Aufjesetzter? Lecker Schlehe?«

Jo breitete lachend und mit wehrloser Geste die Arme aus. »Warum nicht.«

»Zur Verdauung.« Sie schenkte ihm und sich selbst ein Pinnchen ein. Dann tranken sie.

»Und heute kochen Sie nur noch für sich allein?«, fragte Jo.

»Nee, für den Kaspareks Theo koch ich immer noch mit. Jeden Mittag. Der wohnt am Ende von der Straße. Janz allein. Der hat keine Frau, die ihm wat kocht, da mach ich dat.«

»Kasparek?« Jo tat so, als müsste er nachdenken. »Dem gehören auch die großen Mietshäuser in Schlehborn, oder?«

»Oh ja, un net nur die!« Sie machte eine abwinkende Handbewegung, die bedeuten sollte, dass das noch gar nichts war. »Überall hat der Häuser. Der hat sich janz schön wat aufjebaut in den letzten zwanzich Jahren.«

»Und Ihr Haus? Ist das auch seins?«

»Ja, der lässt mich hier wohnen.«

»Sicher günstiger, wo Sie ihm doch jeden Mittag was zu essen kochen?«

»Nee, nee, dat hat damit nix zu tun. Die Miete zahl ich schon voll. Dat mit dem Kochen mach ich ja nur aus Spaß.«

Jo wurde immer neugieriger auf diesen Typen. Eine alte Oma in einer solchen Bruchbude hausen und sich umsonst von ihr bekochen zu lassen …

Änni Trierscheid war offenbar in dem Glauben, er habe zufällig das schmutzige Haustürgeschäft mitbekommen und sitze deshalb jetzt an ihrem Küchentisch. Warum er wirklich in Uedelhoven war, das ahnte sie nicht. War auch besser so.

»Ich komme aus Schlehborn«, sagte er und trank sein Pinnchen leer. Als sie nachschenken wollte, lehnte er ab. »Vom Fringshof.«

Ihre Äuglein glänzten mit einem Mal freudig. »Och, vom Fringshof? Da arbeitet doch der Pole. Wie heißt der noch?«

»Arkadi.«

»Jenau«, sagte sie und schlug heiter die Hände zusammen. »Dat is en feiner Kerl. Un lustich!«

Lustig? Arkadi?

»Dem seine Cousine, die Valeska, die is damals für zwei Jahre hier rüberjekommen, für meinen Jupp zu pflegen, als der bettläjerich wurde. Un als der dann tot war, is die wieder nach Polen jejangen. Die war fleißich.« Sie setzte eine bedeutungsvolle Miene auf. »Die sin alle fleißich, dat können se mir jlauben. Ejal, wat die Leute sagen. Grüßen Se den Arkadi mal lieb von mir.«

Jo nickte zögernd. Das würde er natürlich nicht tun. Zu viel Lob brachte den Polen am Ende noch auf falsche Gedanken, was seine Entlohnung anging.

Änni Trierscheid lachte wieder glucksend. »Vom Fringshof sin Sie, nee, nee. Dann hab ich Ihre Eltern jut jekannt. Oh, wat ham wir früher schön zusammen jefeiert. Un auch Ihren Bruder hab ich jekannt, den Michel.« Sie senkte die Stimme. »Dat war ja dann auch schlimm, wat mit dem passiert is.«

»Ja, schlimm.« Jos Blick verlor sich für einen kurzen

Moment im Muster der Wachstuchtischdecke. Das war es, und das würde es immer bleiben: schlimm.

»Un demletzt is ja auch die Frau in Schlehborn totjeblieben. Die aus England.«

»Aus Amerika.«

»Die hatte so 'nen komischen englischen Akzent, da dacht ich, die käm aus England.«

»Haben Sie sie mal kennengelernt?«

Sie riss die Augen weit auf. »Ja sicher! Da hat die jesessen, da wo Sie jetz sitzen.«

Damit hatte er nicht gerechnet. »Sie war hier bei Ihnen? Lorna Weiler?«

»Ja sicher dat. Un wir haben auch Schlehenaufjesetzten jetrunken, jenau wie ich mit Ihnen jetz. Wollen Se doch noch einen?«

Er ging nicht auf das Angebot ein. »Was wollte sie denn von Ihnen?«

Änni Trierscheid bemerkte gar nicht, dass sein Interesse plötzlich übergroß wurde. Er musste sich bremsen, damit das so blieb. Die richtigen Fragen, die würden ihn weiterbringen.

»Zum Theo wollte die. Zum Kasparek. Un irjendwer hat der jesacht, dat se da nur hinkäm, wenn se vorher mit mir sprechen würde. Aber ich hab der gleich jesacht, dat dat nix nützt, bei dem zu klingeln. Der lässt keinen rein, der Theo.«

»Ist schon komisch, dass die zu ihm wollte, oder?«

»Die hatte ja mal die alte Mühle von dem jekauft. Vielleicht war da irjendwat net in Ordnung. Aber dat is doch schon Jahre her.« Änni legte den Kopf schief und kramte in ihrer Erinnerung. »Nee, da war wat anderes.

Die hat richtichjehend versucht, mich wejen dem Theo auszufragen. Wie der so als junger Mann war, un wat der so jearbeitet hat, dat der an all dat Jeld jekommen is, un so wat alles.« Sie strich mit ihren knotigen Fingern über die Tischdecke, um ein paar imaginäre Krümel wegzufegen. »Wissen Se, der Theo, der is eben jern allein, da is doch nix jejen zu sagen, oder? Der hat mich un seinen Cousin, der is Rechtsanwalt in Blankenheim, der kommt ihn manchmal besuchen, un der alte Quirin, der bringt ihm manchmal Holz un en bissjen Obst, den kennen Se ja sicher. Aber dat mit der Amerikanerin, dat war schon komisch, muss ich sagen. Die machte sich auch richtich Notizen un so. Un die hatte auch so 'nen braunen Umschlach mit Papieren bei sich, wo Fotokopien drin waren. Dat sah alles so wichtich aus.«

»Fotokopien?« In dem Moment, in dem Jo die Frage gestellt hatte, merkte er auch schon, dass er eine Spur drüber war. Er versuchte, es wegzulachen. »Jetzt höre ich mich schon so an wie die Amerikanerin, was?«

Aber Änni strahlte ihn an. »Ach nee, wir sitzen doch jetz hier un schwätzen nur so en bissjen. Dat is doch wat janz anderes. Wo Sie mir doch vorhin so jeholfen haben.«

Er schob ihr das Schnapsglas hin. »Ich nehme vielleicht doch noch einen Kleinen.«

Sie schenkte kichernd ein, und sie tranken. Fast glaubte Jo, der Erzählstrom sei versiegt, da sagte sie plötzlich mit zusammengekniffenen Augenbrauen. »Zeitungsartikel waren dat, glaub ich. Aber fragen Se mich net, wat da drinstand.«

Natürlich würde er das nicht tun, auch wenn er darauf brannte, es zu wissen. Er durfte sie nicht drängen.

»Die war nett un freundlich un so, aber ich weiß bis heut net, wat die von dem Theo wollte. Ob der mal verheiratet jewesen wär oder net, ob der Kinder hätt, ob der en Auto hätt oder en Motorrad, all so wat. Wissen Se, ich lass mich doch net ausfragen!«

»Ja, wirklich!« Jo spielte den Empörten, und Änni beugte sich zu ihm hinüber.

»Ich glaub, die is en bissjen seltsam jeworden, da unten in ihrer Mühle im Wald. Auf den Theo lass ich jedenfalls nix kommen ... Oh Jott!« Plötzlich schrak sie zusammen.

»Was ist denn?«

»Der Theo. Jetz hab ich dem dat Mittachessen jar net jebracht. Der arme Kerl hat doch sicher Hunger. O wieh, o wieh!« Sie sprang auf und begann, fahrig mit den Schüsseln zu hantieren.

»Ist denn noch genug da?« Jo hatte immerhin eine Riesenportion verdrückt.

»Ja, dat reicht noch. Ich brauch ja selbs nix. Mir is dat janze Jedöns vorhin auf de Magen jeschlagen.«

Jo erhob sich und legte ihr sanft die Hand auf die Schulter. »Wissen Sie was, Frau Trierscheid? Jetzt geben Sie mir mal hübsch den Kessel, und dann trage ich das Essen zum Kasparek rüber. Erklären Sie mir nur, wo er wohnt, und dann ruhen Sie sich mal ein bisschen aus. Das war doch alles ein bisschen viel für Sie.«

Ihr kleines, runzliges Gesicht strahlte ihn von unten an. »Ich sach et ja, Sie sin en Engel.«

Ein paar Minuten später ging er die Kreuzstraße entlang und trug den altmodischen, schwarzen Kochkessel vor sich her wie ein Weihegefäß. Änni hatte ihm zwei Topflappen mitgegeben, weil die Griffe heiß waren.

Das Haus, in dem Theo Kasparek lebte, war ein heruntergekommener, ehemaliger Bauernhof, dessen Wetterseite mit gewellten Platten aus Teerpappe verkleidet war, die sich windschief und ramponiert gerade noch so an der Fassade hielten. Die braune Farbe der Fenstereinfassungen blätterte allenthalben ab, und im ersten Stock war tatsächlich eine fehlende Scheibe des Sprossenfensters durch ein Stück Pappe ersetzt worden. Den Pflegezustand von Kaspareks Besitztümern schien man durchgängig als erbarmungswürdig bezeichnen zu können.

Jo klingelte mit dem abgespreizten kleinen Finger der rechten Hand. Ein altmodisches Schrillen ertönte irgendwo hinter dem Scheunentor.

Es dauerte eine Weile, bevor sich etwas tat. Leise, schnelle Schritte, Schlüsselgeklimper und das Geräusch eines Riegels, der zur Seite geschoben wurde, und schließlich öffnete sich die hölzerne Tür, die ins große Tor eingelassen war, einen Spalt breit.

Ein mürrisches Gesicht empfing Jo. Zwei stechende Augen, umrahmt vom klobigen Brillengestell aus Horn. Auf der hohen Stirn, an deren Seiten lange, weiße Haare in alle vier Himmelsrichtungen abstanden, bildeten sich tiefe Falten.

»Was wollen Sie?«, schnarrte der Schrat.

Jo hob den Kessel in die Höhe. »Von Änni. Ihr geht es nicht gut, und sie hat mich gebeten, unbedingt das Essen zu Ihnen rüberzubringen.«

Die Falten wurden noch tiefer.

»Wer sind Sie?«

»Ein Neffe.«

»Neffe?« Seine Worte kamen abgehackt und pfeilschnell.

»Aus Hamburg.«

»Neffe aus Hamburg?«

»Nicht direkt aus Hamburg, sondern ...«

Der Türspalt vergrößerte sich, und zwei blasse, dünne Hände schossen nach vorne. »Geben Sie her!«

»Vorsicht, es ist heiß!«

Die Hände tasteten unbeholfen herum, um eine Stelle an dem Kessel zu finden, an denen sie zupacken konnten, ohne Schaden zu nehmen. Jo stellte sich absichtlich ungeschickt an, als er versuchte, Kasparek die Griffe samt Topflappen zu überlassen.

»Dicke Bohnen mit Speck«, sagte er. »Noch ganz heiß. Am besten, ich stelle es direkt in der Küche auf den Herd.«

Kasparek zögerte einen Moment. Dann schnarrte er: »Dann aber fix!«

Die Tür öffnete sich gerade so weit, dass Jo hindurchschlüpfen konnte, und schloss sich sofort hinter ihm mit einem lauten Donnern. Der hinter dem Tor liegende Innenhof war unbefestigt, und in riesigen Pfützen stand noch das Wasser des Unwetters der letzten Nacht. Unter einem schiefen Wellblechdach erkannte er einen vergammelten, dunkelblauen Polo.

»Da vorne!«, sagte Kasparek mit schneidender Stimme und trieb ihn mit schnellen Schritten vor sich her auf die offen stehende Haustür zu.

Das Innere des Wohnhauses sah ebenso verkommen aus, wie die abgewrackte äußere Hülle. Jedes der wenigen Möbelstücke hätte nicht mal die Caritas angenommen, und die hässlichen Styroporplatten der Deckenverkleidung schienen nur noch Spucke und guter Wille an ihrem Platz festzuhalten.

»Da, in die Küche!«, schnarrte Kasparek. »Da, auf den Herd!«

Jo setzte den Kessel ab und erlaubte sich einen neugierigen Blick durch das Zimmer, während Kasparek in einem wackligen Geschirrschrank kramte. »Den Kessel können Sie gleich wieder mitnehmen. Kann sie selber spülen.«

Jo entdeckte an der Wand neben dem alten Küchenherd ein hölzernes Bord, an dem Kasparek an kleinen Nägelchen Teebeutel zum Trocknen aufgehängt hatte.

»Dürfte ich mal Ihre Toilette …«

Der Mann fuhr zu ihm herum und starrte ihn mit weit aufgerissenen Augen an. Weltuntergang!

»Bitte, es ist wirklich dringend.«

Jo wurde Zeuge eines erbitterten Kampfes. In der gebückten Gestalt, die da mit einem schartigen Porzellanteller in der Hand vor ihm stand, droschen ein »Ja« und ein »Nein« mit unnachgiebiger Härte aufeinander ein. Als Jo eine Euromünze aus der Hosentasche kramte, und sagte: »Für Wasser und Strom«, schlossen sie mit einem unwillig ausgespuckten »Meinetwegen« den Waffenstillstand.

Die Toilette befand sich am Ende des kleinen Flurs, und in dem Moment, in dem Jo den winzigen, fensterlosen Raum betrat und das Licht einschaltete, wusste er, dass er hier nicht mal gekonnt hätte, wenn er wirklich gemusst hätte. Hier war seit vielen Jahren nicht mehr sauber gemacht worden. Eine struppige Zahnbürste steckte in einem roten Plastikbecher mit weißen Punkten. Ein erbärmliches Stückchen Seife lag rissig und verkrustet in der Mulde. Er traute sich nicht, den Klodeckel anzuheben. Er schloss die Tür ab und zählte bis fünfzig. Dann betätigte er den schwarzen Hebel am Porzellanspülkasten und drehte danach mit spitzen Fingern den Wasserhahn auf.

Das alles wollte er nicht mehr. Er hatte in den versifftesten Kneipentoiletten Europas gepinkelt, in denen die Fixer in der Ecke lagen, und die Penner die Schüsseln vollgekotzt hatten, er hatte italienische Plumpsklos und französische Hocktoiletten benutzt, und jetzt war er der Meinung, dass er das einfach nicht mehr nötig hatte.

Als er wieder in den Flur trat, hörte er das Klappern des Löffels, mit dem Kasparek das Essen aus dem Topf schabte.

Er sah nach links durch eine offenstehende Tür. Ihm blieben nur Sekunden. Er blieb ihm Rahmen stehen und ließ den Blick kreisen. Alles, was er sah, musste er speichern. Er konnte das gut. Diese Eigenschaft hatte ihm in der ein oder anderen Räumlichkeit die heimliche nächtliche Wiederkehr erleichtert.

Es war eine Art Büro. Gelbliche Raufasertapete, alter Schreibtisch, alter Drehstuhl mit vier Rollen. Ein deckenhoher Regalschrank mit sich biegenden Brettern, randvoll mit Aktenordnern. Jeder einzelne mit schwarzem Filzstift beschriftet. *Uedelhoven, Kreuzstraße – Hallschlag, Trierer Straße – Schlehborn, Fuhrweg 12 – Schlehborn, Fuhrweg 14 …* Das waren die Akten zu Kaspareks Immobilien.

Nirgends sah er die Sägemühle. *Dorsel, Ahrstraße – Zilsdorf, Talstraße* … Es waren sicher fast dreißig Ordner dieser Art. Da war kein weiterer mit der Aufschrift Schlehborn. Die Mühle war für Kasparek wahrscheinlich abgehakt.

Und dann sprang ihm plötzlich *Rohr, Kamerhof* in die Augen, und im selben Moment trat Kasparek aus der Küche. Aus dem Kessel, der an seiner Seite in der rechten Hand baumelte, tropfte helle Soße auf den Kachelboden. »Was machen Sie da?«

»Nichts, nichts. Ich bin Innenarchitekt. Immer auf der Suche nach neuen Inspirationen.« Er grinste Kasparek frech an und nahm den Kessel und die Topflappen entgegen.

»Raus, aber sofort!«

Mit betont lässigem Schritt durchquerte Jo den Hof und ließ sich von Kasparek die Tür aufschließen, die dieser zuvor wieder sorgfältig verriegelt hatte.

Seine Gedanken kreisten um den Aktenordner, der als einziger sein Interesse geweckt hatte. Kein anderer als Kasparek war also der Besitzer des Gnadenhofs am Rande von Rohr.

Dies war der Moment, in dem Jo aus seiner langjährigen Erfahrung heraus einfach nicht mehr an einen weiteren Zufall glauben konnte.

Und als Kasparek ihn, bevor sich die Tür für alle Ewigkeit hinter dem ungebetenen Besucher schloss, noch einmal durch den kleiner werdenden Spalt geradezu feindselig anstarrte, erinnerte sich Jo auch daran, wo er das Gesicht dieses Mannes schon einmal gesehen hatte.

Jünger zwar, mit dunklem, wirrem Haar, lachend, und mit einer Bierflasche in der Hand, aber dennoch unverkennbar: auf einer gerahmten, verschossenen Fotografie an der Bürowand der Tierfreundin Rita Otten.

19. Kapitel

Die Ladenglocke klingelte, und Christa blickte kurz von ihrer Arbeit auf, um nach dem neuen Kunden zu sehen. Beate Arnoldy, der sie gerade sorgsam einzelne Haarsträhnen mit der Blondierpaste einstrich, unterbrach die minutiöse Auflistung all der zahllosen Zutaten für das große Buffet zur Goldhochzeit ihrer Eltern nebst Preisen und exakter Angabe jedes einzelnen Supermarkts, in dem sie jeweils was gekauft hatte.

»Guten Tag, Herr Fröhling«, sagte Christa leutselig. »Haben Sie ein bisschen Zeit mitgebracht?«

»Wie bitte?« Fröhling sah sie verständnislos an. Dann begriff er. »Ach so! Nein, ich bin nicht hier, um mich ... Also eigentlich wollte ich Sie nur fragen, ob Sie vielleicht Herrn Dr. Frings etwas von mir geben könnten.«

Er hob das Päckchen, das er bis jetzt unter den Arm geklemmt hatte, hoch. Ein kastenförmiger Gegenstand in einer Kaufhaustüte. Zur Vorsicht hatte er offenbar ein paar Meter Paketklebeband darum geschlungen. »Ich war auf dem Hof, aber er ist nicht zu Hause, und wenn ich ehrlich bin, wäre es mir recht, wenn ich ihm das so schnell wie möglich übergeben könnte.« Er trat von einem Fuß auf den anderen.

Beate Arnoldys und Christas amüsierte Blicke begegneten einander kurz im Friseurspiegel. Für alle Frauen des Dorfes war Fröhling der Inbegriff des verklemmten Hans Wursts. Es gab unzählige Witze, die über ihn kursierten.

»Ja, das tut mir leid, Herr Fröhling.« Christa unterbrach ihre Tätigkeit nicht. »Sie können es natürlich hier lassen. Ich denke, dass Jo auf jeden Fall nachher noch vorbeikommen wird.«

»Hier lassen?« Fröhling fragte das so gequält, als wäre das gleichbedeutend mit »auspacken und im Gemeindehaus öffentlich ausstellen«.

»Ja, oder wenn er kommt, sage ich ihm einfach, dass er es bei Ihnen zu Hause abholen soll.«

»Bei mir zu Hause?« Das klang noch erschrockener. »Nein, dann lasse ich es wohl besser hier. Sagen Sie Herrn Dr. Frings bitte noch mal ein herzliches Dankeschön. Er weiß schon, wofür. Das hier hatte ich völlig vergessen, ihm gegenüber heute Morgen zu erwähnen. Er weiß schon, was er damit anfangen kann.«

Bevor er es auf der Glastheke abstellte, zögerte er kurz. Als Beate Arnoldy in diesem Augenblick ein leises Kichern entschlüpfte, blickte er konsterniert von dem Paket auf, setzte es dann schließlich doch entschlossen ab und verschwand mit einem knappen Gruß und wehenden Jackettschößen durch die Tür.

»Meine Güte, das ist ja vielleicht ein Waschlappen«, entfuhr es Beate. »Unser Johannes hat den in Geschichte. Den hättest du mal beim Elternsprechtag erleben sollen, als ich mein petrolfarbenes Spaghettiträgertop anhatte. Der hat regelrecht gesabbert.«

Christa legte den Pinsel beiseite, nachdem sie die letzte Strähne eingestrichen hatte, und streifte die Einweghandschuhe ab.

»Entschuldige mich einen Moment. Bin gleich wieder da.«

Sie nahm das Paket von der Theke und trug es in den Aufenthaltsraum hinterm Laden.

Als sie kurz darauf wieder zurückkehrte, grinste Beate sie im Spiegel herausfordernd an und sagte: »Mann, bist du neugierig!«

»Ich hab es nur weggepackt.«

»Und reingeguckt.«

»Natürlich nicht.«

Sie konnte nichts anfangen mit dem, was in der Tüte steckte. Ohne Hemmungen hatte sie das Klebeband mit der Frisierschere zerschnitten, um einen kurzen Blick in das Innere zu werfen. Eine große, viereckige Lebkuchendose voller Fotografien war darin. Lauter Fotografien von Lorna Weilers Kunstwerken.

Was interessierte Jo denn nur so an dieser Frau?

* * *

Sie saßen auf der Terrasse hinter Christas Haus. Die Amseln sangen der Abendsonne hinterher. Im Wohnzimmer lümmelte sich Ricky vor dem Fernseher und wechselte nahezu im Minutentakt wichtige SMS-Nachrichten mit Toby, während sie Chips aß und dazu noch ein Laptop auf dem Schoß balancierte.

Christa hatte ein paar Brote gemacht, die sie gemeinsam vertilgt hatten. Fast fühlte sich alles an wie eine ganz normale Durchschnittsfamilie.

Das wäre zu viel für ihn. Aber Gott sei Dank gab es da noch diese Blechkiste, die auf dem Boden neben den Gartenmöbeln stand, und ihren Inhalt, der jetzt ausgebreitet auf dem Tisch lag. Jo nahm eine Prise Schnupftabak, atmete tief durch und machte einen weiteren Versuch:

»Es ist nicht Lorna Weiler, die mich interessiert, Christa. Es ist das Rätsel, das sie mir hinterlassen hat, versteh das doch.«

Christa nippte an ihrem Weinglas und meinte schnippisch: »Schon klar. Wenn du denkst, dass du das tun musst, dann bitte.«

Er schob seufzend Fotos hin und her, drehte sie, wendete sie, suchte nach Notizen auf den Rückseiten, versuchte sie thematisch zu ordnen, so wie er es schon seit fast einer Stunde tat. Es waren Hunderte von Bildern. Einige wenige von ihnen zeigten zweidimensionale Gemälde und Zeichnungen. Portraits und Stillleben, Theaterkulissen und Wandmalereien. Das schien eine frühe Phase von Lornas Schaffen zu sein. Dem gegenüber stand eine Unzahl von abfotografierten Plastiken in allen möglichen Größen. Auf manchen waren Menschen zu sehen. Betrachter in Museen, die die Proportionen der ausgestellten Objekte erahnen ließen. Andere waren klein. In Holzrahmen gefasst, waren seltsame Konstrukte aus unterschiedlichsten Gegenständen zu erkennen. Glänzender Kupferdraht knotete sich um kleine Kunststoffsoldaten, Alditüten waren zu bunt glänzenden Wülsten gewrungen, die sich um alte Autowischblätter wanden, und immer wieder Holz, Holz, Holz … *Totholz.*

Es verschwamm mittlerweile alles vor Jos Augen.

»Für mich ist das alles Müll«, sagte Christa trocken. »Aufgetürmter, verknoteter, verdrehter Müll, nichts anderes.«

Jo lächelte schwach. »Du bist ja nur intellektuell überfordert.«

»Überfordert schon. Aber nur wenn ich darüber nachdenke, in welche Wertstofftonne das Zeug jeweils gehört.«

Er drückte ihr einen Kuss auf die Wange und erhob sich schwerfällig. Die Beine des Stuhls schrubbten mit einem unangenehmen Geräusch über die Bodenplatten. »Wahrscheinlich hast du recht.« Er rieb sich stöhnend die Augen. Dann stieß er einen wütenden Laut aus und gab der Blechdose einen Tritt, sodass sie klappernd über den Rasen tanzte und unter einem kleinen Strauch mit rosa Blüten liegen blieb. »Es reicht. Ich kann nicht mehr.« Er machte ein paar schleifende Schritte entlang der Beete.

Christa hielt eins der Fotos hoch und schüttelte abschätzig den Kopf. »Jeden verdammten Tag schneide ich Haare. Es ist immer dieselbe Arbeit, aber ich gebe mir wirklich Mühe, dass es schön aussieht. Es muss zum Typ passen. Es muss modern sein. Es muss schick sein. Vielleicht gelingt es mir nicht immer, aber ich gebe mir wirklich, wirklich Mühe. Aber das hier …« Wieder schüttelte sie den Kopf. »Ist das Kunst? Hat das was mit Können zu tun? Ich meine, ein paar verrostete

Motorradkennzeichen und ein paar Ästchen drumherum, und ... was ist das? Kann man kaum erkennen, so verrostet ist das ...«

Jo hob die Blechdose vom Rasen auf und bog den verbeulten Deckel wieder so hin, dass sie sich schließen ließ. »Wir packen das alles weg. Für heute reicht es. Du hast recht, Christa, ich verrenne mich. Das tut uns nicht gut.« Er sah zu ihr hinüber, aber sie reagierte nicht. »Christa?«

Sie hatte das Weinglas weggestellt und beugte sich jetzt ganz konzentriert über eines der Fotos.

»Christa?«

Jetzt zog sie das Windlicht näher heran, um besser erkennen zu können, was auf der Fotografie abgebildet war. »Das ist alles nur noch Rost. Guck mal, Jo, über und über mit Rost bedeckt, aber man kann trotzdem was erkennen. Glaube ich zumindest. Sieh mal hier, ist das nicht ...«

Er trat hinter sie und beugte sich hinunter.

Ein Pilz, ein Blümchen, ein totes Eichhörnchen, so hatte er am Vormittag noch gedacht. Oder auch etwas, was nicht in den Wald hineingehörte: Ein Kondom, ein Schuh, eine Colabüchse ...

Nun, das, was er auf diesem Foto sah, war nichts von alldem. Christa hatte die verbeulten, fleckigen Motorradkennzeichen erwähnt. Sie trugen die Buchstaben VIE für Viersen. Da waren auch wieder die unvermeidlichen Zweige, zu einem dichten Geflecht miteinander verbunden. Sie hielten etwas im Zentrum des Kunstwerks fest. Der Gegenstand war klobig, aus Metall, gänzlich rostbraun. Es war ein toter Gegenstand, nicht mehr funktionstüchtig, aber er war einmal ein Symbol der Gewalt gewesen: ein Revolver.

»Das ist einer von Lornas Rahmen! Einer aus ihrer *German-Garbage*-Serie, die an der Wand im Atelier hängt«, sagte Jo aufgeregt. »Siehst du, man kann hier am Rand und dort auch gerade noch die Rahmen rechts und links davon erkennen!«

»Ist das wichtig?«, fragte Christa erschrocken. »Habe ich jetzt was Wichtiges entdeckt?«

»Ich weiß noch nicht. Lass mich überlegen.« Jo machte ein paar weit ausholende Schritte über den Rasen. »Ein Revolver. Im Totholz versteckt. In einer Tüte? Einer Tüte aus Frankreich, ja!«

»Da sind auch Patronen, Jo!«, rief Christa jetzt ebenfalls aufgeregt. »Auch total verrostet. Ganz sicher, das sind sechs Patronen!«

»Tüte aus Frankreich.« Jo schloss die Augen und hielt die Hände gefaltet vor den Mund, während er hin und her ging. »Die Mühle wurde gekauft und leer geräumt. Alles ist weg. Nur das nicht, was nicht im Haus war. Das, was jemand hinter der Hütte im Wald versteckt hat. Viersener Kennzeichen ... Motorräder ... das Foto mit Rita, Kalleinz und Kasparek. Kennzeichen ... Kennzeichen ... Warum versteckt jemand Kennzeichen? Vor zwanzig Jahren. Der Lottogewinn von Kalleinz! Der Beginn von Kaspareks Immobilienkarriere! Motorräder ... Waffe ...«

Er sprang auf Christa zu und schlug mit der Faust in die flache Hand. »Ein Banküberfall!«

»Was meinst du?« Christa schenkte sich mit zitternden Händen Wein nach. »Ein Banküberfall? Hier? In der Eifel? Wann soll das gewesen sein?«

»Es ist nur eine Vermutung, aber ich denke, es müsste zwanzig Jahre zurückliegen.«

Christa murmelte Jahreszahlen vor sich hin. »Mitte der Neunziger. Da war was ... da war was.« Ihr Gesicht hellte sich auf. »Da war eine Motorradbande unterwegs, glaube ich. In Mayen, das weiß ich noch. Und in Andernach auch. Ich bin mir nicht ganz sicher, aber das ging, glaube ich, monatelang so.« Sie kaute auf ihrem Daumennagel herum. »Hat es da nicht sogar einen Toten gegeben?«

Jo stürmte ins Wohnzimmer, und Ricky stieß vor Schreck die Schüssel mit Chips von der Sofalehne. »He!«, protestierte sie. »Drehst du jetzt total durch?«

»Einmal, nur ein einziges Mal mach mit diesem Ding da auf deinem Schoß was Vernünftiges!«, flehte er sie an.

»Sag mal, ich glaub, es häkelt!«

»Bitte!«

Er nannte ihr die Begriffe, die sie per Suchmaschine durchs Netz schicken sollte: Motorräder, Banküberfall, Mayen.

»Irgendeine Jahreszahl?«

»Wir haben nichts Konkretes.«

Ihr Handy vibrierte. Wieder eine Nachricht von Toby.

»Warte 'nen Moment«, sagte Ricky und wollte eine Antwort senden, als Jo sie anherrschte: »Verdammt, kann das nicht mal ein paar Minuten warten?«

»Okay, klar.« Verunsichert folgte sie seinen Instruktionen und tippte auf der Laptoptastatur. Dann betätigte sie die Enter-Taste.

»Und?«

»'ne Menge. Guck mal selbst.« Sie drehte den Laptop auf ihrem Schoß so, dass er erkennen konnte, was auf dem Bildschirm zu sehen war. »Was für dich dabei?«

Jos Blick glitt über die aufgelisteten Suchergebnisse. Christa war hinter ihn getreten und legte ihre Hand auf seine Schulter. Gemeinsam starrten sie auf den Bildschirm.

Jo deutete mit angehaltenem Atem auf eine der Zeilen. »Das da.«

Ricky klickte auf den Link, und eine neue Seite öffnete sich. Es war ein Eintrag im Online-Archiv der *Rheinzeitung* vom April 2004: *Zwanzig Jahre danach: Motorradbande nie gefasst, 14 Überfälle, 1,6 Millionen DM und 1 Toter.*

20. Kapitel

Er stellte den Munga an der Straße ab und ging zu Fuß den Waldweg hinunter. Hier unter den Bäumen war nach dem Gewitter der Schlamm an manchen Stellen immer noch fast knöcheltief. Er hatte keine Lust, sich hier im Dunkeln festzufahren. Nach zehn Minuten erreichte er sein Ziel.

Die Mühle lag so still und tot da, wie es nun auch ihre Bewohnerin war. Und wie die Mitglieder der Familie, die sie einst erbaut und von Generation zu Generation weitergegeben hatte. Was würde nun mit dem alten Gemäuer passieren? Würde die Historie im Räderwerk der Verwaltung zermahlen? Fanden sich am Ende ein paar Freiwillige, die einen Verein gründeten, um das Bauwerk zu erhalten? Ihm neues Leben einzuhauchen?

Es klang absurd, dass man einen Haufen morscher Balken und feuchter Steine unter Umständen wiederbeleben können würde, dass aber die, die hier gelebt hatten, für immer verschwunden waren.

An der Eingangstür klebte ein neues Polizeisiegel über dem zerrissenen, alten.

Den Weg zu der Klappe am hinteren Teil des Gebäudes kannte Jo. Der weiße Lichtfleck, der vor ihm her tanzte, diente nur dazu, dass er nicht stolperte.

Es gelang ihm ohne Mühe, ins Haus einzusteigen, da die Klappe wie erwartet nach wie vor unentdeckt geblieben war. Das Licht funktionierte noch. Wie lange würde es wohl dauern, bis sie den Strom abschalteten? Was würde überhaupt mit all dem passieren, was Lorna hier hinterlassen hatte? Hatte sie ein Testament gemacht? Vielleicht würde Pauline ihre ganzen Kunstwerke erben. Vielleicht gab es aber auch irgendwo Verträge mit Kunsthändlern oder Museen, die eine Regelung für diesen Fall vorsahen.

Auf dem Weg in das Atelier nahm er im Halbdunkel die verwischten Blutflecke an der Wand und auf dem Holzboden wahr, die nun fast schwarz aussahen. Hier hatte alles angefangen. Jedenfalls alles, was sich in dieser verhängnisvollen Nacht zugetragen hatte.

Im Atelier verglich er das Foto in seiner Hand mit den Rahmen, die an der Wand hingen. Es war so, wie er vermutet hatte: Die Bilder links und rechts davon hingen an ihrem Platz, zwischen ihnen klaffte eine Lücke.

Wer immer Lorna getötet hatte, hatte auch dieses Kunstobjekt mitgenommen. Er hatte die Kennzeichen, von denen Jo annahm, dass sie gefälscht waren, die Patronen und vor allem die Waffe verschwinden lassen. Dieses Mal wahrscheinlich für immer.

Auch das Laptop und das Mobiltelefon von Lorna fehlten. Fast wäre es dem Täter gelungen, alle Spuren zu verwischen, die nur allzu deutlich auf das hinwiesen, was Lorna gleichzeitig mit ihrem Fund im Totholz aus der jahrelangen Versenkung geholt hatte. Auf eine Tat, die jemand bis vor Kurzem erfolgreich vertuscht hatte.

Bei der vierzehnten Bank war alles aus dem Ruder gelaufen. Bis dahin waren die Überfälle nach dem stets gleichen Muster ausgeführt worden. Es waren drei Personen in Motorradkombis, die vor der Bank vorfuhren. Eine Person wartete draußen und passte auf die Fahrzeuge auf. Zwei andere stürmten die Bank ohne den Versuch, dabei unauffällig zu bleiben. Es ging mit großem Getöse über die Bühne. Laute Kommandos, gezückte Waffen – sie setzten auf den Überraschungsmoment, auf Geschwindigkeit und Einschüchterung. Während eine Person, die später von Zeugen übereinstimmend als weiblich beschrieben wurde, mit der Waffe die Bankkunden in Schach hielt, forderte der Dritte das Geld und überwachte das Personal.

In Adenau in der Eifel fand die Serie ihr Ende. Die Fakten lasen sich nüchtern: Ein Kunde, allem Anschein nach ein Nürburgring-Besucher aus Schleswig-Holstein, wollte offenbar den Helden spielen und versuchte, die Geldübergabe zu vereiteln. Aus der Waffe des Räubers, der gerade den mit Geld gefüllten Rucksack entgegengenommen hatte, löste sich ein Schuss. Der Kunde war auf der Stelle tot. Alle Beteiligten sagten übereinstimmend aus, dass nicht die Frau geschossen habe, sondern der Mann, hinter dessen Motorradhelmvisier mehrere Zeugen eine Brille erkannt zu haben glaubten.

An diesem Tag riss die Bankraubserie abrupt ab. Die Behörden wühlten sich noch jahrelang durch Berge von teilweise widersprüchlichen Zeugenaussagen, überprüften zahllose Motorradbesitzer in Rheinland-Pfalz und Nordrhein-Westfalen, verhafteten dann irgendwann Anfang des neuen Jahrtausends unter großem Medieninteresse die Falschen, und erst vor ein paar Jahren waren die Ermittlungen endgültig eingestellt worden.

Dass nun dieses Bild mit der Waffe fehlte, sagte alles. Jo dachte an Kasparek auf dem Foto im Gnadenhof. Er dachte an Kasparek, der seine Immobilien verrotten ließ, dessen Kamerhof aber gepflegt und gehegt wurde. Er dachte an Kaspareks Hauskäufe, die da begannen, wo die Bankraubserie ihr abruptes Ende gefunden hatte.

Kasparek – Kasparek – Kasparek …

Auf einmal schoss ihm der Gedanke durch den Kopf, dass Quirin der Einzige war, mit dem Kasparek noch irgendeinen Umgang pflegte.

Er kramte sein Handy heraus. Das Mobilfunksignal war schwach.

Er wählte, und nach ein paar Sekunden wurde abgehoben.

Quirins Stimme klang müde. »Du rufst aber spät an, Jo. Ist was passiert?«

»Hör zu, Quirin. Es geht um Lornas Tod.«

»Ach, Jo, weißt du …«

»Hör mir zu! Ich habe ein paar Dinge herausgefunden, die sehr, sehr interessant sind. Ich spreche von Kasparek aus Uedelhoven.«

»Theo?«, kam Quirins Stimme zögernd und ein wenig heiser.

»Lorna hat hinter ihm hergeschnüffelt. In Uedelhoven, im Internet. Hat sie dich auch nach ihm ausgefragt?«

Am anderen Ende herrschte einen Moment lang Stille.

»Quirin?«

»Die Lorna Weiler hat so viel gefragt. Junge, Junge, jetzt erwischst du mich aber wirklich auf dem falschen Fuß.«

»Ich würde dich nicht stören, wenn es nicht wichtig wäre. Was war da mit Lorna und Kasparek? Weißt du etwas?«

»Ich muss nachdenken. Lass uns morgen …«

Jo atmete tief durch. »Bitte, Quirin, der Mord an Lorna … Ich glaube, Kasparek steckt dahinter.«

Wieder dauerte es eine Weile, bis Quirin etwas erwidern konnte. »Du meine Güte, Jo, weißt du, was du da erzählst?« Quirin Leitges atmete schwer. »Das bedeutet ja … Ich meine …«

»Quirin? Hallo? Was ist?«

Jetzt war da fast nur noch ein Flüstern zu hören: »Dann muss ich dir dringend etwas zeigen, Jo.«

»Was?«

»Das wirst du schon sehen. Wir müssen uns treffen. Jetzt sofort.«

»Ich komme zu dir!«

»Nein, du musst zur Hütte kommen.«

»Zur Hütte von Dettenhoven?«

»Genau.«

»Was gibt es da zu sehen? Die Polizei hat jeden Zentimeter in und um die alte Bude abgesucht.«

»Komm einfach … bitte!«

In seiner Stimme war ein flehentliches Zittern, das Jo verunsicherte. Quirin klang fast ängstlich. Das passte nicht zu dem Alten, der sonst voller Tatkraft und Selbstvertrauen steckte.

Jo widerstand der Versuchung, das nutzlose Polizeisiegel zu zerstören und kletterte durch die Klappe ins Freie. So langsam gewöhnte er sich an diesen seltsamen Zugang. Hatte es den eigentlich schon immer gegeben? Früher schon, als er noch als Kind hierhergekommen war? Nein, er war Teil der Waschküche, die irgendwann mit billigen Mitteln hinten ans Haus angebaut worden war. Die Wände waren aus Holz, und das Dach bestand aus dicht bemoostem Wellkunststoff.

Als er am Haus vorbei zum Vorplatz ging, erinnerte er sich wieder an das Kaninchen ohne Fell, an den Vater von Kalleinz, der in einer Ecke des Sägeschuppens manchmal Schnaps gebrannt hatte. Kalleinz hatte immer damit angegeben, und es galt als Mutprobe, von dem teuflischen Gesöff zu probieren.

Er leuchtete mit der Taschenlampe zum Sägewerk hinüber. Da hinten hatten sie gelauert und waren durch das kleine Fenster eingestiegen. Merkwürdig, manche Dinge verlernte man bis ins Alter nicht.

Er ging langsam auf das Gebäude aus dunkel gebeizten Bohlen zu. Wo immer er in den Wäldern um Schlehborn herum unterwegs war, stets fand er die Wege seiner Kindheit. Instinktiv.

Es kam ihm wieder in den Sinn, dass sich die Mühle für ihn früher nie so recht in seine innere Landkarte eingefügt hatte. Jetzt kam ihm der Gedanke, dass es sich heute anders verhielt. Er erinnerte sich an einen Pfad, den sie bergab gelaufen waren, wenn sie zu der Mühle kamen. Tanzend streifte das Taschenlampenlicht die Bäume und huschte über den Waldboden.

In seinem Kopf setzte er die Kartensegmente zusammen. Hier lag Schlehborn, da die Mühle, und da ... Er war verblüfft, als er plötzlich begriff, dass zwischen der Mühle und der Jagdhütte in Wirklichkeit nicht mal zwei Kilometer lagen. Verschätzte er sich da auch nicht? Mit dem Auto musste man erst einen riesigen Umweg fahren, durchs Dorf und hinauf zur Wiesbaumer Straße. Zu Fuß war man zwar nicht schneller, aber die Strecke war, auch wenn sie uneben durch den Wald führte, sicher in einer knappen halben Stunde zurückzulegen. Das musste er unbedingt auf einer Karte nachprüfen.

Er sah auf die Uhr. Halb zehn. Quirin würde sicherlich vor ihm an der Hütte sein.

Er beeilte sich, zurück zum Auto zu kommen. Unterwegs rief er Assenmacher an.

»Ich sitze bei einem Feierabendbier und reiße dir den Kopf ab, wenn du versuchst, mir das zu versauen.«

Jo geriet auf dem schlammigen Untergrund ins Rutschen. »Pass auf, Assenmacher«, japste er. »Hier kommt meine Revanche für deine ganzen Unverschämtheiten. Ich liefere dir den Täter im Mordfall Lorna Weiler, und dann habe ich für alle Ewigkeit was gut bei dir. Wie hört sich das an?«

»Hast du getrunken?«

»Weniger als du vermutlich. Bist du zu Hause?«

»Schon in den Pantoffeln.«

»In zwanzig Minuten kannst du hier sein.«

Assenmachers Antwort war nicht mehr zu verstehen.

»Assenmacher? Werner?«

Keine Antwort.

»Verfluchter Mist!«

Er steckte das Handy gerade noch rechtzeitig weg, um sich an einem Baumstamm festhalten zu können. Er zog sich an ein paar Sträuchern weiter den Weg hinauf. Dann wurde der Boden wieder fester.

Schließlich erreichte er den Munga und fuhr los.

Fast hätte er die Einmündung des Waldwegs verfehlt, auf dem vor zwei Tagen Lornas Geländewagen gefunden worden war. Dieses Mal bestand für ihn keine Notwendigkeit, den Munga irgendwo versteckt abzustellen. Er ließ ihn langsam auf dem geschotterten Weg ausrollen, als er sich ungefähr auf der Höhe der Hütte befand. Wieder dachte er an den Pfad, der die Jagdhütte mit der Mühle verband. Die Polizei war sicher längst darauf gekommen.

Als er die Büsche umrundete, sah er ein Licht. An einem der kleinen, quadratischen Fenster waren die Läden geöffnet worden. Dahinter war ein gelblicher Schein wahrzunehmen.

Nirgends sah er ein Auto oder Quirins Trecker.

Jetzt sah er das Fahrrad, das neben der Tür an die Holzwand gelehnt stand.

Er packte die schwarze Kunststoffklinke und wollte die Tür öffnen.

Aber sie war offenbar von innen verriegelt. Er klopfte dagegen.

»Quirin?«

»Hier, Jo. Hierhin!«

Die Stimme kam von der Seite, von dort, wo er das geöffnete Fenster gesehen hatte.

Die warme Nachtluft war von Gestank erfüllt. Er blickte sich irritiert um. Woher kam das? Ein schneidender, chemischer Geruch. Benzin.

»Hierhin, Jo!«

Er spähte um die Ecke. Der Geruch wurde stärker. Er kam aus dem Fenster, durch das Quirin Leitges seinen Kopf und einen winkenden Arm ins Freie streckte.

»Komm her, Jo! Du wirst staunen!«

21. Kapitel

Christa schlang die Arme um den Oberkörper. Trotz der lauen Temperatur fror sie. Das Licht der Außenlaterne malte einen finsteren Schatten auf ihr Gesicht.

»Das kannst du mir ruhig glauben. Ich weiß nicht, wo er hin ist. Ich wäre froh, wenn ich es wüsste. Das gefällt mir nicht. Er, so ganz allein ...«

Assenmacher blickte nachdenklich die Dorfstraße hinauf und hinunter. Sein Profil war das eines Geiers. »Schöne Scheiße«, knurrte er. »Der mit seinen verdammten Alleingängen. Der lernt das nie.«

»Er redet nur noch von dem Mord an der Amerikanerin. Vielleicht ist er in der Mühle.«

»Die ist versiegelt.«

»Na und?« Christa schnaubte verächtlich.

Ein Polizeiwagen näherte sich und hielt hinter Assenmachers Auto am Straßenrand.

»Die Mühle, hm. Na gut, dann versuchen wir es zuerst mal da.« Er ging zu dem Einsatzfahrzeug und beugte sich zum Fenster hinunter, um ein paar Worte mit dem Fahrer zu sprechen.

Bevor er in seinen Wagen stieg, kam er noch einmal zu Christa zurück.

»Dein Jo ist ein Arschloch, das kannst du ihm ruhig mal von mir bestellen, Christa. Nur für den Fall, dass wir uns verpassen. Er mischt sich mit seinen kleinen, armseligen Tricks in unsere Arbeit ein, und er kann Gott danken, wenn wir ihn nicht irgendwann deswegen einbuchten.« Dann fügte er etwas leiser, in einem geradezu versöhnlichem Tonfall hinzu: »Ich würde ihm das nie persönlich sagen, aber ich mag ihn. Es ist aber nun mal so, dass er sich einen Dreck um die Spielregeln schert. Das ist gefährlich. Wenn es überhaupt irgendwen auf dieser Welt gibt, der ihn zurück in die Spur bringen kann, dann bist du das, Christa.«

Er stieg in seinen BMW und fuhr davon. Der Polizeiwagen folgte ihm mit ein paar Metern Abstand.

»Komm rein, Mama«, sagte Ricky leise, die hinter der Tür gestanden und alles mit angehört hatte.

»Hätte ich Assenmacher das mit den Fotos und der Waffe erzählen sollen? Hätte das was genützt?«, fragte Christa.

Ricky schob die Tür ins Schloss und schüttelte den Kopf. Sie stand barfuß auf dem gefliesten Boden und rieb einen Fuß an ihrem Unterschenkel. »Jo ist schon groß. Er weiß, was er tut.«

* * *

Es war ein bizarres Bild, wie Quirin sich da durch das Fenster zu ihm herausbeugte, die Hände auf der hölzernen Fensterbank abgestützt. Neben sich hatte er eine

Petroleumlampe mit einem kleinen, flackernden Flämmchen postiert.

»Sag mal, ist das Benzin, wonach es hier so stinkt?«

Quirin nickte langsam und deutete mit dem Daumen hinter sich in die Hütte. »Überall Benzin. Ich hab das Fenster offenstehen, weil man kaum atmen kann.«

»Da will jemand Spuren beseitigen«, sagte Jo grimmig. »Ich verstehe das nicht. Die Polizei hat doch alles abgesucht.«

Der Alte kicherte. »Na ja, die Polizei ... Jo, die haben doch keine Ahnung, um was es hier eigentlich geht.«

»Du schon, oder?«

Wieder ein bedächtiges Nicken. »Oh ja, Jo, ich fürchte, ich weiß alles.«

»Es ist Kasparek, habe ich recht? Es geht um ihn und diese Banküberfälle.«

Zu seiner Überraschung schüttelte Quirin jetzt vehement den Kopf. »Nein, tut mir leid, Jo, aber da liegst du falsch. Das Übel hat seine Wurzel ganz woanders. Sie sitzt viel tiefer, viel fester. Das, was oben drüber als widerliches, dorniges Gestrüpp wuchert, das kannst du regelmäßig abschlagen, aber tief unten drin, da hält sich etwas fest und treibt immer wieder aus. Tag für Tag. Du kommst nicht hinterher, egal, wie sehr du dich auch abmühst.« Er beendete seine Rede mit einem abgrundtiefen Seufzer. Er sah unsagbar müde aus.

»Wovon sprichst du, Quirin?« Jo wandte sich für einen kurzen Moment ab, um frische Luft einzuatmen. Durch das Fenster entwichen unablässig die Dämpfe in die Nachtluft. Er erkannte im Hintergrund kleine, glitzernde Tropfen, die von der Tischkante zu Boden fielen.

»Komm doch da raus, Quirin. Bei dem Gestank wird einem ja ganz schwindlig.«

Der Alte lachte. »Glaubst du, ich käme mit meinen morschen, alten Knochen noch durch das Fenster?«

»Die Tür.«

»Ist verrammelt. Keine Chance.«

»Aber irgendwie bist du doch ...«

»Hör mir zu«, unterbrach Quirin ihn und hob bedeutungsvoll den Zeigefinger. »Merk dir jedes einzelne Wort, das ich jetzt sage. Weißt du, ich gehe schon sehr lange nicht mehr in die Kirche. Dieser ganze Hokuspokus hat für mich jede Bedeutung verloren. Es gab eine Zeit, da habe ich geglaubt, von irgendwo da oben Hilfe zu bekommen. Ja, geschissen!« Er ballte die Hand zur Faust und biss grimmig die Zähne zusammen. »Den Himmel gibt es nicht. Die Hölle schon. Das mit dem Himmel, das kannst du dir abschminken. Aber die Hölle ...« Er beugte sich vor, und senkte vertraulich die Stimme. »Dieses Feuer, das brennt jeden Tag. Keiner kann es von außen sehen, aber es brennt innen drin. Das sind Schmerzen, Jo, Schmerzen ...«

Beim Anblick der Petroleumlampe beschlich Jo ein ungutes Gefühl. »Das Benzin, Quirin ...«, stammelte er und zeigte auf die Lampe. »Ich weiß nicht, ob es wirklich so eine gute Idee ist ...«

Wieder lachte Quirin. Das flackernde Licht ließ das dichte Netz von Falten in seinem Gesicht in harter Schwärze hervortreten und dann wieder verblassen.

»Vergiss Kasparek, sage ich dir. Er hat mit der toten Frau nicht das Mindeste zu tun.«

»Aber er hat Lorna mit ihrem Geländewagen hierher gebracht und ist dann den Pfad hinunter ...«

»Ach, was. Mein Fahrrad, Jo. Ich bin ein paar Mal weggerutscht, aber es hat insgesamt dann doch keine zehn Minuten gedauert. Deshalb war ich so schnell wieder an der Mühle und konnte dich anrufen.« Er zwinkerte ihm zu, so als wäre das nur ein harmloses, kleines Geheimnis, in das er ihn einweihte.

»Von Therese habe ich noch ein ganzes Schränkchen voll mit Medikamenten. Ich habe es einfach nicht übers Herz gebracht, sie wegzuwerfen. Damit habe ich Lorna dann ruhiggestellt. Das Zeug haut einen Elefanten um, Jo.«

Seine Rechte verschwand unterhalb der Fensterbank, und Jo sah, wie Quirin etwas aus der Hosentasche hervorholte. Dann erschien die Hand wieder, schoss nach vorne, und warf Jo mit gespreizten Fingern einen kleinen Gegenstand zu, den dieser instinktiv mit zwei Händen auffing.

Es war ein Taschenmesser. Der hölzerne Griff glänzte wie poliert, die Kanten der eingeklappten Klinge schimmerten blank und rostfrei. Es schien schon sehr alt zu sein, aber sehr gepflegt.

»Hab ich von meinem Vater zur Kommunion gekriegt. Er hat es vor meiner Mutter geheim gehalten. Die hätte doch nur gesagt, dass ich damit lauter Unsinn anstelle.« Sein Seufzen klang wie ein trauriger Ton, den ein schwacher Wind durch einen verlassenen Hausflur pustet. »Zuerst habe ich nur Zweige damit geschnitten. Flöten geschnitzt. Das, was man als Kind so macht mit einem Messer. Später hat es mir dann geholfen, wenn ich mal ein Karnickel gefangen habe. So ein Taschenmesser ist immer ein nützliches Ding. Man muss es nur immer gut pflegen.«

In Jos Kopf stieß plötzlich ein Gedanke an den nächsten und warf ihn gegen einen weiteren Gedanken. Er erinnerte sich an Zilla, die gesagt hatte, dass Quirin ihr von Zeit zu Zeit Wild mitbringe. Er sah die Gesichter der Jäger, die sich darüber beschwerten, dass sie Geld für Leute ausgeben mussten, die auf ihre Gebäude aufpassten.

»Du hast einen Schlüssel zur Hütte, stimmt's?«

»Allerdings. Diese Pinsel aus der Stadt sind ja ohne fremde Hilfe total aufgeschmissen.«

Jo hielt das Taschenmesser in die Höhe. Das Messer, an dem sich längst getrocknete Spuren von Lorna Weilers Blut finden würden. »Ich verstehe das nicht, Quirin. Warum?«

»Das Feuer«, flüsterte Quirin. »Das verfluchte Höllenfeuer. Es frisst mich auf. Ich kann mich nicht mehr wehren.« In seine Augen traten Tränen. Er starrte vor sich auf die Hand, die zitternd auf der Fensterbank lag, und flüsterte nur noch. »In dem Moment, in dem ich sie wegnahm, wusste ich, dass mich das Feuer verbrennen würde. Es kommt, habe ich mir jeden Tag gesagt. All das Geschrei und Gekeife, all die dreckigen Gemeinheiten, die Schimpfworte, der Hass und die Verwünschungen, die waren mit einem Mal fort. Aber der Platz, den sie gelassen haben, der wurde augenblicklich wieder gefüllt ... vom Feuer ... Feuer.«

Die Nacht hatte ihr dichtes Tuch über den Wald gelegt. Eine hohle Schwärze aus getrockneter Tinte und eine Stille aus stumpfem Blei.

Quirin starrte auf seine Hand und atmete schwer.

Jo hörte das leise Geräusch zerplatzender Tropfen.

Der Alte war mit seinen Gedanken in einer anderen Welt. Er begann, leise zu summen. Von irgendwoher glaubte Jo, diese Melodie zu kennen.

Dann schwoll plötzlich ein Motorengeräusch an, und der Alte schrak auf.

Jo fuhr herum und nahm jenseits des Erdwalls den Schein mehrerer Autoscheinwerfer wahr.

Er fuhr wieder herum und schrie Quirins Namen. »Sag mir, warum du sie getötet hast! Was hat sie dir getan?«

Der Alte fasste mit der linken Hand den Metallbügel der Petroleumlampe und murmelte abwesend. »Such dir was aus. Irgendwas fällt dir schon ein. Was weiß ich, ein Streit um Geld ... Brennholz ... irgendwie so was ... Oder vielleicht was mit mir und ihr, was mit einer wehrlosen Frau, einem einsamen Mann ... einem einsamen Mann ...«

Sein rechter Arm kam langsam durch die Fensteröffnung und griff nach dem Fensterladen. Jo machte einen Satz nach vorne und packte mit beiden Händen zu. »Du lügst, Quirin! Du lügst!« Der Alte hatte eine enorme Kraft. An seiner Hand traten die Sehnen hervor wie Stahlseile. Jo rutschte immer wieder weg. Das Laub unter seinen Füßen glitt nach allen Seiten davon. Der Fensterspalt wurde kleiner und kleiner.

Assenmachers Stimme erscholl irgendwo aus der Dunkelheit hinter ihm. Er rief Jos Namen.

Seine Finger glitten ab, der hölzerne Laden schlug mit einem Knall zu, und nur noch leise und gedämpft war das kratzende Geräusch eines metallenen Hakens zu hören, der in einer Öse einrastete.

Dann schwollen im Hintergrund die näherkommenden Stimmen an. Schritte raschelten durchs Laub. Vögel wurden in den Wipfeln aus dem Schlaf aufgescheucht.

Flattern.

Knistern.

Jo pumpte Luft in seine Lungen, bis es schmerzte, beugte sich vor und brüllte einen langen, kehligen Schrei hinaus, aber im selben Augenblick wurde jedes Geräusch von einem gewaltigen, ohrenbetäubenden Grollen verschluckt. Aus den Ritzen und Spalten des Schuppens schossen grelle Lichtfontänen, und Qualm quoll wie aus einem gigantischen Kessel zwischen den steilen Baumstämmen in die Nachtluft.

Jo warf sich herum und stürzte auf die Knie, sodass das Laub um ihn herum aufstob. Er wollte nicht sehen, wie die gierigen Flammen alles auffraßen, aber wohin er sich auch wendete, ihr Widerschein tanzte über die Sträucher, die Bäume und die auf ihn zu stolpernden Männer. Er drang sogar durch seine geschlossenen Lider.

22. Kapitel

Die Schatten, die die Sonne warf, als er die Augen öffnete, sagten ihm, dass es Nachmittag sein musste.

Seine wirren, schrecklichen Träume waren nur ein schwaches Abbild dessen gewesen, was zuvor geschehen war. Er sah auf die Uhr. Fast vier. Hinter ihm lagen knappe zwölf Stunden Schlaf, eigentlich hätte er ausgeruht sein müssen. Aber er fühlte sich ausgehöhlt, wund, sein ganzer Körper schien nicht mehr als eine brüchige Hülle zu sein.

Er hatte in seinen Klamotten geschlafen. Das Hemd, die Hose, die Bettwäsche ... alles verströmte den pestilenzartigen Gestank des Feuers.

Er zwang sich aufzustehen und trottete hinunter ins Erdgeschoss.

Leise Geräusche in der Küche verrieten ihm, dass er nicht allein war.

Als er eintrat, hielt Zilla Fischenich mit dem Einräumen der Lebensmittel in den Kühlschrank inne.

»Ich bin gleich wieder weg.« So knapp, so sanft gewispert. Sie musste sich seit den frühen Morgenstunden auf diese Begegnung vorbereitet haben.

Er winkte müde ab. Auf dem Tisch standen die Warmhaltekanne, eine Tasse und ein Teller.

»Wenn Ihnen danach ist.« Zilla senkte den Blick. Sie hatte gerötete Augen. Wahrscheinlich hatte sie um Quirin geweint.

»Christa war hier. Schon zwei Mal. Heute Morgen und heute Mittag, in ihrer Pause.«

Jo trank Kaffee und betrachtete Zilla, die sich nicht traute, ein Gespräch anzufangen. So hatte er sie noch nie gesehen, so bang und fahrig. Sie tat, als müsste sie gehen, und doch sagte ihm jeder scheue Blick und jede zögerliche Geste, dass sie sprechen musste.

Er beschloss, sie zu erlösen.

»Er wird vielen Leuten fehlen.«

Der Damm brach, und Zilla Fischenich riss die Hände vors Gesicht. Sie ließ sich auf einen Stuhl fallen und schluchzte laut auf. Ihre Schultern zuckten.

Jo streckte die Hand aus und berührte sie leicht am Oberarm.

Nach ein paar Minuten schien sie sich gefangen zu haben. Sie nestelte ein Papiertaschentuch aus der Tasche ihrer Strickjacke und schnäuzte sich lautstark.

Sie schluckte schwer und fragte: »Warum hat er das getan? Was glauben Sie?«

Jo zuckte mit den Schultern. »Er hat mir viel wirres Zeug gesagt, bevor ...«

»Er soll die Amerikanerin umgebracht haben, stimmt das?«

»Das hat er selbst gesagt, ja.«

Sie knetete das Taschentuch und schniefte wütend. »Der Quirin war hundertmal so viel wert wie diese

Kuh! Hundertmal, hören Sie! Wenn sie tot ist, kümmert mich das keinen Deut, aber Quirin ...«

»Na, na, das ist aber nicht besonders christlich.« Er versuchte ein Lächeln.«

»Ist doch wahr. Der Quirin hat keinem was getan. Der hätte noch ein paar Jahre in Ruhe zu leben gehabt. Einen schönen Lebensabend hat der sich verdient. Der hat gelitten wie ein Hund, als seine Therese so schlimm dran war, und als alles immer schlimmer wurde und ihre Krankheit sie so kaputt gemacht hat. Den lieben langen Tag hat er die im Rollstuhl überall hingeschoben, und die wurde immer grässlicher und gemeiner. Das klingt vielleicht herzlos, aber es war eigentlich eine Gnade, dass sie den Unfall nicht überlebt hat. Eine Gnade für sie und auch irgendwie für den Quirin.«

»Er hat davon gesprochen. Was war das für eine Krankheit?«

»Diese komische ASL, ASS, oder wie das heißt. Die, wegen der sich die Leute im letzten Sommer Eiswasser über den Kopf gekippt haben. Als ob das was nützt.«

»ALS. Schlimm ... unheilbar.«

»Deswegen war sie ja am Ende so widerwärtig. Und der Quirin hat das alles ertragen müssen. Er hatte ja kaum Hilfe.«

All die dreckigen Gemeinheiten, die Schimpfworte, der Hass und die Verwünschungen ...

»Ich habe natürlich immer getan, was ich konnte. Im Garten etwas gemacht, und so. Thereses Cousine, die Gerti, die hat die Wäsche gemacht, der Junge von der Caritas hat immer das Essen gebracht. Der Quirin hätte natürlich eine Polin holen können, aber das wäre sehr teuer geworden.« Sie ruckte mit dem Kopf in Richtung Haustür. »Sie wissen ja, was ich von denen halte.« Zilla zurrte sich ihre Strickjacke zurecht. »Jedenfalls, warum er das auch immer getan haben soll, das mit dieser ... Der wird schon einen Grund gehabt haben. Wahrscheinlich hat sie ihn ja sogar verführt, das Biest!«

Jo verkniff sich einen Kommentar und trank Kaffee.

»Im Dorf sind sich alle einig, dass er das unmöglich schuld sein kann.«

Und trotzdem hatte ihm Quirin die Tat gestanden. Er hatte ihm das Messer gezeigt, das ihm dabei geholfen hatte. Die betäubenden Medikamente, die er benutzt hatte, waren noch in seiner Hausapotheke gewesen. Der Ablauf der Tat war schlüssig und logisch.

Aber das Motiv! Warum hatte Quirin das getan?

So frustrierend es auch war, aber es sah tatsächlich so aus, als würden sie nie erfahren, was den Alten dazu gebracht hatte, Lorna Weiler niederzuschlagen, ihr dann das Betäubungsmittel einzuflößen und sie in der einsamen Hütte im Wald mit zwei Schnitten seines Taschenmessers dem sicheren Tod auszuliefern.

Er dachte wieder an die beiden Wunden und daran, dass er schon damals, als er sie an Lornas Leiche entdeckt hatte, überrascht gewesen war, wie zart diese Schnitte ausgeführt worden waren.

Ein sanfter Mörder. Passte das zu Quirin?

Durchaus.

»Irgendwann hat heute das Telefon geklingelt«, sagte er und trank die Tasse leer. »Habe ich im Halbschlaf mitgekriegt.«

»Der Assenmacher war am Apparat. Der große Polizist mit der Glatze, der aus Dreis-Brück. Dem habe ich gesagt, dass er Sie gefälligst in Ruhe lassen soll.«

»Und das hat er sich gefallen lassen?«

»Ich kann sehr überzeugend sein, wenn ich will.«

Das konnte sie zweifellos, auch wenn sie jetzt kraftlos und jammernd auf der anderen Seite des Tisches saß.

»Wenn er wieder anruft, sagen Sie ihm, ich schlafe noch.«

»Wär auch besser, wenn Sie's täten.«

»Ich brauche aber frische Luft.«

Er hatte das Gefühl, den Gestank des Benzins und den ätzenden Geschmack des Rauchs nie wieder wegzubekommen.

Er stieg in seine Schuhe und murmelte beim Hinausgehen: »Danke, Zilla. Auch für den Kaffee.«

Im Hof schraubte Arkadi am Trecker herum. Der Blick des Polen war weniger feindselig als sonst. Warum betrugen sich alle so fürsorglich? War er in der brennenden Hütte gewesen oder der alte Quirin?

Sie nickten einander stumm zu. Wenigstens der Pole schwieg.

Jo stieg hinterm Haus die Stufen hinauf zum höher gelegenen Nutzgarten. Hier war schon seit Wochen nichts mehr passiert. Der Salat war in die Höhe geschossen und konnte nur noch auf den Kompost geworfen werden, und die Johannisbeeren, die die Vögel übrig gelassen hatten, verschrumpelten in der Sonne. Es war ihm egal.

Heute war ihm alles egal.

Sein Weg führte ihn über die Wiese, auf den Waldrand zu.

Weiter dort oben, fast noch in Sichtweite des Hauses, gab es eine Lichtung, auf der sein Bruder früher immer seine Ruhe gesucht hatte. Manchmal, wenn er das Gefühl hatte, das Fernweh nähme wieder Besitz von ihm, oder irgendein Ärger könnte ihm das Leben schwer machen, wenn er nicht weiterwusste, dann fand er hier Zuflucht. Dann hockte er sich auf einen Baumstumpf, der von einem der schlimmen Herbststürme übrig geblieben war, und blickte zu den Baumkronen hinauf.

Jetzt war ihm nach Baumkronen.

Er stapfte zwischen den Farnen durch und kletterte über abgestorbene Äste. Drüben standen die Bäume weiter voneinander entfernt. Das Blätterdach hatte dort ein riesiges Loch.

Er würde sich auf den Waldboden legen.

Er würde anfangen, das Vergessen zu üben.

Die Luft war schwül, und als er aus dem Schatten der Bäume trat und das Gesicht nach oben reckte, legte sich wärmendes Sonnenlicht auf seine Haut.

Da knackste etwas hinter ihm. Zweige. Er hörte Schritte und fuhr herum.

Die beiden jungen Männer guckten dämlich aus der Wäsche. »Oh, sorry, Dr. Frings«, sagte Röggel. »Wir wollten Sie nicht erschrecken.«

»Es ist nur so, dass wir … Na ja, Fabiola, die ist immer noch …«

»Verdammt!«, fluchte Jo. »Ihr zwei Arschgeigen geht mir auf den Sack mit eurer dämlichen Kuh. Ihr geht allen hier im Dorf auf die Nerven! Verzieht euch, ich will meine Ruhe haben!«

Die beiden wichen langsam zurück. »Kein Problem. Sie ist ja auch nicht hier, seh'n wir ja. Sorry noch mal.«

»Ja, klar, wir sind schon weg. Wir waren nur hier oben, weil Marathon sie vorhin gesehen hat, wie sie hier in der Nähe rumlief.«

»Sucht eure dämliche Fabiola woanders!« Er riss die Arme hoch, um seiner Wut Ausdruck zu verleihen, und plötzlich stolperte er über den Namen Marathon.«

»Marathon?«

»Marathon aus Berndorf. Wir sind schon weg. Sorry noch mal!«

»Marathon, der Busfahrer?«

»Ist der nicht mehr. Der darf nicht mehr.« Röggel gluckste albern.

»Der hatte ja diesen Busunfall.« Die beiden stießen einander gegenseitig in die Rippen. »Voll eingepennt, der Hirsel.«

»Ja, cool, oder? Knackt ein und brettert die Böschung runter!«

Langsam ging Jo auf sie zu. Das würde er noch versuchen. Nur noch diese eine Idee. Bevor er endgültig aufgab, hatte er noch einen winzigen Gedanken, den er zu Ende denken wollte.

»Wisst ihr, wo der wohnt, dieser Marathon?«

* * *

Normen Zingel wohnte in Berndorf in der Beulerstraße in einem kleinen Haus mit kräftig blau gestrichenen Fenstereinfassungen. Die Nachbarin erklärte Jo mit abschätzigem Gesichtsausdruck, dass seine Frau auf der Arbeit im Netto-Markt in Hillesheim sei, während er von morgens bis abends durch die Gegend laufe. »Einer muss ja das Geld verdienen.«

Sie erklärte ihm, dass er erst vor wenigen Minuten zu Hause gewesen und dann auch gleich wieder aufgebrochen sei. »Die Weinbergstraße rauf, Richtung Steinbruch. Das können Sie mir glauben, wenn der einen Euro für jeden gelaufenen Kilometer bekäme, wäre der Millionär.«

Jo lenkte den Munga weiter die Straße entlang, am Bolzplatz vorbei. Der Asphalt ging in einen halbwegs befestigten Schotterweg über. Es dauerte nicht lange, bis er die Gestalt wahrnahm, die mit federnden Schritten dem Weg folgte.

Er fuhr weiter, bis er auf gleicher Höhe war und rief über den knatternden Motor des Munga hinweg: »Haben Sie einen Moment für mich?«

Marathon blieb nicht richtig stehen. Er trat auf der Stelle. Pausenlos wechselten seine Füße die Position. Er schien unfähig, unbeweglich auf einem Fleck verharren zu können.

»Klar«, sagte er unsicher. Seine Stimme war knabenhaft hoch. »Was wollen Sie denn?«

»Reden.«

Marathon wandte sein Kindergesicht suchend nach rechts und links. »Reden? Was denn reden?«

»Über den Unfall.«

Sofort wandte sich der junge Mann ab und setzte seinen Weg fort. Er beschleunigte sogar seinen Schritt.

Jo gab wieder Gas und holte auf. »Bitte. Ich brauche Hilfe.«

»Geht nicht«, quäkte Marathon. »Das ist lange vorbei. Das geht zwar nicht weg, aber das muss weg.«

»Sie sind der Einzige, der mir etwas erzählen kann.«

Die Schritte wurden kürzer. Marathon senkte den Kopf und trottete nur noch langsam voran. »Aber es muss weg.«

»Hilft man Ihnen dabei?«, fragte Jo. »Ich meine, bekommen Sie professionelle Hilfe?«

Marathon schüttelte den Kopf. »Nützt nix.«

»Können Sie über den Unfall reden?«

Marathons Schultern sackten nach unten. Er schluckte ein paar Mal schwer und deutete auf die riesigen Eichen hinter ihnen. »Gucken Sie sich die schönen Bäume an. Irgendwann suche ich mir einen von denen aus und hänge mich daran. Da ist dann Schluss mit diesem ewigen Nachdenken.«

»Aber Ihre Frau …«

»Die hat mich nicht verdient!«, spuckte Marathon aus.

»Herrgott, bleiben Sie doch mal stehen!«

»Ich kann nicht! Ich darf nicht mehr Auto fahren. Das war das, was ich am allerliebsten getan habe. Jeder Mensch kommt auf die Welt, um etwas zu tun, was er am allerliebsten macht. Ich darf nicht mehr. Und jetzt bewege ich mich mit meinen Füßen. Solange ich noch kann, bevor ich das auch irgendwann nicht mehr darf.«

»Steigen Sie ein!«, herrschte Jo ihn an.

Der Mann tänzelte auf der Stelle. »In Ihr Auto?« Sein Gesicht spiegelte ungläubiges Erstaunen wider.

Jo beugte sich über den Beifahrersitz und betätigte den Türgriff.

»Mich nimmt nie einer mit.« Marathon rang mit sich. Das Angebot war verlockend.

»Na los.«

Der junge Mann gab sich einen Ruck und umrundete das Auto. Als er sich auf den zerschlissenen Ledersitz fallen ließ, huschte ein Lächeln über sein blasses Gesicht. »Ein Cabrio ... Mensch.«

Jo fand den Begriff Cabrio ein wenig überdimensioniert für seinen alten Militärbomber, aber er registrierte zufrieden die Freude, die Marathons Augen glänzen ließ, als sie bergab am Steinbruch vorbei in Richtung Strumpffabrik fuhren. Seine dünnen, blonden Haare flatterten im Wind, seine Hände kneteten die Oberschenkel.

»Wohin fahren wir?«

»Das wissen nur Sie. Zeigen Sie mir genau, wo es passiert ist.«

Ängstlich wandte ihm Marathon das Gesicht zu. »Ich weiß nicht, ob ich das will. Ich war seither nie mehr da.«

»Vielleicht war das Ihr Fehler.«

Stumm nickte Marathon und malmte mit den Kiefern. »Könnte sein.«

* * *

Sie brauchten eine Weile, bis sie den Weg über Harzheim zu der Brücke gefunden hatten, die über die Autobahn führte. Jo hatte den Munga am Rand eines Feldes abgestellt. Das Getreide war schon hoch, aber noch von sattem Grün.

Sie lehnten am Geländer und sahen hinab.

Zuerst hatte Marathon ein paar Minuten lang gar nichts sagen können.

»Dahinten«, begann er schließlich. »Von hier oben sieht es aus, als wäre es völlig unmöglich, da von der Straße abzukommen.« Er biss sich auf die Lippen. Seine Augen wurden feucht.

Unter ihnen rollte der Verkehr in beide Richtungen. Urlauber, Pendler, Fernlaster. Tausende Fahrzeuge jeden Tag. Unfälle waren selten.

Normen Zingel hatte vor zwei Jahren einen der schlimmsten verursacht.

»Gesungen haben die Alten. Die Lieder auf WDR4. Ich war sofort wieder wach, als der rechte Vorderreifen übers Gras holperte. Wahrscheinlich waren es drei oder vier Sekunden. Drei oder vier!« Er wandte sich zu Jo. Seine Unterlippe zitterte. »Drei oder vier Sekunden.«

»Weiter«, sagte Jo leise. Er wusste selbst nicht so richtig, was er hier vorhatte. Lebenshilfe leisten? Den Psychiater spielen? Nein, es war etwas anderes: Hier irgendwo lag die Wahrheit. Etwa zwanzig Meter neben dem Asphaltband der A1, das spürte er.

»Ein Freund von mir saß mit im Bus.«

Marathon schrak zusammen. »Wer? Wer denn?« Er sprang ein paar Schritte zurück. »Sind Sie deshalb mit mir hierhin gekommen? Wollen Sie mich quälen? Ich kann nichts dafür! Ich kann nichts dafür!« Jetzt flossen die Tränen aus seinen geröteten Augen.

Jo sprang auf ihn zu und packte ihn am Kragen.

»Er hat überlebt! Seine Frau ist bei dem Unfall umgekommen. Sie saß im Rollstuhl. Er hat sich gestern das

Leben genommen, und ich will wissen, warum!«

Marathon quiekte und schlug mit den Armen um sich. »Ich kann nichts dafür! Ich kann nichts dafür!«

Jo ließ ihn los, und er sackte zu Boden. Kniend schluchzte er, kaum noch verständlich: »Ich kann nichts dafür.«

Jo wandte sich um und legte wieder die Unterarme auf das Brückengeländer. Er würde es nie herausfinden. Quirin hatte sein Geheimnis mit in die Flammen genommen.

Nach einer Weile hörte er Marathons Schniefen neben sich.

»Er kniete neben seiner Frau, die er aus dem Bus geholt hatte. Zuerst waren da nur zwei Sanitäter. Die fuhren zufällig gerade vom *Carpe Diem* in Dahlem zurück, das hat mir später einer erzählt. Da hatten die ihren Dialysepatienten wieder abgeliefert. Die zwei haben die Funknachricht gekriegt und sind in Nettersheim abgefahren.« Sein Finger wies in die Richtung des unmittelbar an die Unglücksstelle angrenzenden Feldes. »Die mussten auf dem Feldweg da hintenrum fahren, dann waren sie fast direkt am Bus. Der Alte hat da vorne neben seiner Frau gekniet. Ein bisschen abseits war das. Es war dunkel. Da waren Taschenlampen. Blaulicht. Die zwei Männer vom DRK sind zuerst in den Bus rein, um zu gucken, ob da noch einer raus musste. Danach haben die dann angefangen, sich um die Verletzten zu kümmern. Der junge Kerl ist zu dem Mann und der Frau hin. Der Alte hat ihr immer so mit der Hand durchs Gesicht gestreichelt. Die hat geschrien und geschrien. Und irgendwann war es still.« Marathon hatte jetzt aufgehört zu weinen. Seine Erzählung bekam einen nüchternen, kommentierenden Tonfall. »Das heißt, still war es ja überhaupt nicht. Das war laut. Höllisch laut. Alle heulten und jammerten. Und das Schreckliche war, dass das Radio die ganze Zeit weitergespielt hat.«

Jo versuchte, sich die Situation zu vergegenwärtigen. Er sah Quirin vor sich, dessen Hand unentwegt über das Gesicht seiner kreischenden Frau fuhr. Wieder und wieder. Zuerst tröstend, beschwichtigend … Quirins Gesichtsausdruck war derselbe, den er hatte, als er in der letzten Nacht seine Hand angestarrt hatte, die im Schein der Petroleumlampe auf der Fensterbank ruhte. Als wäre sie ein Fremdkörper mit einem Eigenleben.

Dann kam der junge Rettungshelfer von hinten. Schemenhaft. Eine orangefarbene Warnweste, eine weiße Hose, reflektierende Signalstreifen.

Und dann schwieg Therese endlich.

23. Kapitel

Von der Halterung der Hoflampe spannte sich ein weiß glänzendes Spinnennetz zur Hauswand. Im gelblichen Licht tanzte unentwegt ein Schwarm von Mücken. Jo nahm eine Prise Schnupftabak und atmete tief durch. Morgen würde er zu Assenmacher fahren und seine Aussage machen. Er würde ihm alles erzählen. Alles, was er wusste, und alles, was er sich zusammengereimt hatte. Jedes einzelne Kapitel des Dramas war ein kleines, bitteres Trauerspiel für sich. Jeder der Akteure spielte eine Rolle, die für ihn von Anfang an kein Happy End zugelassen hatte.

Er machte ein paar knirschende Schritte über den gepflasterten Hof, legte den Kopf in den Nacken und sah zu den Sternen hinauf. Keine Wolke trübte den Blick. Der nächste Tag würde wieder sonnig werden. Sonnig und traurig.

Bevor er Assenmacher aufsuchte, gab es nur noch eines, was er in Erfahrung bringen musste. Er hatte einen Verdacht, aber ihm fehlte die Gewissheit.

Er hatte vor einer Dreiviertelstunde beim Kamerhof

angerufen und sich vergewissert, dass es dem Hund besser ging. Er hatte darum gebeten, die Pflege von nun an selbst in die Hand nehmen zu dürfen. Rita Otten war zwar überrascht gewesen, das zu hören, aber sie hatte ihm geglaubt. »Ein zähes Vieh. Er frisst schon wieder ordentlich. Björn kann ihn heute Abend noch vorbeibringen, wenn Sie möchten.«

Jo vergrub die Hände in den Hosentaschen und wartete. Es würde nicht lange dauern.

Direkt hinter seinem Kopf klickte plötzlich etwas.

Er fuhr herum und blickte unmittelbar in das kreisrunde, schwarze Loch eines Gewehrlaufs. Dahinter hing halb verdeckt und im Halbdunkel kaum zu erkennen die grimmig verzerrte Fratze von Vauen.

»Rendezvous im Mondschein, du Drecksack«, kam es rau. »Freust du dich, mich zu sehen?«

»Wie verrückt«, murmelte Jo und hob unwillkürlich die Hände. »Ich bin ein Fan von *blind dates*.«

Der Lauf kam näher, bis er nur noch wenige Zentimeter vor Jos Nase in der Luft schwebte.

»Was würdest du sagen, wenn ich dir ein drittes Nasenloch schießen würde.«

»Ich würde sagen, falsche Munition. Mit Schrot wird das ein bisschen ungenau.«

Vauen stieß zu, und es krachte in Jos Nase. Sterne schossen durch die Luft. Er krümmte sich schmerzgepeinigt.

»Du hast gedacht, du kannst mich austricksen, du Stinktier«, sagte Vauen scharf. »Ich könnte kotzen, wenn das einer versucht. Das müssten doch langsam alle wissen, dass das nichts wird!«

»Och«, raunte Jo und tastete seine Nase ab. Es schien immerhin nichts gebrochen. »Bis das mal hier in der Eifel ankommt ...«

Vauen stieß einen wütenden Laut aus. Er war nervös, das spürte Jo. Das war gefährlich. Wahrscheinlich kam es selten so weit, dass er Menschen mit der Waffe bedrohte. Sein Finger zitterte. Das war ganz und gar nicht gut.

»Pass auf, Vauen. Es ist so: die Kohle hat der Handwerker gekriegt, der dir dein Dach verschiefert hat. Ich war nur der Bote, verstehst du?«

»Was redest du da?« Vauen stutzte. »Dieser Dachdecker aus der Eifel? Dieser verqualmte, kleine Scheißkerl, der ... Hommelsen? Das waren aber siebzehntausend, Freundchen.«

»Stimmt, stimmt, stimmt« Jo fuchtelte mit den Händen. »Ein paar Euro habe ich für mich abgezweigt. Aber ich gebe dir das Geld zurück! Alles, jeden Cent. Ein bisschen mehr, wenn's sein muss, okay?«

Vauens Stimme wurde zu einem Kreischen verzerrt: »Ich hab's dir schon mal gesagt, ich scheiße auf das Geld! Das Geld spüle ich ins Klo! Ich will dir nur eine Lehre erteilen!«

Es wurde schlimmer. Er stampfte mit dem Fuß auf. Jetzt vibrierte auch der Lauf der Flinte. Jo federte in den Knien, um im richtigen Augenblick einen Sprung zur Seite wagen zu können.

Ein Geräusch von rechts ließ Vauen herumfahren. Ein großer Körper tauchte aus dem Dunkel auf. Ein Schnauben ertönte, dann das Geräusch von Hufen auf dem Hofpflaster. Fabiola, die Phantomkuh, stieß ein dumpfes, verhaltenes Muhen aus.

Jo warf sich nach vorne, packte Vauens Arm und versuchte, ihm die Waffe zu entwinden. Ein krachender Schuss zerriss die Stille, und augenblicklich schrie das Rindvieh vor Schmerz laut auf und rutschte mit dem linken Hinterbein weg. Der schwere Körper sackte zu Boden, während Jo und Vauen immer noch miteinander rangen.

Dann tauchten zwei Scheinwerfer den Hof in grelles Licht. Motorengeräusch erstarb, eine Autotür schlug zu, und Schritte kamen näher.

Jo holte weit mit der Rechten aus und traf mit einer Präzision, die er selbst kaum für möglich gehalten hatte, Vauens Kinn, dass es krachte. Gemeinsam stürzten sie auf das harte Pflaster, und während Jo sich langsam aufrappelte und seine schmerzende Schulter rieb, blieb Vauen bewusstlos liegen.

»Sind Sie okay?«, rief Björn, und ohne eine Antwort abzuwarten stürzte er auf die am Boden liegende Kuh zu, die hilflos mit den riesigen Augen rollte und unbeholfen versuchte, sich wieder aufzurappeln.

»Die Kuh«, schrie Björn. »Die Kuh, schnell, beruhigen Sie sie! Kommen Sie, kommen Sie!« Er rannte zurück zum Wagen. »Ich hole meinen Koffer.«

Jo versuchte ungelenk, den Hals der Kuh zu umfassen. Das Tier wand sich hin und her und gab klagende Laute von sich. Er konnte im spärlichen Licht der Hoflampe nicht erkennen, wo es getroffen worden war.

Björn kam zurück, einen Alukoffer schwenkend. Er war schnell und präzise, er erkannte eine Situation sofort und wusste, was zu tun war. Er hatte gesagt, er sei Rettungshelfer gewesen. Jemand wie er war krisenerfahren.

Seine Hand tastete den rechten Hinterlauf ab, und er machte beruhigende Laute.

»Das ist Fabiola, die entlaufene Kuh der Altrogges«, stammelte Jo und versuchte sich weiterhin an ein paar beruhigenden Gesten. »Keine Ahnung, wo die auf einmal herkommt.«

Björn summte eine leise Melodie, um die Kuh einzulullen. »Ruhig, Mädchen, ruhig.« Eine traurige Melodie. Jo kannte den Text nicht, aber er erkannte das traurigste Lied der Welt.

»Nur ein paar Schrotkügelchen«, murmelte Björn. »Nichts Schlimmes. Sie hat sich wahnsinnig erschrocken. Das wird schon wieder.« Und dann summte er wieder sanft die Melodie.

Gloomy Sunday.

»Lornas Schallplatte lief an diesem Abend«, sagte Jo leise. »Die alte Schallplatte mit diesem Lied. Pauline hat mir erzählt, dass es das Selbstmörderlied genannt wird.«

»Das wusste ich nicht.« Björn konzentrierte sich auf seine Arbeit. Er hatte eine Taschenlampe hervorgeholt und drückte sie Jo in die Hand. »Hier, leuchten Sie mal. Ich muss was sehen können.«

Jo ließ den Hals der Kuh los, die nun merklich ruhiger wurde, weil sie offenbar spürte, dass sie sich in guten Händen befand.

»Lorna hat alles rausgekriegt, stimmt's?«

»Ich weiß nicht, wovon Sie reden.« Er begann damit, Blut wegzutupfen und mit einer Pinzette zu hantieren. »Halten Sie die Lampe still.«

»Kasparek wandert in den Knast, wenn alles rauskommt.«

Björn antwortete nicht mehr. Er arbeitete konzentriert und mit erstaunlich ruhiger Hand.

»Ist Ihnen die Sicherung durchgebrannt? Haben Sie sie gestoßen? Geschlagen?«

Zum ersten Mal blickte Björn ihn an. »Warum sollte ich so etwas getan haben?«

»Weil der Kamerhof auf dem Spiel stand. Ohne Kasparek bricht das ganze Konstrukt zusammen.«

Vauen begann, sich zu regen. Jo rappelte sich ächzend hoch und hob die Waffe auf. Er stellte sich breitbeinig vor den sich langsam windenden Körper des Jägers und rieb sich den schmerzenden Nacken. »Du hast zum letzten Mal mit der Flinte rumgespielt, du Drecksau«, knurrte er.

Björn erzählte leise weiter. »Das mit der Waffe hat ihr keine Ruhe gelassen. Sie hatte eine Wut auf Kasparek, weil der ihr die Mühle verkauft hat, die sie nicht mal bewohnen durfte. Ich habe das mitbekommen, als ihre Katze gestorben ist, weil sie in eine dieser Drecksfallen geraten ist. Tagelang war ich bei ihr, um das Tier zu retten. Sie sprach dauernd von Kasparek und von dem, was sie über ihn herausgefunden hatte. Ich wusste nicht, was ich tun sollte, sie war einfach nicht zu bremsen. Und irgendwann bin ich zu ihr gefahren, um mit ihr zu reden. Aber sie wollte nicht reden.«

»Ein Stoß? Ein Schlag?«

Er schwieg und kramte in seinem Koffer herum.

»Was denn jetzt?«, drängte Jo.

»Zuerst habe ich mit der Flasche gedroht. Aber das war es nicht. Die habe ich auf den Boden geworfen und dann hab ich sie gestoßen. Nur gestoßen. Sie ist mit dem Kopf gegen die Wand geschlagen. Es hat ein fürchterliches Geräusch gegeben.«

»Und warum Quirin?«

Björn holte Salbe hervor und tat etwas davon auf ein Knäuel Watte.

»Warst du der Sanitäter bei dem Busunfall?« Jo war unbewusst zum vertraulichen Du übergegangen.

»Ja. Das waren ich und Frank Lechner aus Mechernich.«

»Was ist da passiert? Du weißt, was ich meine.«

Es dauerte lange, bis Björn antwortete. Jo ließ Vauen, der sich stöhnend aufrichtete, nicht aus den Augen.

»Ich kannte den alten Leitges, weil ich vor dem DRK meinen Zivildienst bei der Caritas gemacht hatte.«

»Essen auf Rädern? Du warst das?«

»Genau. Das mit seiner Frau wurde damals immer schlimmer. Als sie in dieser Nacht dann da lag und ihn verfluchte und verwünschte, da hat er sie gestreichelt und zu beruhigen versucht. Und seine Hand ... die war plötzlich ... plötzlich lag die auf ... na ja, es hörte dann endlich auf. Außer mir hat das keiner gesehen in dem ganzen Tumult. Ich habe mir später dann gesagt, ich hätte mich verguckt. Und irgendwann habe ich es sogar wirklich geglaubt.«

Jo dachte an das, was Zilla gesagt hatte: *Es war eine Gnade für Therese. Und für Quirin.*

»Bis zu jenem Abend in der Mühle?«

Björn nickte. Er wickelte Verband ab. »Leitges sagte, er mache das schon. ›Geh du, Junge, ich erledige das hier schon.‹ Er hat mich in die Kneipe geschickt, damit mich jeder sieht. Sie können sich nicht vorstellen, was für ein Gefühl das war, als ich sah, wie Lornas Auto an der Kneipe vorbeifuhr.«

»Was hast du gedacht, als du später gehört hast, was er ihr angetan hat?«

Björn schwieg.

»Was hast du gedacht, als du gehört hast, was er letzte Nacht getan hat?«

Björn schwieg noch immer.

Vauen kniete jetzt auf dem Boden und starrte mit einer bösartigen Fratze zu den beiden hinüber. Jo ließ zur Vorsicht den Lauf der Jagdflinte in seine Richtung in der Luft schweben. Ein paar Schritte weiter erkannte er in Björns Auto undeutlich die Umrisse des Hundes, der sich hin und her bewegte.

»Du hast für diesen Gnadenhof einen Mord zugelassen?«

»Ich wusste nicht, dass es ein Mord wird.« Zum ersten Mal erhob Björn seine Stimme. Er sah Jo mit weit aufgerissenen Augen an. »Ich war doch nicht dabei! Ich konnte doch gar nicht eingreifen!«

»Findest du jetzt, dass es das alles wert war?«

Björn strich der Kuh sanft über die Flanke und schüttelte bedächtig den Kopf.

Jo holte sein Handy heraus und wählte Assenmachers Nummer.

»Ist es dringend?«, war grußlos eine brummige Stimme zu hören. »Wenn nicht, lasse ich dich verhaften.«

»Tolles Stichwort«, sagte Jo matt. »Du könntest herkommen und endlich mal das tun, was du gelernt hast.«

Assenmacher schien sofort aufnahmebereit zu sein. »Du willst mich verscheißern, stimmt's? Was willst du? Der Fall ist gelöst. Wir haben einen Täter.«

»Aber du hast noch kein Motiv, Assenmacher. Ich schon. Ich verrate es dir, wenn du herkommst. Bring ein paar Leute mit.«

»Wenn das wieder einer von deinen billigen Tricks ist ...«

»Kein Trick. Beeil dich.« Jo beendete die Verbindung.

Er betrachtete Björns am Boden kauernde Gestalt. »Alles umsonst«, sagte er matt. »Was Quirin und du getan habt. Alles umsonst. Jetzt kommt am Ende doch alles heraus, was passiert ist, und Rita und ihre Tiere werden trotzdem heimatlos.« Jo starrte grimmig auf Vauen hinab. »Es sei denn ...« Langsam wog er das Gewehr in der Hand.

24. Kapitel

Es fühlte sich komisch an. Alle Augen starrten unablässig zu ihrem Tisch herüber, und immer wieder wurde getuschelt.

»Was ist denn dabei?«, flüsterte Christa. »Du führst uns zum Essen aus, na und?«

»Ja, aber ausgerechnet hierher …«

»Woanders hin können wir den Hund nicht mitnehmen«, sagte Ricky genervt. »Jetzt tu nicht so, als würdest du dich für uns schämen.«

»Tu ich ja gar nicht. Es fühlt sich eben nur … komisch an.«

Die Blicke aller Kneipengäste verrieten ihm unzweifelhaft, für was man das hielt: Für den ersten öffentlichen Auftritt als Familie. Mann, Frau, Mädchen, Hund … das war eine Familie. Das war eben ungewohnt für ihn.

Elfi erschien mit Blöckchen und Kugelschreiber. »Na, ihr Lieben, wie isset? Habt ihr was ausjesucht?«

Er hätte am liebsten gar nichts bestellt. Das alles schlug ihm gehörig auf den Magen. Aber das hätte man dann gleich wieder gegen ihn verwendet.

Nachdem Elfi die Bestellungen aufgenommen und sich wieder hinter die Theke verzogen hatte, streichelte ihm Christa mit dem Finger über den Nasenrücken, auf dem nur noch eine leicht gelbliche Schattierung von Vauens Spezialbehandlung zeugte. »Man sieht kaum noch was.«

Es waren anderthalb Wochen vergangen, seit der Kölner ihm mit der Flinte eins auf die Nase gegeben hatte.

Nicht alle Dinge verheilten so schnell.

Björn hatte erzählt, wie sich alles zugetragen hatte, wie er in dem Moment, in dem er zu dem Mord während des Busunglücks geschwiegen hatte, Quirin Leitges eine verhängnisvolle Bringschuld auferlegt hatte. Eine Schuld, die dieser mit der Beseitigung von Lorna Weiler geglaubt hatte einlösen zu müssen. Björn hatte die Polizei bereitwillig zu der Stelle geführt, an der er die Waffe ein weiteres Mal verborgen hatte. Er war dabei sorgfältiger vorgegangen als seinerzeit Kalleinz. Man musste fast einen Meter tief graben, um sie wieder ans Tageslicht zu befördern. Ironischerweise war es nicht die Waffe, aus der vor vielen Jahren der tödliche Schuss auf den Bankkunden in Adenau abgefeuert worden war. Trotzdem wurden die Ermittlungen um die Motorradräuber nun wieder aufgenommen. Und jetzt gab es auch ausreichend Indizien, die allesamt in ein und dieselbe Richtung wiesen. In die von Kasparek.

Jo vermutete, dass Rita mit einem blauen Auge davonkommen würde. Ihre Straftaten waren tatsächlich nach etwas mehr als zwanzig Jahren knapp verjährt. Ihre Aussage bestätigte schließlich, dass Kasparek der Todesschütze in der Bank gewesen war.

Der von Kasparek all die Jahre mehr als großzügig subventionierte Gnadenhof würde ohne dessen finanzielle Unterstützung nicht mehr lange existieren können. Es hatte sich herausgestellt, dass Kasparek ganz anders als bei seinen übrigen Objekten einen lächerlich geringen Mietzins verlangt hatte. Ob Rita womöglich in der Fremde irgendwo noch mal einen neuen Anlauf nehmen würde, um gequälte Tiere aus ihrem Elend zu retten, war fraglich. Ihre Mittel waren mehr als begrenzt. Wenn sie es versuchen sollte, hatte Jo jedenfalls bereits ein As im Ärmel. Sein As hieß in diesem Fall Vauen. Der würde für den Ausraster an jenem Abend bluten müssen, obwohl Jo ihn deshalb nicht der Polizei überantwortet hatte. Es war nie schlecht, das ein oder andere Druckmittel in der Hinterhand zu haben. Björn würde nötigenfalls die Bedrohung mit der Schusswaffe bestätigen, dann wäre im Nullkommanichts der heiß geliebte Waffenschein weg. Das würde Vauen nicht riskieren. Und wenn erst bekannt würde, dass Vauen ausgerechnet der berühmten Phantomkuh Fabiola eine Ladung Schrot in den Hintern gejagt hatte, würden ihn die Eifeler zweifellos lynchen.

Als Vauen an diesem Abend abgezogen war, hatte er ganz, ganz kleine Brötchen gebacken, was Jo mit einer gewissen Genugtuung erfüllt hatte. Der Kölner würde sich dafür erkenntlich zeigen müssen, so oder so. Eine günstig vermietete Immobilie für eine Horde kranker, alter Tiere im Kölner Umland vielleicht. Etwas hübsch Abgelegenes im Bergischen Land womöglich …

Der Hund reckte unter dem Tisch den Kopf und blickte Jo aus tiefschwarzen, glänzenden Augen an.

»Sagen Sie mal, Herr Doktor, wie heißt der Hund?«, fragte Matthes, der sich jetzt mit einem halb leeren Bierglas am Tisch aufgebaut hatte. »Echt Franklin?«

Jo schickte einen schnellen, tadelnden Blick zu Ricky hinüber, die an ihrer Cola nippte, um ein Grinsen zu verbergen.

Er straffte den Oberkörper und legte viel Überzeugung in seine Stimme. »Franklin, jawohl! Ich habe lange überlegt ...

Ricky trat unter dem Tisch nach ihm.

»Ein ehrenwerter Name! Du kannst dir aussuchen, ob er nach dem berühmten amerikanischen Präsidenten oder dem genialen Erfinder des Blitzableiters benannt ist.«

Franklin spitzte die grauen Ohren, als er hörte, dass die Rede von ihm war.

»Noch Fragen?«

Matthes druckste herum, und wollte nicht mit der Sprache rausrücken. Hansdieter, der jetzt an seiner Seite auftauchte, übernahm das Kommando: »Wir dachten, da Sie ja sowieso noch warten müssen, bis das Essen kommt ... Meinen Sie ... Hätten Sie eventuell Lust ...«

Jo, der gleich wusste, worum es ging, wollte gerade mit großer Geste ablehnen, besann sich dann aber plötzlich eines Besseren. »Okay, einverstanden. Wenn ihr gewinnt, lade ich euch zum Essen ein. Gewinne ich, geht unser Menü heute Abend auf eure Kappe, geritzt?«

Die beiden sahen einander fragend an, dann nickten sie grinsend. »Geritzt!«

Er kämpfte sich zum Tresen durch und ließ sich von Christa vier Knobelbecher geben. Dann ging er zu einem der Stehtische und stellte sie umgedreht zu einem kleinen Karree zusammen. Die Thekensteher näherten sich neugierig schwatzend und umrundeten ihn und seine beiden Kontrahenten. Auch Christa und Ricky standen an ihrem Tisch von den Stühlen auf, um dem Geschehen besser folgen zu können. Dann zückte Jo eine Euromünze aus seinem Portemonnaie und legte sie neben die vier Becher.

»Vier Mal ...«, sagte Jo mit bedeutungsvoller Stimme. »Exakt vier Mal hintereinander werdet ihr hinter meinem Rücken diese Münze unter einem der Knobelbecher verstecken. Und ich werde jedes Mal erraten, unter welchem sie steckt. Kapiert?«

Hansdieter und Matthes nickten eifrig.

Jo drehte ihnen mit großer Geste den Rücken zu, und Matthes versteckte rasch die Münze. Er schubste die Becher wieder ein paar Millimeter hin und her, bis sie wieder exakt im Karree standen.

»Fertig!«, rief Hansdieter eifrig.

Jo betrachtete das Szenario auf dem Stehtisch und hob dann kurz entschlossen einen der Becher hoch. Die Münze lag darunter.

Alles applaudierte.

Wieder drehte er sich um. Und wieder fummelten die beiden an den Bechern herum.

Ein zweites Mal erriet er ohne große Mühe, wo der Euro steckte.

Das Ganze wiederholte sich. Diesmal schob Matthes in letzter Sekunde die Münze doch noch rasch unter einen anderen Becher, als könnte er mit diesem Manöver die Niederlage abwenden.

Trotzdem hob Jo wieder den richtigen Becher hoch.

Der Applaus wurde immer ausgelassener.

Und schließlich folgte der vierte Durchgang. Jo griff mit zusammengekniffenen Augen nach einem der vier Becher und tat so, als wollte er ihn hochheben. Es wurde totenstill ... und dann nahm er den Becher daneben und hob ihn stattdessen an. Die Euromünze glänzte darunter im Kneipenlicht.

Es gab tosenden Applaus.

Man klopfte ihm auf die Schulter, man reckte die Biergläser in die Höhe. Jo kehrte als Sieger zum Tisch zurück.

»Wie hast du das gemacht?«, fragte Christa entgeistert lächelnd.

Ricky rückte ihr Colaglas wieder in die Mitte des Bierdeckels, auf deren vier Ecken sie zuvor Jo jeweils die Position der Euromünze angezeigt hatte. »Trick zweiundfünfzig«, sagte sie grinsend.

Durch das große Buntglasfenster konnte man sehen, wie ein greller Blitz durch den Abendhimmel zuckte.

»Verfluchte Scheiße«, murmelte Jo. »Ein Gewitter. Ich muss sofort Hommelsen anrufen.«

Ein Dankeschön ...

Man kann sich als Autor noch so sehr auf seine Vorstellungskraft verlassen, nie kommt man so ganz an der Realität vorbei. Und auch die Fantasie macht manchmal Pause; daher sind inspirierende Hinweise immer hilfreich.

Gar nicht genug danken kann ich Marga und Kurt aus Üdersdorf, die uns zur Eröffnung des Kriminalhauses im Jahr 2007 ein sehr außergewöhnliches Geschenk machten und damit den Stein ins Rollen brachten. Es ist alt und verrostet und kann im Deutschen Krimiarchiv unterm Dachboden bestaunt werden.

Danke auch an Ingo Bings aus Rohr, Rudi Heintz aus Flesten und Helmut Metzen aus Kerpen und Rolf Zimmermann aus Euskirchen, die mich mit kleinen, hilfreichen Details versorgt haben.

Und schließlich ein donnerndes Dankeschön an meine Leser, die mich unermüdlich und unerbittlich angetrieben haben, dieses Buch dann doch endlich fertig zu schreiben. Ich hatte zwischenzeitlich tatsächlich das Gefühl, es bliebe bei einem Fragment.

Es gäbe noch viele, denen ich Danke sagen könnte. Der Eifel, meiner Familie, den Freunden ... aber ich muss weiter machen. Da kommt mir nämlich gerade ein neue Idee ...

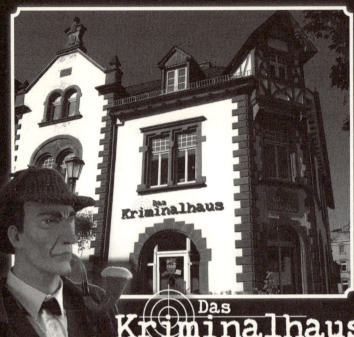

Das Kriminalhaus

Ein ganzes Haus im Zeichen des Krimis

Café Sherlock

Deutsches Krimiarchiv

Sherlock Holmes-Ausstellung

Buchhandlung Lesezeichen

Krimi-Antiquariat

Am Markt 5-7 · 54576 Hillesheim · Tel. 06593-809433

www.kriminalhaus.de

Ansgar Sittmann
DER TOTE VOM HAUPTMARKT

Taschenbuch, 208 Seiten
ISBN 978-3-95441-233-4
9,50 EURO

Mosel-Mord um Mitternacht

Nicht nur ein Toter auf dem Trierer Hauptmarkt bereitet Privatdetektiv Castor L. Dennings Bauchschmerzen. Er ist auf Diät gesetzt worden, weil ihm seine Magengeschwüre zu schaffen machen. Ein unbefriedigender Einstand an der Mosel, nachdem er Berlin endgültig den Rücken gekehrt hat. Immerhin bringt ihn eine charmante Auftraggeberin auf andere Gedanken: Sahra Reckziegel, eine ebenso junge wie attraktive Schauspielerin, hat einen aufdringlichen Verehrer, der es nicht bei anzüglichen anonymen Briefen belässt. Dennings lotet Sahras Umfeld aus und erforscht ihre familiären Verhältnisse, die sie gerne verdrängt.
Je tiefer er in der Vergangenheit gräbt, desto schillernder werden die Protagonisten seines neuen Falls. Dass der Tote vom Hauptmarkt dabei eine fatale Hauptrolle spielt, wird Dennings erst klar, als eine weitere Leiche die Entschlossenheit des Stalkers bestätigt.

»Köstlich-kulinarische Mörderjagd.«
(Wochenspiegel zu ›Ein Fünf-Sterne-Mord‹)

Ralf Kramp
MORD UND TOTLACH

Taschenbuch, 248 Seiten
ISBN 978-3-95441-196-2
9,80 EURO

Er verknüpft meisterhaft Eifeler Schlitzohrigkeit mit britischem Humor der schwärzesten Sorte. »Kurzkrimi-König« Ralf Kramp weiß, wie man die Leser mit pointenreichen Kriminalgeschichten an der Nase herumführt.

Vegetarische Wölfe, durchgeknallte Ufologen und orientierungslose Nacktwanderer sorgen für mörderischen Spaß.
Warum bestattet der Bestatter sich selbst? Wie wird ausgerechnet Frank Elstner zum Entführungsopfer? Wie treibt der Maulwurf den Gärtner in den Wahnsinn? Die Morde seiner Protagonisten laufen selten so ab wie geplant. Die Rache der Erblasser, der Rückschlag der Natur, oder die bösartige Laune des Zufalls sorgen dafür, dass am Ende nichts mehr so ist, wie es zu Beginn der vierundzwanzig Erzählungen und Gedichte erscheint.

»Meister des schwarzen Humors. ... Ralf Kramp mischt alle Zutaten zu einem teuflisch guten Krimi-Cocktail.«
(Gießener Anzeiger)

»Kurzkrimikönig Kramp ... ein literarischer Genuss.«
(Wochenspiegel)

Kai Magnus Sting
LEICHENPUZZLE

Taschenbuch, 304 Seiten
ISBN 978-3-95441-238-9
10,50 EURO

Stück für Stück für Stück, kommt ein toter Mann zurück.

Eigentlich beginnt alles mit einem Körper, der in seine Einzelteile zerlegt wird ... Kopf ... Arme ... Beine ... Ein regelrechtes Puzzle aus menschlichen Gliedern ist das.
Doch dies ist erst der Auftakt zu einer schrecklichen Geschichte: Friedrichsberg, Straaten und Dahl, ein kriminalistisches Altherren-Trio vom Niederrhein, hat alle Hände voll mit einer mysteriösen Selbstmordserie, mit fiesen Axtmorden und rüpelhaften Schlägertruppen zu tun.

»Ein mörderischer Unfug! Kai Magnus Sting ist der Papst des Gemetzels.« (Henning Venske)

»Kai Magnus Sting fährt die literarische Achterbahn ... Eine Meisterleistung!« (Westdeutsche Allgemeine Zeitung)

Ralf Kramp
STIMMEN IM WALD

Taschenbuch, 240 Seiten
ISBN 978-3-940077-43-1
9,50 EURO

Niemand im Dorf nimmt Michel Frings ernst, wenn er auf der Suche nach dem Luchs die Wälder der Eifel durchstreift. Als er eines Morgens tot auf einer Lichtung gefunden wird, wundert es niemanden, dass das Herz des alten Sonderlings aufgehört hat zu schlagen.
Sein Bruder Jo reist zur Beerdigung an. Im Gegensatz zu Michel hat er das Dorf schon früh verlassen und im Ausland Karriere gemacht. Schon bald stolpert er über Ungereimtheiten, über wohlgehütete Dorfgeheimnisse, über Eifersucht und Betrug, und er beginnt zu ahnen, dass der Tod seines Bruders alles andere als ein Unfall war.
Wer einmal gemordet hat, der wird es vielleicht schon bald ein zweites Mal tun. Das weiß Jo, aber er ist viel zu sehr damit beschäftigt, sein eigenes Geheimnis zu bewahren, als dass er die tödliche Gefahr erkennt, die sich ihm langsam aber stetig nähert.

»In dem atmosphärisch dichten Krimi beweist Kramp, dass er seine Handwerkskunst beherrscht und nimmt den Leser mit auf eine düstere Spurensuche durch die Eifel.«
(Kölner Stadt-Anzeiger)

»In seinem neuen Roman »Stimmen im Wald« vermischen sich Realität und Fiktion zu einem spannenden und unterhaltsamen Eifel-Kosmos... – beste Spannungslektüre aus der Eifel eben!« (Wochenspiegel)

Guido M. Breuer
ALTE SÜNDEN

Taschenbuch, 230 Seiten
ISBN 978-3-95441-163-4
9,50 EURO

Deutschlands Wilder Westen – er fängt gleich hinter Nideggen an. Das bekommt Opa Bertold in seinem fünften Fall einmal mehr zu spüren. Wieder wagt er sich aus der beschaulichen »Seniorenresidenz Burgblick« heraus, um Detektiv zu spielen.
Ein Geschäftsmann, der einen schwunghaften Handel mit antiken Artefakten treibt, wird ermordet, und ein geheimnisvoller Schamane sieht ausgerechnet den rüstigen Rentner in Verbindung mit diesem brutalen Verbrechen. Ging es bei dem tödlichen Überfall um Schmuggelware?
Opa Bertold, der um die lange Tradition des Schmuggels in der Eifel weiß, hat schon bald eine Schar von Hobby-Revolverhelden im Visier. Spielt diese Truppe um ihren Anführer John Chisum nur ganz harmlos Cowboy und Indianer? Oder versteckt sich doch etwas Kriminelles in den Planwagen der »Wild Bunch«?
Und was hat eine alte Frau, die ein dunkles Schicksal und alte Sünden aus den Nachkriegstagen des Kaffeeschmuggels in die Einsamkeit getrieben haben, mit all dem zu tun?
Um bei dem Showdown den Kopf aus der Schlinge zu ziehen, muss der vorwitzige Alte nicht nur reiten lernen ...

»Dieser Krimi nimmt dermaßen an Fahrt auf, dass man ihn nicht mehr aus der Hand legen will.«
(kaliber-9.de zu »Nach alter Mörder Sitte«)

Anne Kuhlmeyer
NIGHT TRAIN

Taschenbuch, 272 Seiten
ISBN 978-3-95441-226-6
9,95 EURO

Atemlose Zugreise, packender Train-Thriller!

Nicola Schulz und André Falkner entstammen Milieus, wie sie unterschiedlicher nicht sein könnten. Während André aus dem Luxusleben mit seiner reichen Freundin hinauskatapultiert wurde, ist Nicola nach ihrer Aussage gegen die Mitglieder einer rechten Terrororganisation im Zeugenschutzprogramm.
Eigentlich verbindet diese beiden nichts ... außer der unerwarteten Armut, dem Alleinsein, dem Pendlerzug Leipzig–Berlin. Und dem Toten, den sie darin finden.
Keiner von beiden will mit dem Tod des Mannes in Verbindung gebracht werden.
Also fliehen sie. In Zügen.
Auf ihrer Flucht begegnen Nicola und André Vorurteilen, Ignoranz und Gewalt. Die Autorin Anne Kuhlmeyer legt einen hochspannenden Train-Thriller vor, der den Leser mit auf eine atemlose Reise und hinein in die Finsternis der eigenen Befürchtungen nimmt.

Eva Brhel
ABTSMOOR

Taschenbuch, 360 Seiten
ISBN 978-3-95441-164-1
9,95 EURO

Die Leiche ist übel zugerichtet, mit Hämatomen übersät, das Genick ist gebrochen. Aber die tote Olivia Walter war einmal sehr schön, denkt Hannah Henker, als sie frühmorgens im Abtsmoor die Ermittlungen ihres ersten Falls im Raum Karlsruhe aufnimmt.

Es sieht nicht gut aus für Hannah, die 43-jährige Kommissarin. Nicht nur, weil sie sich wegen einer Affäre mit dem frisch getrennten Staatsanwalt zur Kripo Karlsruhe hat versetzen lassen. Nicht nur, weil das alle Kollegen längst wissen. Hannah ist einfach nicht in Form.

Erste Nachforschungen führen sie und ihr Team zu einer Organisation für die Bekämpfung der Schnakenplage (KABS), für welche die junge Biologin Olivia gearbeitet hat. Der Ehemann, Hans Walter, war eifersüchtig und zudem fest davon überzeugt, dass Olivia einen Liebhaber hatte.

Hannah und ihr Team ermitteln in alle Richtungen und stoßen dabei auf vielfältige Spuren: An der Leiche finden sich Hinweise auf eine Sekte. Auch wird ein Mann, der bereits wegen Stalkings vorbestraft ist, bei seinen Streifzügen durch das Abtsmoor beobachtet. Und ein Nebenjob der getöteten jungen Frau führt zu einem ominösen Strukturvertrieb mit fragwürdigen Geschäftspraktiken.

Als eine weitere junge Frau ermordet wird, steigt der Druck auf die Ermittler enorm...

Tatort Eifel

Das Krimifestival im Landkreis Vulkaneifel
11.-20. September 2015

Die heißeste Spur im Herbst 2015:

Das Krimifestival in der Vulkaneifel wird zum 8. Mal ausgerichtet – Der Branchentreff für die Krimi-, Film- und Fernsehszene!

Spannung, Stars, Spektakel im Land der Maare und Vulkane und ein starkes Programm für Fans und Fachwelt: Zum achten Mal richten der Landkreis Vulkaneifel und das Land Rheinland-Pfalz das zweijährliche Krimifestival **TATORT EIFEL VOM 11. BIS 20. SEPTEMBER 2015** aus.

Kern des Festivals ist das Fachprogramm bei dem sich Autoren und andere Schreibtischtäter, Redakteure, Produzenten, Agenten und Schauspieler aus der ersten Reihe der deutschen Szene zum konspirativen Austausch treffen. Sie handeln mit Stoffen, besprechen Ideen und Konzepte und unterstützen den Nachwuchs. Bei **TATORT EIFEL** wurde bereits manche Autorenkarriere gestartet.

TATORT EIFEL ist aber auch ein Fest für das große Publikum: Krimifans können dabei namhafte Autorinnen und Autoren bei Lesungen kennen lernen. Sie erleben exklusive Filmpremieren, Veranstaltungen mit bekannten Krimi-Schauspielern und viele andere spannende Termine rund um den Krimi.

Die Planungen für 2015 haben bereits begonnen. Krimifans sollten sich den Termin von **TATORT EIFEL 2015** bereits jetzt notieren. Alle Infos zum Krimifestival **TATORT EIFEL** – vor allem Einblicke aus den bisherigen Festivals – finden Sie im Internet unter **www.tatort-eifel.de** oder bei Facebook.